诗经

诗经

诗经

【美绘国学书系·泼墨山河】

礼伯文 编

中国文联出版社

图书在版编目（CIP）数据

诗经 / 礼伯文编. -- 北京：中国文联出版社，2022.8

ISBN 978-7-5190-4931-7

Ⅰ. ①诗… Ⅱ. ①礼… Ⅲ. ①《诗经》—诗歌研究 Ⅳ. ①I207.222

中国版本图书馆CIP数据核字（2022）第153528号

编　　者　礼伯文
责任编辑　陈若伟
责任校对　郑红峰
装帧设计　余　微

出版发行　中国文联出版社有限公司
社　　址　北京市朝阳区农展馆南里 10 号　　　　邮编 100125
电　　话　010-85923025（发行部）　　010-85923091（总编室）
经　　销　全国新华书店等
印　　刷　德富泰（唐山）印务有限公司

开　　本　710 毫米 ×1000 毫米　　1/16
印　　张　18
字　　数　300 千字
版　　次　2022 年 8 月第 1 版第 1 次印刷
定　　价　76.00 元

前言

《诗经》是我国第一部诗歌总集，它包含西周初期（公元前 11 世纪）到春秋中期（公元前 6 世纪）五百多年间我国北方的民间歌谣、士大夫作品以及祭祀的颂辞。

《诗经》最初的时候叫《诗》，或《诗三百》，和《易》《书》《礼》《春秋》等一样，没有“经”的尊号。汉武帝“独尊儒术”后，《诗》的地位不断提高，后来才被称为《诗经》。

《诗经》共分《风》（160 篇）、《雅》（105 篇）、《颂》（40 篇）三大部分。它们都得名于音乐。

第一部分的《风》，是“风俗”的“风”，原指自然风俗，后来由土风土俗所产生的歌谣，也称“风”。收在《风》里的诗篇，大多是民歌，可能经过记录者、编纂者的修饰，它们大部分是歌咏百姓的生活与工作，欢乐与痛苦。我们可以看到有关求婚、工作、田猎的诗以及游戏、舞蹈、伴唱的诗；也可以读到被情人遗弃的失恋者、受冷落的妻子、为家人在外不归而发出的悲叹以及战士们厌恶战争而宣泄出的牢骚，在这些刻画分明的描写中，古代中国的社会生活面貌得以展示，使我们能够深刻地认识当时人的思想与心绪。

第二部分是《雅》，是被王室所崇尚的正乐，用以记载政治的兴衰，有大雅、小雅的区别。大雅是诸侯朝会时的乐歌，所以庄严肃穆，丝毫没有悲怨之声；小雅是贵族飨宴时的乐歌，所以有悲怨、伤感、讽咏之意，这是大雅与小雅的区别。

第三部分是《颂》，《颂》的大部分诗篇是在赞扬神明的伟大，宣扬祖先的盛德，颂诗不但有辞有乐，并且还有舞，所以叫作颂。它的作者大多为士大夫。颂有周颂、鲁颂、商颂三类。

总体来说，属于《风》的诗，大多是抒情诗；属于《雅》的，抒情兼叙述；属于《颂》的，大多是叙事诗。其中，《风》是《诗经》的精华，因此本书选录最多。

当你读《诗经》时，不论是文学欣赏以陶冶情操，还是用于考察历史，你都需要尽可能地把难字难句的解释先弄清楚，然后从头到尾，把字句衔接起来整篇读，等你粗略地看出通篇的大意时，再阅读赏析文字，那么诗人所吟咏的情境与心绪，就很容易地呈现在你眼前了。

《诗经》是中国诗歌，乃至整个中国文学的一个光辉起点。它从各个方面真实地展现了那个时代丰富多彩的社会生活，反映了不同阶层人们的喜怒哀乐，以其现实性、独特性，开辟了中国诗歌的光辉道路，它是无愧于人类文明的。

译注古书是一项非常烦琐而复杂的工作，甚至需要几代人不懈的努力，由于学识有限，译注不准确或错误的地方敬请广大读者批评指正。

此外，本书在译注过程中，参阅了大量书籍资料，向这些专家学者们一并致谢。

目录

国风

小　雅

大　雅

周　颂

鲁　颂

商　颂

国风

风，是指带有地方色彩的音乐；国风，是指某个地区的民间歌谣。这一部分的诗作，绝大部分是由劳动人民所创造，主题十分宽泛，诸如对爱情、劳动的吟唱，对压迫、专制的愤怒，对故土、征人的思念等，都有涉及。这些诗作鲜明地表达了劳动人民的爱憎，具有民歌特色，常常重章叠句，一唱而三叹，是《诗经》的精华。

周　南

关　雎[1]

关关[2]雎鸠[3]，在河[4]之洲[5]。窈窕淑女[6]，君子[7]好逑[8]。
参差[9]荇菜[10]，左右流[11]之。窈窕淑女，寤寐[12]求之。
求之不得，寤寐思服[13]。悠哉悠[14]哉，辗转反侧[15]！
参差荇菜，左右采之。窈窕淑女，琴瑟友之。
参差荇菜，左右芼[16]之。窈窕淑女，钟鼓乐之！

注释

①关雎（jū）：篇名，《诗经》每篇都用第一句里的几个字做篇名。②关关：鸟叫声，是雌雄鸟和鸣的拟声语。③雎鸠：一种水鸟，即鱼鹰。④河：指黄河，《诗经》中凡是提到河的地方都指黄河。⑤洲：水中的陆地。⑥窈窕淑女：窈窕，内心和相貌美好。淑，好。⑦君子：指德才兼备的男子，《诗经》中妇人称她的丈夫有时也称君子。⑧逑：配偶。⑨参差（cēn cī）：长短不齐。⑩荇（xìng）菜：一种水生植物，又名接余，根生水底，茎如钗股，上青下白，叶呈紫红色，叶圆径一寸多，浮在水面上，是可以采来做菜蔬吃的。⑪流：采，就是顺着水流去采取的意思。⑫寤寐：寤是醒着，寐是睡着。这是用两个反义字组成的词，而只取“寐”一义，意思是说“他连在梦中都在想念她”；也可照字面解释成“不论是醒来或在梦中，都在想念她”。⑬思服：思念。⑭悠：形容思念深长。⑮辗转反侧：形容夜里睡不着觉，在床上翻来覆去。⑯芼（mào）：拣选。

赏析

这是一首情感自然流露的恋歌，写一个男子思慕一个“窈窕淑女”，

并设法去追求她，终至成婚。

诗分四章。首章四句以河洲上雌雄和鸣的鱼鹰起兴，引出淑女宜配君子的诗句来。相传雎鸠这种水鸟，雌雄的情意专一，感情深浓。若其中之一死亡，另一只也就不食不饮，忧思憔悴而死，极笃于伉俪之情。所以诗人见河洲上一对对的雎鸠关关和鸣，就联想起：似我这般高贵优雅的君子，该有个美丽文静而贤惠的淑女做我的好配偶才是，奈何我至今仍然独自一人？

二章八句，先以求取荇菜起兴，因而联想到对淑女的追求也不易，然后铺陈追求淑女未能达到目的时的苦闷心情：诗人驾着一叶扁舟，顺着水流而行，一会儿在船的左边，一会儿在船的右边，去寻求择取那长短不齐的荇菜，是如此的顺当而随心所欲啊！然而对于那美丽贤惠的淑女，虽然醒来和梦中都追求着，可是为什么那么难求呢？当追求不到时，就连在睡梦中都在想念着她，无垠无涯的相思之海呀！多么漫长的夜啊！躺在床上翻来覆去，根本就无法入眠直到天亮。

三、四两章八句，仍以“参差荇菜”起兴，采取歌谣中常见的往复重沓的手法，主题一再地重复，成为诗中的风格。君子弹琴奏瑟来亲近淑女，使她欢愉，君子淑女终得成婚；更以钟鼓和鸣，描绘出君子淑女结合后的美满和浓情蜜意。

诗中君子追求淑女，终成佳偶的经过，庄重中带有幽默，音调柔美，更有一分浪漫的美感，像一幅浪漫的山水画。

樛　木①

南有樛木②，葛藟累之③。乐只④君子，福履绥之⑤。
南有樛木，葛藟荒⑥之。乐只君子，福履将⑦之。
南有樛木，葛藟萦⑧之。乐只君子，福履成之。

注释

①这是一首祝贺新郎的诗。诗以葛藟攀附樛木喻女子得嫁君子。

②樛（jiū）木：枝条向下弯曲的树木。③葛藟（lěi）：一种蔓生植物。累（léi）：攀缘。④只：语助词。⑤履：脚步。绥：安。⑥荒：覆盖。⑦将：扶助。⑧萦：缠绕。

赏析

《樛木》一诗选自《诗经·国风·周南》，是一首祝贺男子新婚的民歌。诗中用茂盛的樛木比喻高大伟岸的新郎，用攀缘的葛藟比喻温柔美丽的新娘，用葛藟攀缘、覆盖、缠绕樛木来表达男女之间缠绵悱恻、相见两欢、喜悦美满的情景，新郎从此成了新娘的依靠，新娘也成了新郎的良配，新郎和新娘的浓情蜜意，从字里行间流露而出。

赋、比、兴是《诗经》的三种主要表现手法，所谓赋就是运用排比手法平铺直叙，《樛木》一诗共有三段，每段仅有两字不同，读起来朗朗上口，情感浓烈，用“累、荒、萦”这三个动词，把男女之间的依恋缠绵非常具象地表现了出来；用“绥、将、成”三字的变换，把来宾对新郎的祝福表现得淋漓尽致。所谓比就是比喻、类比，抓住描写的人或物的主要特点，将其形象化、具象化。本诗将新郎比作樛木，将新娘比作葛藟，是用意象相近之物进行类比。所谓兴，则是以其他事物开始，引起所要歌咏的事物，诗中从樛木说到君子，就

是“兴”。《诗经》中，常常用花草、藤蔓、雌鸟、牝兽等具有温柔、母性意象之物来比喻女子，常用高木、日月、雄狐等伟岸耸立之物来比喻男子，其中最为常见的是将男子比作高大挺拔的树木，将女子比作温柔美丽的花草，《樛木》一诗就是这种比兴手法的生动体现。

螽斯[1]

螽斯[2]羽，诜诜[3]兮。宜尔[4]子孙，振振[5]兮。
螽斯羽，薨薨[6]兮。宜尔子孙，绳绳[7]兮。
螽斯羽，揖揖[8]兮。宜尔子孙，蛰蛰[9]兮。

注释

①这是一首祝人多子多孙的贺诗。诗以螽之多子喻人之多子。②螽（zhōng）：蝗虫类，产仔多且快，古人以为多子的象征。斯：犹“之”。③诜诜（shēn）：众多的样子。④尔：指所贺之人。⑤振振：繁盛的样子。⑥薨薨（hōng）：昆虫群飞的声音。⑦绳绳：绵延不绝的样子。⑧揖揖（jí）：会聚的样子。⑨蛰蛰（zhé）：聚集而安静的样子。

赏析

《螽斯》一诗选自《诗经·国风·周南》，文中所说的螽斯是一种蝗虫，这种蝗虫产卵极多，并且每年可以繁衍两三代，诗中正是借用螽斯产仔多、繁殖快的特点，引申出了螽斯宜子的意象，表达了先民对于多子多福的美好祈愿。

本诗用词简要精练，篇幅短小精悍，感情却热烈浓厚，读起来韵味无穷。诗中采用叠章的手法，达到了一咏三叹的效果，将祝人多子多福、子嗣延绵、欢聚喜乐的浓烈情感，表达得酣畅淋漓。全诗共有三段，每段只有四句、十三字，前两句、六个字描写螽斯，后两句、七个字表达祝福。

在艺术手法上，本诗运用叠词叠句的形式，每段两个叠词，全诗六个叠词，读之音韵铿锵，思之层层递进：第一段从螽斯众多、其象“诜诜”而始，祝福子孙繁盛、多子多福；第二段从螽斯群飞、其声“薨薨”而始，祝福子孙绵延，世代相传；第三段从螽斯会聚、其状“揖揖”而始，祝福家族欢聚一堂、共享喜乐，将先民对于子孙繁盛、代代相传、家族和乐的美好愿望非常鲜明、直接地表达了出来，让人感同身受。

子孙是个体生命的延续，是老人晚年的慰藉，是家族未来的希望，多子多福、子嗣绵延、家族和乐的观念，尧舜之世就已经深深地刻在了先民的骨血之中，《螽斯》一诗就是对这种观念的强烈表达。

桃　夭

桃之夭夭[①]，灼灼[②]其华[③]。之子[④]于归[⑤]，宜其室家[⑥]。
桃之夭夭，有蕡[⑦]其实[⑧]。之子于归，宜其家室。
桃之夭夭，其叶蓁蓁[⑨]。之子于归，宜其家人。

注释

①夭夭：茂盛，生机勃勃的样子。②灼灼：色彩鲜明的样子。③华：通“花”。④之子：这位姑娘。⑤于归：指出嫁。⑥宜其室家：宜，和顺，即相处融洽。室家，古时男以女为室，女以男为家，室家即由男女结合建立的家庭。⑦有蕡：有，状物词，加于形容词或副词上构成的意义，等于形容词或副词下加“然”字。蕡（fén），果实大。⑧实：果实。⑨蓁蓁（zhēn）：树叶繁盛的样子。

赏析

《桃夭》一诗选自《诗经·国风·周南》，这首诗是《诗经》中的名篇，即使对《诗经》知之甚少，读之甚少的人，也听说过“桃之夭夭，灼灼其华”这一美妙篇章，为何《桃夭》一诗会有如此广泛的知名度，用清代姚

际恒在《诗经通论》中的一句话来概括，最恰当不过，那就是：“桃花色最艳，故以取喻女子，开千古辞赋咏美人之祖。”桃花艳丽无双，用桃花来比喻将要出嫁的妙龄女子，不仅烘托了女子的美貌，仿佛也将那热闹非凡的婚礼场面、美满幸福的婚后生活也一一展现在了我们的面前。

本诗共三段，每段四句，都以枝叶茂盛、生机勃勃的桃来起兴，然后由此即彼地提到那位美艳动人、温柔和顺、“宜其室家”的女子，将祝贺女子出嫁的浓烈情感，从字里行间自然而然地流露出来。诗中三段分别由明艳盛放的桃花，写到大而丰硕的桃子，再写到茂密繁盛的桃叶，层层递进，这个过程也是这个女子成长的缩影：她从明艳动人的少女，出阁嫁人初为人妇，生儿育女，成为娴静淑慧的母亲，在她的精心打理之下，整个家族人丁兴旺、欣欣向荣……

诗人用重章叠句的语言，仅略略改变用字，就为我们塑造了一个桃树开花、桃子成熟、桃叶茂盛的动态变化过程，将夭夭之桃与明艳女子相比，使无数女子生出了对家庭生活的无限向往……

兔 罝[1]

肃肃兔罝[2]，椓之丁丁[3]。赳赳[4]武夫，公侯干[5]城。
肃肃兔罝，施于中逵[6]。赳赳武夫，公侯好仇[7]。
肃肃兔罝，施于中林[8]。赳赳武夫，公侯腹心[9]。

注释

①这是一首赞美武士勇猛、堪为国家栋梁的诗。②肃肃：兔网紧密的样子。罝（jū）：网。③椓（zhuó）：击打，此指击打木桩以设网。丁丁（zhēng）：敲击声。④赳赳：勇武的样子。⑤干：盾。此句言武士堪为国之屏卫。⑥施：设置。中逵：犹逵中，指四通八达的道路。⑦仇（qiú）：同“逑”，伴侣。⑧中林：犹林中。⑨腹心：心腹，亲信。

赏析

《兔罝》一诗选自《诗经·国风·周南》，这是一首对英武勇猛的国家将士、奋发向上堪为祖国栋梁的赞诗，将数千年前的一场气氛紧张的狩猎场景形象生动地再现于我们眼前，让我们仿佛置身其中，随着“丁丁”的敲打声，和这群勇士一起心跳加速、屏息凝视、紧张围猎。先秦时期的“周南”大抵位于江汉之间，在那里，人们习惯上将山中之王老虎称为“於菟”，因此诗中勇士们用心张开的密密麻麻的大网，网的可能不是柔顺的兔子，而是凶猛的老虎。若真如此，那狩猎的场景只会更加惊心动魄。

全诗共三段，每段都以“肃肃兔罝”而始，一上来就向我们展示了一张紧实细密的大网，此时一个疑问便会油然而生，那就是“这么紧实细密的大网，是用来做什么的呢？”原来，拉起密网，“丁丁”而击，是一群英武勇猛的将士将要狩猎。用“肃肃”来描摹“兔罝”给人以严整肃穆之感，这也是将士们军容整肃的一种体现。接下来，诗人并未向我们描述狩猎场面有多激烈，而是笔锋一转，将一群堪为国家栋梁、君王臂膀、公侯心腹的“赳赳武夫”展现在我们面前，使人产生强烈的冲击。正是这样一群人，既能围猎猛虎，又可沙场杀敌，在万箭齐发、危机四伏的战场，他们屹立如城、挥戈击敌，对他们的赞美，已然溢于言表。

芣苢[①]

采采芣苢[②]，薄言采之[③]。采采芣苢，薄言有之。
采采芣苢，薄言掇[④]之。采采芣苢，薄言捋[⑤]之。
采采芣苢，薄言袺[⑥]之。采采芣苢，薄言襭[⑦]之。

注释

①这首诗描写了妇女们采摘芣苢的劳动情景。②芣苢（fú yǐ）：草本植物，俗称车前子，可入药。③薄、言：皆为语气助词。④掇（duō）：拾

取。⑤捋（luō）：顺着茎滑动成把地采取。⑥袺（jié）：手提衣襟装东西。⑦襭（xié）：将衣襟掖入腰间以盛物。

赏析

《芣苢》一诗选自《诗经·国风·周南》，是一首描写周南妇女在野外采摘芣苢的诗，或者说，这是一首妇女们在野外，三五成群地采摘芣苢时随口哼唱的曲子。之所以说这首诗是妇女们随口哼唱的曲子，是因为它太简单了，太直白了，若翻译成白话，来来回回不过一句“采芣苢呀，采芣苢呀；采到了，采到了”，可是诵读之时，却并不觉得如白话文这般单调，而是朗朗上口，让人生出一种活泼、喜悦、欢快、舒展之感。

尽管《诗经》中的大部分诗歌都采用了重章叠句的表现形式，但是如《芣苢》一般，将重叠运用到如此极致程度的，可以说是独一无二：全诗共有三段，四十八个字；每段十六个字中，只有两个字稍做变化，其余则全部相同，反复咏叹，全诗变换的六个字，都是采芣苢时的动作，通过“采、有、掇、捋、袺、襭”这六个动词的变化，将数千年前，劳动妇女野外采摘芣苢的场景再现于我们面前：妇女们三五成群，用灵巧的双手采摘芣苢，她们边采边拾，有时候顺着芣苢细细的茎，将其滑动成把，一起采下。芣苢越采越多，手里根本放不下这么多芣苢了，怎么办呢？勤劳智慧的劳动妇女，有的轻轻提起自己的衣襟，有的把衣襟掖入腰间，将采好的芣苢放在衣襟上，继续采着，唱着……

汉 广

南①有乔木②，不可休思③。汉④有游女⑤，不可求思。
汉之广矣，不可泳思；江之永矣，不可方⑥思！
翘翘错薪⑦，言刈其楚。之子于归，言秣其马。
汉之广矣，不可泳思；江之永矣，不可方思！
翘翘错薪，言刈其蒌⑧。之子于归，言秣其驹⑨。
汉之广矣，不可泳思；江之永矣，不可方思！

注释

①南：指南方。②乔木：高耸的树。③思：语气助词。④汉：即汉水，长江支流。⑤游女：出游的女子。⑥方：用竹或木编成筏用来渡水。⑦翘翘错薪：翘翘，高高的样子。错，杂乱。⑧蒌（lóu）：芦苇一类的草，生在水泽中，青白色。⑨驹：小马。

赏析

《汉广》的诗意，历来的解释有多种，分歧之处就在对游女解释的差异：鲁、韩两家解此诗的“汉有神女”，都认为是指汉水女神，韩诗记载从前有位郑交甫在汉水滨邂逅二位神女的故事，采取仙女传说的题材，大概汉水女神时常出游是出自古代的民间传说，曹魏时代七步成诗的天才诗人曹植，有《洛神赋》一篇，写其忧郁神伤，恍惚间会见洛水女神，故作赋来纪念。人在失意落魄之极，时常会托之梦幻的美丽世界，伴以凄怨悱恻的哀歌，此亦是郑交甫邂逅神女的古代故事背景，而这段有名的传说竟不知不觉地和《汉广》结合起来，但以此解释理由似嫌不足。

全诗共分三章。首章先后用不能在乔木下休息，和不能渡过宽广绵长的江水做比喻，以乔木象征游女的高洁不可仰攀；以其无枝少荫，象征她的不假辞色；又以广阔的汉水、绵延的长江比喻她的不可接近和追踪不及。次章、三章叠咏写男子对所爱的女子“悦之至”而“敬之深”，盼望娶到她，即使是为她打柴、割荆条、喂马，也是心甘情愿的，而最终是可望而不可即，所以仍反复地用“汉之广矣”四句咏叹依依作别，以表示内心无可奈何的情绪。全诗各章章末反复唱诵男子追踪不及，空留下缥缈的缠绵倾慕之情，意味隽永，余韵绕梁，是写男子单恋的典型作品。

汝坟

遵[①]彼汝坟[②]，伐[③]其条枚[④]。未见君子[⑤]，惄[⑥]如调[⑦]饥。
遵彼汝坟，伐其条肄[⑧]。既见君子，不我遐弃[⑨]。
鲂鱼赪[⑩]尾，王室[⑪]如燬[⑫]。虽则如燬，父母孔迩[⑬]！

注释

①遵：循着、沿着。②汝坟：汝，汝水。坟，“濆”的假借字，此处指汝水的河岸、河堤。③伐：砍的意思。④条枚：树的枝条。古时树枝称条，树干称枚。⑤君子：指丈夫。⑥惄（nì）：急切地思念。⑦调：早晨。⑧肄（yì）：砍断树干之后再生出嫩枝。⑨不我遐弃：倒装句，应为“不遐弃我、不远弃我”，指不抛弃远离我。⑩鲂鱼赪尾：鲂（fáng），鱼名，细鳞，红尾，即鳊鱼。赪（chēng），红色。⑪王室：周朝。⑫如燬（huǐ）：如烈火在烧的样子。此处形容王政暴虐。⑬孔迩：孔，很；迩（ěr），近。

赏析

《关雎》等诗，都选自《周南》。南是南方之国；周南，王朝所直辖的南方之国。《史记》称太史公滞留周南，挚虞说就是洛阳，而周南的诗有《关雎》的“在河（黄河）之洲”、《汉广》的“汉（汉水）之广”和“江（长河）之永”，以及《汝坟》的“遵彼汝（汝水）坟”等语，证实周南的方域约北到黄河，南到汝水、汉水、长江流域以北，即河南省黄河以南偏西的地方。

本诗写妇人在丈夫行役归来时的欣喜之情。首章叙述妻子在汝水之堤砍柴，想起在远方从军的丈夫，那种思望之情，犹如忍受长夜的饥饿后不吃早餐，用“惄如调饥”一句来比喻。次章便在砍柴的地方唱歌，写看到丈夫回来时的高兴心情。最后一章，以“鲂鱼赪尾”不同类的现象做比喻，说周王室的暴政，正如烈火焚烧一般。然而幸好有父母在旁边，只好守着，家人忍耐这水深火热的苦日子。这显然是东周衰世丧辞之诗。

麟之趾[1]

麟之趾[2]，振振[3]公子。于嗟[4]麟兮！
麟之定[5]，振振公姓[6]。于嗟麟兮！
麟之角，振振公族。于嗟麟兮！

注释

①这是一首赞美贵族子孙繁盛的诗。②麟：麒麟，古代传说中的一种祥瑞动物。趾：足。③振振：仁厚的样子。④于：通“吁”。于嗟：感叹词。⑤定：通“顶”，指额。⑥公姓：与下文公族，皆指公侯的同姓子孙。

赏析

《麟之趾》一诗选自《诗经·国风·周南》，是一首赞美贵族公子的诗歌，可是这首诗究竟是在赞美讨伐商纣的周文王之子周武王，还是在赞美有“周公吐哺天下归心”之称的周公姬旦，抑或是作为所有贵族公子的赞歌，我们已经无从得知；甚至连这首诗歌应当唱于何时何地何种场合，我们也无从知晓。

或许有人还会问，为什么要用“麟”这种动物来赞美贵族公子？这就得从麟在古人心中的崇高地位说起了。麟是一种麋鹿，汉代的刘向在《说苑》一书中写道：“麒麟，麕身牛尾，圜头一角，含信怀义，音中律吕，步中规矩，择土而践，彬彬然动则有容仪”，意思是说，麒麟不仅长相威武，而且叫声优美合乎音律，步履款款合乎礼仪，举止行为都非常雍容有仪，这和古时候对君子或者对贵族公子的要求十分接近。也有人认为，麒麟是瑞兽，麒麟现身代表着“天下太平”；生于春秋末年乱世之中的孔子，曾经因为鲁哀公“获麟”而哭泣，以麟之生不逢时喻己之怀才不遇。

全诗共有三段，每段三句，每句十一字，每段都以麟起兴，由麟趾、麟额、麟角引出仁和宽厚的公子、公姓和公族，反复吟咏，将视觉和听觉融为一体，借以表达希望贵族公子都能像麒麟一样，品德高尚，为家族带来荣耀。

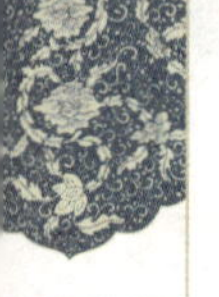

召 南

鹊 巢

维鹊[1]有巢，维鸠[2]居之。之子于归，百两[3]御[4]之。
维鹊有巢，维鸠方[5]之。之子于归，百两将[6]之。
维鹊有巢，维鸠盈[7]之。之子于归，百两成[8]之。

注释

①鹊：喜鹊，善筑巢，巢最完固。②鸠：八哥，鹊每年十月后迁巢，其空巢则由八哥占领。③两：即辆，车辆的意思。④御：迎接。⑤方：占有。⑥将：保卫。⑦盈：占满，充满。⑧成：结婚礼成。

赏析

全诗以“鸠占鹊巢”兴起“之子于归”，而争论最多的也正是此处。姚际恒《诗经通论》以为旧说鸠性拙，不能做巢，遂至占鹊巢而居。意在批驳“鹊巢鸠占以兴女居男家”的旧说，他解释说：“按此诗之意，其言鹊鸠者，以鸟之异类况人之异类也。其言巢与居者，以鸠之居鹊巢况女之居男室，其义止此。”方玉润的《诗经原始》则说：“以鸟之异类，况人之异类，男女纵不同体，而谓之异类可乎哉？此不通之论也。窃意鹊巢自喻他人成室耳，鸠乃取譬新昏人也。”

从诗中“御”“将”“成”俱用百辆车，婚礼的盛大可以知道，“之子”非普通百姓。故本诗实为贵族嫁女时的颂赞之歌，意象简洁鲜明，韵律优美，婚礼中反复吟咏，一片喜气洋洋之象。

采　蘩[1]

于以采蘩[2]？于沼于沚[3]。于以用之？公侯之事[4]。
于以采蘩？于涧之中。于以用之？公侯之宫[5]。
被之僮僮[6]，夙夜[7]在公。被之祁祁[8]，薄言还归。

注释

①这是一首描写妇女们在公侯家服劳役，从事采蘩等准备祭事活动的劳动诗。②于以：犹言在什么地方。蘩：白蒿。③沼：池。沚（zhǐ）：水中陆地。④事：指祭事。⑤宫：房屋，此指庙堂。⑥被：通“髲（bì）”，一种用头发编成的假髻。僮僮（tóng）：光洁高耸的样子。⑦夙夜：早晚。⑧祁祁（qí）：舒缓，此处指头发散乱。

赏析

《采蘩》一诗选自《诗经·国风·召南》，描述了一群宫女往来于池

沼、水畔、山涧之间采摘白蒿，匆匆忙忙地将采好的白蒿送往公侯所在的宫殿，用以祭祀。她们夙兴夜寐，头上原本光洁高耸的发髻，因为不断操劳，早已散乱如飞蓬，读起来让人莫名地生出一种酸涩之感，原来古往今来的人生艰难，竟是相通的！

全诗共有三段，前两段重章叠句，反复吟咏，创造性地运用了问答的形式，将采蘩女子劳作的繁忙呈现于读者眼前。就像如今忙于工作的两个同事，匆忙照面，一个只来得及问一句："你到哪里去采白蒿？"另一个，连脚步都来不及停下，只能边走边匆忙答道："在池沼，在水畔，在山涧……"一个关心道："采这么多白蒿做什么？"另一个又匆匆忙忙道："公侯之家将要祭祀，怎么少得了白蒿。"一问一答之间，我们仿佛已经看到了那个步履匆匆的宫女，手中抱着采来的白蒿，急匆匆地送到公侯宫内，手脚麻利地将其一一摆好……

第三段没有继续前两段的吟咏，而是将笔锋一转，写到了宫女们的发饰：原本光洁高耸、梳妆整体的发髻，经过数日操劳，早已松散蓬乱，她们拖着沉重的脚步往家里走着，连一句问候的力气都没有了。忙碌的身影、疲惫的宫女和肃穆的祭祀、堂皇的公侯宫殿形成鲜明的对比，更添一种惆怅、辛酸。

采　蘋[①]

于以采蘋[②]？南涧之滨。于以采藻[③]？于彼行潦[④]。
于以盛之？维筐及筥[⑤]。于以湘[⑥]之？维锜及釜[⑦]。
于以奠[⑧]之？宗室牖[⑨]下。谁其尸[⑩]之？有齐季女[⑪]。

注释

①这首诗描写了女子采浮萍以祭祀的场面。②于以：犹"于何"，在哪里。蘋（pín）：一种浮生水面的植物。③藻：水草之类。④行："衍"字之误，指流动的水。潦（lǎo）：雨后积水。⑤筥（jǔ）：圆形的盛物竹器。⑥湘：通"鬺"，烹煮。⑦锜（qí）、釜：均为锅，有足为锜，无足为釜。⑧奠：陈

设祭品。⑨宗室：宗庙。牖（yǒu）：窗。⑩尸：主持。⑪齐："斋"的省借，美好。季女：少女。

赏析

《采蘋》一诗选自《诗经·国风·召南》，描写了少女出嫁之前，亲人们为她采蘋、采藻以为祭品，用筐筥等祭祀之器盛放祭品，用锜釜等烹饪之器蒸煮祭品，然后将祭品一一摆好，来到宗庙的窗下，为美丽的少女诚心祷告，告慰祖宗，祈求幸福的美好场景，向我们展示了千年之前的婚姻风俗。一般的祭祀多是庄严、肃穆的，本诗却与众不同，读之轻快、自然、活泼，仿佛我们也正笑着祝福那个少女，祝她婚姻美满，家庭幸福。

和《采蘩》一样，本诗也选用了一问一答的艺术表现手法，只是本诗的问答一以贯之，全诗三段，皆是如此，没有辛苦酸涩，尽是甜蜜美满。一家人为少女迎接她人生中的重要时刻而忙碌着，往南涧之滨采蘋，去积水之处采藻；也许是婶婶在问："把这些蒿子放到哪里呀？"也许是妈妈在答："就放在竹筐中吧，就放在竹筥中吧。"也许是姑姑在问："这个放到哪里煮呀？"也许是爸爸在答："锜中釜中都可以，你自己看着选吧！"这时，有一个人喊道："赶紧过来吧，到宗庙的窗下，祭祀马上开始啦！"那个妙龄女子，在亲朋好友的簇拥之下，走到中央，祭奠祖先，祈求祷告，学习婚后礼仪，开启美满生活……

全诗没有一个形容词，却把那种热情洋溢、温情满满的场面展现给了每一个读者，也许这就是情感的共鸣吧！

行露

厌浥行露[①]，岂不夙夜[②]？谓行多露[③]。
谁谓雀无角[④]！何以穿[⑤]我屋？
谁谓女无家[⑥]！何以速[⑦]我狱？虽速我狱，室家不足[⑧]！
谁谓鼠无牙！何以穿我墉[⑨]？谁谓女无家！何以速我讼？
虽速我讼，亦不女从！

注释

①厌浥(yì):潮湿。行露:指道路上的露水。②岂不夙夜:夙夜,指夜色尚早的时候;此句大意是说我难道不想早点儿连夜赶路。③谓行多露:"谓"通"畏",大意是怕路上露水太多。④角:古人鸟嘴兽角均称角,因此雀角指雀嘴。⑤穿:破坏。雀嘴强硬,所以能破坏人的房屋。⑥女无家:女即"汝"字。家,有恶势力的人家。⑦速:招致。⑧室家不足:室家,即成婚为夫妇。不足,即办不到。大意是想要我同你结为夫妇是办不到的。⑨墉(yōng):房墙。

赏析

诗的首章,就写女子早起独行,产生了被恶人欺凌的幻觉,道路露水多,怕沾湿而不敢在夜里独行。

第二章诗人用非常坚决的口气,写出女子严厉地拒绝可恶男子的威胁。以雀之角、鼠之牙,比喻强迫者的恶势力。以恶人之"家"字,比喻雀之角、鼠之牙,雀恃角而穿人之屋,鼠恃牙而穿人之墉,就好像恶人恃"家"而逼人之婚(从"穿我屋""穿我墉"的描绘看来,这个女子很像是受过这个恶人的非礼或欺凌),因此,细细玩味"家"字的意思,必然是代表"恶势力",很显然,这个女子原本就憎恶这个恶势力的男人,所以即使因此而吃上官司,也不可能同这恶人成婚,其意并不在乎媒聘的有无。

第三章的手法、题材、主旨都和第二章一样,只是增强"就算让我吃上官司,我也绝不依从你"的坚决态度,紧扣第二章的主题。

全诗刻画男子的蛮横可恶,女子的坚毅不屈,两者形成强烈的对比,节奏紧凑,语调铿锵,加上三个比喻,强硬的答辩词便为一篇完全动人的诗篇。句子的组织大都依常法,只是最后一句"亦不女从",将受词"女"字移到动词"从"和否定副词"不"之间,使诗句稍做变化,《诗经》有很多此类句法。

摽有梅

摽[1]有[2]梅，其实七兮。求我庶[3]士，迨[4]其吉[5]兮。
摽有梅，其实三兮。求我庶士，迨其今[6]兮。
摽有梅，顷筐塈[7]之。求我庶士，迨其谓[8]之。

注释

①摽（biào）：落。②有：语气助词。③庶：众。④迨（dài）：及、趁着。⑤吉：好日子。⑥今：今日，现在。⑦塈（jì）：取。⑧谓：告诉。

赏析

这是描写一位迟婚的女子，感于青春易逝，而急于求士的心情的诗。青春是可贵的，男大当婚，女大当嫁，诗人率直地表露了逾龄未嫁女子内心的呼声。

本诗以赋的手法，描述梅的成熟，暗喻自己已成年，可以论嫁娶，待嫁的心理表露无遗。第一章说梅子黄熟，应该及时采摘，现在梅子已经熟透三分，树上还有七成的果子，有意向我求婚的各位男士，要趁着这个吉日良辰啊！第二章说树上梅子只留三成了，有意向我求婚的男士，追求我要趁着今日良辰才应该。第三章说梅子已经完全成熟落地，不必爬上树采，拿到筐里就行了，有意向我求婚的男士，不准备礼品也没关系，只要前来相会，开口求婚，我就答应了。曲曲道来，层层进展，妙趣自生。且篇中赋比兼用，梅结实既比喻时间成熟，又暗示自己怀春，意象丰富。

每章首句兼用三言，二句、四句换字以求变化，使全诗在平直中有曲折，单调中寓变化，有叠咏韵律之美。

小　星

嘒[①]彼小星，三五在东。
肃肃[②]宵征[③]，夙夜在公，寔[④]命不同。
嘒彼小星，维参[⑤]与昴[⑥]。
肃肃宵征，抱衾[⑦]与裯[⑧]，寔命不犹[⑨]。

注释

①嘒（huì）：小星微明的样子。②肃肃：疾速的样子。③征：行。④寔：是，此。⑤参（shēn）：参星，二十八星宿之一。⑥昴（mǎo）：昴星，二十八星宿之一。⑦衾：被子。⑧裯：单被。⑨不犹：不如。

赏析

根据《毛诗序》的说法，此是君主的小妾感叹其命薄的诗，据此，后人就以小星比作妾。一说为写下层官吏连夜赶路之辛苦。

全诗两章的含义都相同，用的是直叙

的“赋体”，语简而意深。首两句既写景又写时，“微明小星，三三五五地出现在东方”，含蕴寂静凄清的韵味，与“肃肃”的声调，“宵征”的气氛相配，于是酝酿成一股“小官吏赶夜路”的幽怨不平，所以必须连夜急速赶路，必须早晚都忙于公务，是命的不同，大小臣工的分工不一样，朝野劳逸的悬殊啊！既然是“寔命不同”“寔命不犹”，也只有嗟嗟地反复咏叹了。

江有汜

江有汜①，之子归，不我以②。
不我以，其后也悔③！
江有渚④，之子归，不我与⑤。
不我与，其后也处⑥！
江有沱⑦，之子归，不我过⑧。
不我过，其啸也歌⑨！

注释

①汜（sì）：从主流分出而又归入主流的河川。②以：与、共。③悔：悔恨。④渚：水中的小洲。⑤与：共，有“相好”的意思。⑥处：共处的意思，但依全诗的结构、语意，这个字应有“痛苦”的意思。⑦沱：江水的支流，江湾水汇处叫作“沱”。⑧过：到。⑨啸也歌：因内心痛苦而号哭。

赏析

《江有汜》一诗选自《诗经·国风·召南》，是一位妻子对自己负心薄幸的丈夫的控诉，属于弃妇诗，不过这首诗的女主人公并非一味消极悲怨，而是自信地发出了“终有一天你会后悔”的呐喊。

全诗共有三段，每段五句，都是首句写景，中间两句叙事，末尾两句抒情。女子日日在江畔等候那个良人，可是眼前支流交错的江水，仿佛

已经预示了她的良人也如这江水改道一般变了心，成了负心人。她等啊等，终于等到了那个男子，可那个男子却不愿与她两手相牵，共返家中。她固然伤心难过，但是，骄傲如她，不想用哭闹幽怨来挽回丈夫的心，她自信自己是值得爱的，因此只心高气傲地留下了一句“其后也悔”！可是她还是在等啊，这一次，他不仅不回去，却连再见一面都不肯，她不再奢望他会后悔，会痛苦，终于因内心伤悲而哭出了声。

本诗重章叠句，虽然用词浅显易懂，但却形式整齐、结构严谨、叙事紧凑、一唱三叹，尤其是每段分别将“不我以”“不我与”“不我过”重复一遍，将女子既盼望丈夫回心转意，又不愿毫无自尊地屈膝乞求的矛盾心理刻画得淋漓尽致，缠绵悱恻，在缠绵之中又见刚强，在悲伤之中又见痛快。在感情上越来越吝啬以致恩断义绝的丈夫，和在情绪上越来越激动以致伤心号哭的妻子，形成了鲜明的对比。

野有死麇

野[①]有死麇[②]，白茅[③]包之。有女怀春[④]，吉士[⑤]诱之。
林有朴樕[⑥]，野有死鹿。白茅纯束[⑦]，有女如玉。
舒[⑧]而脱脱[⑨]兮，无感[⑩]我帨[⑪]兮。无使尨也吠。

注释

①野：古时城墙之外叫作郊，郊外叫作林，林外叫作野，就是现在所说的野外。②麇（jūn）：鹿类，一种叫獐的动物。③白茅：多年生草，高一二尺，叶细长而尖，春天先发叶后开花，簇生茎顶，大概二寸长。男子射死獐后，用白茅包裹，可作聘礼用。④怀春：怀，思。怀春，即思春，是正当青春而有所怀思的意思。⑤吉士：男子的美称，也可解释为美男子。⑥朴樕（sù）：小树。⑦纯（tún）束：捆绑。古时“纯”“屯”通用，二字同义。⑧舒：慢慢、缓慢的意思。⑨脱脱（tuì）：迟缓。⑩感：同“撼”，动。⑪帨（shuì）：妇女把巾系在腰间，垂过膝盖，用来遮蔽前面的佩巾，有现在围裙的作用。

赏析

这是青年男女约会时互诉衷肠的作品，也是二南中唯一的一首。

诗的开头二章，写男士打猎，用猎获的獐和鹿为礼，结识了漂亮的姑娘。表面看来似乎是直述其事的“赋体”，其实，除了实景的描绘之外，它也暗示：正如獐、鹿，可以猎了用白茅去包裹一样，姑娘怀春，也是男士们感情狩猎的对象，所以美男子都该去追求她，因此又是“兴体”。

第三章三句，写女子心理，开始以白描的手法，最为传神。既暗示男士去追求她，欣赏她如玉的美色，而等到人家追她时，却又婉拒他的亲近，表示自己的情怯。表情既直率，又婉约曲折；既要求享受青春的快乐时光，却又摆出谨慎恐惧的样子。语句虽然含蓄，意义则很鲜明。

何彼襛矣[①]

何彼襛[②]矣？唐棣之华[③]。曷不肃雍[④]？王姬[⑤]之车。
何彼襛矣？华如桃李。平王之孙[⑥]，齐侯之子[⑦]。
其钓维[⑧]何？维丝伊缗[⑨]。齐侯之子，平王之孙。

注释

①这首诗描写贵族女子出嫁时车辆衣饰繁盛的华丽场面。②襛（nóng）：艳丽繁盛的样子。③唐棣（dì）：树名，果实形状如李，可食。华：同“花”。④曷：何。肃雍：庄重和谐。⑤王姬：指周王之女。《诗集传》：“周王之女姬姓，故曰王姬。”⑥平王：一般认为指周平王。孙：孙女或外孙女。一说指孙子。⑦子：女儿。一说儿子。⑧维：语气助词，是。⑨伊：同“维”。缗（mín）：钓鱼用的丝线。

赏析

《何彼襛矣》一诗选自《诗经·国风·召南》，诗人用生动的语言，向

我们描述了一幅豪奢、华贵的王姬出嫁图。本诗共三段，每段四句，每段的前两句均是一问一答的形式，和《采蘩》《采蘋》如出一辙，表现出了极其强烈的召南民歌特色。

首段以繁盛艳丽的唐棣之华起兴，直观地将王姬出嫁时，车马之豪华、陪嫁之繁多、嫁妆之贵重铺陈而出。后两句，诗人的视野由出嫁之车马转向围观之众人，借由他们之口，从侧面来描写婚礼之盛大，只听一个路人说道："是谁出嫁如此热闹喧哗，但却仿佛少了点庄重雍容？"另一个路人答道："是王姬出嫁的车马。"也有人认为，"曷不肃雍"一句，隐隐有些贬义、讽刺的色彩，是借由出嫁排场的奢华来讽刺贵族王姬的德色不符。第二段以秾丽娇俏的桃李起兴，直观地描绘出嫁女子的容颜俏丽、光彩照人；也借以表明新郎之仪表堂堂，春风得意。后两句，以简单的"平王之孙，齐侯之子"八个字，来表明这场盛大婚礼的主角——新娘和新郎各自的身份。最后一段以垂钓之具起兴，借以说明男女双方的郎才女貌、门当户对，再次从侧面渲染这对新人的高贵身份。

整首诗由诗人的视角铺陈开来，正面描写和侧面烘托相得益彰，采用对答的形式，将数千年前贵族出嫁的豪华排场呈现在读者面前。

驺 虞

彼茁①者葭②，壹③发五豝④。吁嗟⑤乎驺虞⑥！
彼茁者蓬⑦，壹发五豵。吁嗟乎驺虞！

注释

①茁：草初生时旺盛的样子。②葭（jiā）：芦苇。③壹：发语词，无意义。④豝（bā）：母猪。⑤吁嗟：欢乐美妙的声音。⑥驺（zōu）虞：古时掌管鸟兽、猎场的官。⑦蓬：草名，叶子和柳叶相近，有锯齿。

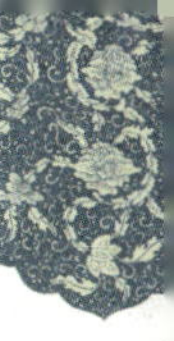

赏析

驺虞诗以赋体，写芦苇草初生而旺盛的景况，从这可以看出春猎的开始。这种以自然界之物的生长来表示时间的手法，不但《诗经》中常见，也经常为后来的诗人用到。说明时间之后，立即切入猎场。接着的“壹发五豝”是全诗的核心，由此可见猎手高超的技艺、猎场的富裕与国家的昌盛，然后才是对驺虞的叹服。

这首诗语言的浓缩与意象、韵律的多变，使两章叠咏的单调感消失无踪。

邶风

柏舟

泛[1]彼柏舟，亦泛其流。耿耿[2]不寐，如有隐忧[3]。
微[4]我无酒，以敖[5]以游。
我心匪鉴[6]，不可以茹[7]。亦有兄弟，不可以据[8]。
薄言往愬[9]，逢彼之怒。
我心匪石，不可转也！我心匪席，不可卷[10]也！
威仪棣棣[11]，不可选[12]也！
忧心悄悄[13]，愠于群小[14]。觏闵[15]既多，受侮不少。
静[16]言思之，寤辟有摽[17]。
日居月诸[18]，胡迭[19]而微？心之忧矣，如匪浣衣。
静言思之，不能奋飞！

注释

①泛：飘浮在水上。②耿耿：形容心情的忧烦焦灼。③如有隐忧：如，同“而”。隐忧，忧虑。④微：与“非”同义。⑤敖：通“遨”，游的意思。⑥匪鉴：匪同“非”，不是。鉴，镜子。⑦茹：容纳。⑧据：依靠，依赖。⑨薄言往愬：薄是发语词，此处有“勉强”“不得不”或“迫不得已”的意思。言是关联词，有“而”的作用。愬（sù），诉苦的意思。⑩卷：卷起来，这里指委曲求全。⑪威仪棣棣：威仪，礼节的态度和举动。棣棣，安和的样子。整句大意是“我的仪容举止很完美”。⑫选（suàn）：通“算”，计算。⑬悄悄：忧愁的样子。⑭愠于群小：愠，怒；自己被一群小人所怨。⑮觏闵：觏同“遘”，遇到。闵通“愍”，痛心。⑯静：仔细地。⑰寤辟有摽：寤指不能入睡。辟，用手拊心。摽，用手捶击。全句意思是审思此事，不

能入睡，以手拊心，到达捶击的地步。⑱日居月诸：居、诸都是语助词。⑲迭：更替。

赏析

《柏舟》是《邶风》的首篇，赋、比兼用。

本诗是一首女子自伤不遇其夫，而又苦于无可告解的怨诗，在《诗经》中是有名的抒情诗篇。

首章诗人以水中飘荡的木舟起兴，比喻妇人的无所依归。诗人的遇人不淑，坚贞自守，以致夜夜失眠。“耿耿”原是形容火光闪烁的状词，此处则借以形容内心的烦忧焦灼，时时紧张不安而失眠。失眠时躺在床上，感觉身体好像柏舟漂浮在水面上。后四句都合二句为一意，描写她内心的忧痛，而她也曾想借酒消愁，但这忧痛又非饮酒遨游所能解的。

次章说她不能入睡的缘由，诗中女子委屈的心情表露无遗，“我心匪鉴，不可以茹”二句，明知兄弟之不可依赖，迫不得已只好勉强去向他诉苦。兄弟不但不同情她，反而白眼相加，把这女子的孤独感推到顶峰，更加深了前章那种内心的烦忧焦灼。

三章的前四句连用二个意象排比，用来比喻自己坚贞不渝的志向，后二句急转表现自己“完美的风度，优点很多，不弱于人”，气势澎湃，节奏紧促，感情冲击达到顶点：我的心不像石可转，席可卷，决心胜于任何坚决的宣誓。

四章、五章在前三章强烈的冲击下，回缓到无可奈何，虽为群小所不容，却只能自怨自艾。每当到夜晚，总是独自思索，往往因忧伤而不能入睡，而抚心捶胸泣血，痛苦万分，真恨不能插翅而奋飞！她呼问苍天的无可奈何，更说出了她内心难以诉说的烦闷。全诗婉转地表达出了她的控诉。

绿　衣[①]

绿兮衣兮，绿衣黄里[②]。心之忧矣，曷维其已[③]！
绿兮衣兮，绿衣黄裳[④]。心之忧矣，曷维其亡[⑤]！
绿兮丝兮，女所治[⑥]兮。我思古人[⑦]，俾无訧兮[⑧]！
絺兮绤[⑨]兮，凄[⑩]其以风。我思古人，实获我心[⑪]。

注释

①这是一首悼亡诗，描写一位丈夫对亡妻的思念。②里：衣服的衬里。③曷：何。维：语气助词。已：止。言思念何时能停止。④裳（cháng）：下衣，类似后代的裙子。⑤亡：通“忘”，忘记。⑥女：通“汝”，你，指亡妻。治：缝制。⑦古人：犹故人，指亡妻。⑧俾：使。訧（yóu）：过失、差错。此句意为（亡妻）使我平时少过失。⑨絺（chī）：细葛布。绤（xì）：粗葛布。⑩凄：凉爽。⑪获我心：谓称我心，让我满意。

赏析

《绿衣》一诗选自《诗经·国风·邶风》，是一位深情款款的丈夫对亡妻的深深怀念，是我国悼亡诗之鼻祖。

全诗共四段，第一段由一件绿衣而起，描述丈夫将一件外绿内黄的旧衣捧在手中反复摩挲，睹物思人，念及亡妻，悲伤不能自已；第二段继续从这件绿衣着笔，以“绿衣黄裳”和上段中的“绿衣黄里”相对，表现丈夫对妻子的深深思念；第三段从绿衣上的一针一线着笔，念及妻子对自己的细心叮嘱和耐心劝解，既刻画了妻子的细致和耐心，更衬托了丈夫对亡妻的深情厚谊；第四段提到天气转寒，自己依旧夏衣在身，再无人为己添衣的凄楚落寞，通过今昔对比，表明了妻子的独一无二、无可替代，将对亡妻的思念推到最高潮。

全诗朴实无华，重章叠句，一咏三叹，却情意绵绵，意味深长。全诗由一件绿衣而起，由一件绿衣贯穿，通过丈夫对绿衣反复摩挲、细细查看，一针一线也不放过的细致刻画，再由浅及深、由衣及人地提到妻子

在世时对自己的耐心劝解，进而描述了妻子亡故后自己无人关怀的生活状态，从侧面烘托了妻子的温柔细致，将丈夫对亡妻的切切之思，缠绵之意，表现得淋漓尽致。这种思念并非轰轰烈烈、感天动地，而是绵密细致，在一粥一饭、一针一线、一衣一餐中形成习惯，深入骨髓。斯人已逝，徒留他睹物思人，倍感落寞，怅然若失。

燕　燕[①]

燕燕于[②]飞，差池[③]其羽。之子于归[④]，远送于野。
瞻望弗及[⑤]，泣涕[⑥]如雨。
燕燕于飞，颉之颃[⑦]之。之子于归，远于将[⑧]之。
瞻望弗及，伫立[⑨]以泣。
燕燕于飞，下上其音[⑩]。之子于归，远送于南[⑪]。
瞻望弗及，实劳[⑫]我心。
仲氏任只[⑬]，其心塞渊[⑭]。终温且惠[⑮]，淑慎[⑯]其身。
先君之思[⑰]，以勖寡人[⑱]。

注释

①这是一首送别诗。描写一位国君送别远嫁妹妹的情景。②燕燕：即燕子，朱熹《诗集传》："谓之燕燕者，重言之也。"一说指一双燕子。于：语气助词。③差（cī）池：参差不齐的样子。④之子：这个人。归：女子出嫁。⑤瞻：远望。弗及：看不到。⑥涕：眼泪。⑦颉（xié）：向上飞。颃（háng）：向下飞。⑧将：送。⑨伫（zhù）立：长时间地站立。⑩下上：犹上下。此句指燕子飞上飞下的鸣叫声。⑪南：闻一多《诗经通义》："南林古声近字通，此南字当读为林也。"⑫劳：忧愁。⑬仲：排行第二。任：友爱、良善。一说为姓氏。只：语气助词。⑭塞：通"寋"，诚实。渊：深，谓思虑深。⑮终：既。惠：和顺。⑯淑：善良。慎：谨慎。⑰先君：指死去的国君。此句意为要常思念故去的先君。⑱勖（xù）：勉励。寡人：国君的自称。

赏析

《燕燕》一诗选自《诗经·国风·邶风》，是一首身为国君的兄长送自己的妹妹远嫁，兄长依依惜别，泣涕如雨，登高远望，不肯离去，怀念妹妹美德人品的深沉婉丽之作。

全诗共四段，其中前三段重点渲染了兄长送别妹妹的场景，最后一段则从送别之人着笔，通过他的回忆，刻画出了被送别之人的美德。前三段的前两句都以燕燕起兴，分别用“燕燕于飞，差池其羽”“燕燕于飞，颉之颃之”及“燕燕于飞，下上其音”为开端，描摹了一幅燕子挥舞翅膀成群飞翔，上下蹁跹相依相伴，自由自在呢喃鸣唱的燕飞图。中间两句，则用直接明了的语言，点明惜别的主题：“之子于归，远送于野”“之子于归，远于将之”“之子于归，远送于南”，直到这时，读者才会恍然大悟，原来作者是用无拘无束、逍遥自在的双飞燕，引出同胞惜别的离愁别绪，是典型的以乐景写哀情，反衬之下，更突出了同胞别离的难过悲伤。末尾两句，直接刻画送别之人的心情状态，妹妹车马已远，只留兄长一人，登高远望，久久不肯离去，他“瞻望弗及，泣涕如雨”“瞻望弗及，伫立以泣”“瞻望弗及，实劳我心”，通过重章叠句的吟咏，将兄长的不忍别离由表面之“泪”，深入到内里之“心”。最后一段，兄长在伤心之余，想起妹妹

的深谋远虑、温柔和顺、善良谨慎，想起她在临行之际仍不忘勉励自己：继承先王之志，不负百姓之望。将离愁别绪超脱离别之境，更显得深沉隽永、意味深长。

日　月

日居月诸，照临下土。乃如之人①兮，逝不古处②。
胡能有定？宁不我顾③。
日居月诸，下土是冒④。乃如之人兮，逝不相好。
胡能有定？宁不我报。
日居月诸，出自东方。乃如之人兮，德音⑤无良⑥。
胡能有定？俾⑦也可忘？
日居月诸，东方自出。父兮母兮⑧，畜⑨我不卒。
胡能有定？报我不述⑩。

注释

①乃如之人：乃，竟。如，像。之人，即这个人。②逝不古处：逝，及，到了……的地步。不古处，不像往日那样待我。③宁不我顾：宁，竟然。不我顾，不顾我。④冒：覆盖。⑤德音：好名誉。⑥无良：无善意。⑦俾：使。⑧父兮母兮：父亲啊！母亲啊！⑨畜：同“慉”，喜好。⑩不述：不说，不讲情理。

赏析

咏弃妇悲叹的诗，在《邶风》中就可见到好几首，如《柏舟》《日月》《终风》《谷风》等篇。古人认为一个被遗弃的爱人，或是被冷落的妻子，便是隐喻一位委屈的大臣，向他的君王埋怨，这种埋怨在《风》《雅》里都有，《毛诗序》便把它们称作“变风”及“变雅”，也就是说，这些诗是政治及道德都已恶化的作品。编诗的人有意利用诗的编排次序，指出这种衰败而呼吁挽救世道。

此诗的特点是每章都以日月的普照大地来反衬丈夫感情不长久，且含有祈求的意味，既是祈求日月，也是针对丈夫而发。末章更呼唤父母，足以看到她无可宣泄的沉痛。首章和二章的第二句，三章和四章的第二句，都借转移改动词组的顺序，使得同一意象之中，有不同的表现，以增加强调的效果。

被弃者一诉、再诉、三诉后，悲凄之情推到极点，既恨他薄情，又想忘记他来解脱自己，却又做不到，反而更增加了怨情。她像处身于寒冷的冰窖之中，她的苦痛，只有呼日月、父母，才能全部发泄。

击 鼓[①]

击鼓其镗[②]，踊跃用兵[③]。土国城漕[④]，我独南行。
从孙子仲[⑤]，平陈与宋[⑥]。不我以归[⑦]，忧心有忡[⑧]。
爰居爰处[⑨]，爰丧其马。于以求之[⑩]？于林之下。
死生契阔[⑪]，与子成说[⑫]。执子之手，与子偕老。
于嗟阔[⑬]兮！不我活兮[⑭]！于嗟洵[⑮]兮！不我信兮[⑯]！

注释

①这首诗反映了久戍异国的卫国士卒的怨愤及对亲人的思念之情。②镗（tāng）：鼓声。③踊跃：跳跃。形容练兵时的情状。兵：武器。④土：用作动词，挖土。土国：指在国内从事劳役。城：用作动词，筑城。漕：地名。城漕：修筑漕邑的城墙。⑤从：跟随。孙子仲：人名。此次卫国南征的主帅。⑥平：平定。陈、宋：皆国名。⑦不我以归："不以"与我归，指不让我回来。⑧有：语气助词。忡：忧愁的样子。⑨爰：等于"于以""于何"，犹言在哪里。⑩于以：于何，在哪里。求：找到。之：代指马。⑪契阔：马瑞辰《毛诗传笺通释》："契当读如契合之契，阔当读如疏阔之阔……契阔与死生相对成文，犹云合离聚散耳。"此章乃追忆与妻子离别时相誓之词。⑫子：你，指妻子。成说：成言，指立下誓约。⑬于嗟：

吁嗟，感叹词。阔：远。⑭活：通“佸”，聚会。⑮洵：《韩诗》作“敻”，久远。⑯信：信守诺言。以上两句言相距遥远，当日的誓约不能实现。

赏析

《击鼓》一诗选自《诗经·国风·邶风》，是一首描写卫国士卒因为战争不得不远赴异国他乡，因而怀念妻子，思念亲人，心中愤然的诗作。通过这名卫国士卒的自述，表达了作者对战争的不满和抵触，是对尊重个体生命价值的呼喊，是百姓渴望和平与幸福的心声。

全诗共五段，第一段由击鼓引入，先写卫国士卒跳跃翻滚的练兵场景，进而写到士卒练兵劳作的艰辛，提及即将远行之事。一句“我独南行”，卫国士卒的无奈和愤懑就已跃然纸上。第二段承袭首段，写明南行的目的在于“从孙子仲，平陈与宋”，并以“不我以归，忧心有忡”之言说明，卫卒不仅要远赴他乡，为陈宋而战，更是归期不可期，生出无尽忧和怨。第三段飞来一笔，以问句写卫卒安家失马寻马之事，看似无关紧要，其实用意颇深。如果说自由驰骋、不受束缚是良马的共同特征，那么不想离家远行，盼望归国团圆，便是背井离乡的士卒的共同心愿。以马来衬托士卒，含蓄地说明了战场之残酷，思乡之心切，让人生出无限酸楚。第四段是千古名句，是临行之际与妻子的誓言，生死离别，皆是人生大事，“一生一世不分离”，许诺之时有多深情，如今想起就有多无奈，难怪张爱玲说，这是最悲哀的诗。第五段与第四段一脉相承，是士卒的伤心呐喊，残酷的战事让他不得不发出“于嗟阔兮！不我活兮！于嗟洵兮！不我信兮！”的悲鸣，谁不想信守承诺，永不分离，只是战争之中，徒叹奈何！全诗至此戛然而止，将征战之悲，推向无以复加的地步。

凯风[①]

凯风[②]自南，吹彼棘心[③]。棘心夭夭[④]，母氏劬[⑤]劳。
凯风自南，吹彼棘薪[⑥]。母氏圣[⑦]善，我无令人[⑧]。
爰[⑨]有寒泉，在浚[⑩]之下。有子七人，母氏劳苦。

睍睆[11]黄鸟，载好其音[12]。有子七人，莫慰母心。

注释

①这是一首儿子因母亲劳累而自责的诗。②凯风：和风，南风。③棘：酸枣树。棘心：初发内芽的酸枣树。马瑞辰《毛诗传笺通释》："盖枣棘初生，皆先见尖棘，尖刺即心，心即纤小之义，故难长养。"以上两句以凯风比母，棘心喻子。④夭夭：鲜嫩的样子。⑤劬（qú）：劳苦。⑥棘薪：言棘已长大可作薪柴。朱熹《诗集传》："棘可以为薪则成矣，然非美材，故以兴子之壮大而无善也。"薪：柴草。⑦圣：通达。⑧令：美好。此句意为我们不是孝顺的好儿子。⑨爰：语气助词。⑩浚（xùn）：卫国城邑名。⑪睍睆（xiàn huàn）：婉转的鸟鸣声。一说美好的样子。⑫载：语气助词。好其音：谓其音和美。

赏析

《凯风》一诗选自《诗经·国风·邶风》，是一首以儿子的口吻，叙说自己在母亲的抚养下长大成人，却未能成材，以致母亲仍旧劳累辛苦，因此自责愧疚

不已的诗作。

全诗共四段，前两段都是以温柔和煦、吹拂万物的凯风起兴，第一段以“凯风自南，吹彼棘心”而始，将母亲无微不至的抚育比作温暖和煦的南风，将嗷嗷待哺的幼子比作稚嫩幼小的棘心，将母爱比作春风的吹拂，在这样和煦春风的吹拂下，棘心慢慢长大；在母亲的辛勤操劳之下，幼子长大成人。第二段以“凯风自南，吹彼棘薪”而始，仅通过一个字的变化，就点名了幼子已如棘心长成棘薪一般长大，将母亲的含辛茹苦浓缩在这一字之变之中，言有尽而意无穷。只是，棘心虽然已经长成了棘薪，但也只能当作柴烧罢了；儿子虽然已经长大成人，也未能成为顶天立地的栋梁，已暗含自责之情。后两句更是用“母氏圣善，我无令人”之语，直抒其自责内疚之意。后两段分别用寒泉、黄鸟起兴，将母亲比作润物无声的寒泉，将儿子比作婉转善鸣的黄鸟，直言母亲之辛苦劳累，儿子之自责内疚。通过对凯风、棘树、寒泉和黄鸟的反复吟咏，衬托儿子对母亲的深深眷恋，及无法告慰母亲之心的惭愧自责。尽管未直接描写母亲辛劳的场景，但一个含辛茹苦的母亲形象，已然呼之欲出。

式　微[1]

式微式微[2]，胡[3]不归？微君[4]之故，胡为乎中露[5]？
式微式微，胡不归？微君之躬[6]，胡为乎泥中？

注释

①这首诗反映了人民对劳役繁重的怨恨。②式：语气助词。微：天色幽暗。③胡：何，为什么。④微：无，没有。君：指奴隶主贵族。⑤中露：露中。⑥躬：身体。

赏析

《式微》一诗选自《诗经·国风·邶风》，现代一般认为这是一首劳动人民不堪劳役的怨愤之诗，表达了劳动人民在统治者的压迫下，日夜辛劳，无眠无休，有家不能回的愤怒和不满。

本诗短小精悍，只有两段，每段四句，共计三十二个字，通过设问、反问和互文，以及句式上长短错落的变化，将劳动人民内心的愤怒和不满全面、强烈地呈现在读者眼前。两段的前两句都以"式微式微，胡不归"而起，天色已晚，天色已晚，你为何还不回家呢？这个问句一下子就吸引了读者的注意，仿佛读者已经看到了那个深夜未归之人，也已产生了上述的疑问。紧接着，诗人用反问句，对此设问进行了回答："微君之故，胡为乎中露？"若非为了君主之故，我怎会在露浓霜重的夜晚，趟着露水继续劳累？这一反问，虽然没有直接说明自己的怨愤，却让读者充分感受到了劳动者内心的委屈、不满和怨怼，形式巧妙，感情强烈。第二段中，诗人别具匠心地只改动了两个字，在重章叠句的咏叹之中，再次发出了"微君之躬，胡为乎泥中？"的反问：若非为了君主的贵体，我怎会在黑夜的泥泞中，劳作不休？将内心的怨愤推向更高层次。

这首诗虽然短小，但是用词精巧，节奏强烈，韵律和谐，并因《毛诗》的劝归之解，逐渐成为一种意象，传承于后人作品之中，成为"归隐"的代名词，对后世产生了极其深远的影响。

静　女

静女其姝[①]，俟我于城隅[②]。
爱[③]而不见，搔首踟蹰[④]。
静女其娈[⑤]，贻我彤管[⑥]，
彤管有炜[⑦]，说怿[⑧]女美。
自牧归荑[⑨]，洵美且异[⑩]。
匪女之为美，美人之贻。

注释

①静女其姝：静女与淑女意思相同。姝，美丽。②俟我于城隅：俟（sì），等候。城隅，指城上的角楼，幽僻之处。③爱：躲藏。④踟蹰：走来走去，徘徊。⑤娈：美好的样子。⑥贻我彤管：贻，赠送。彤，红色。彤管到底是什么，向来说法不一，有人说是笔，有人说是乐器，又有说是红色管状的初生草，就是下文的“荑”，这种说法比较合理。⑦有炜（wěi）：炜然。炜，红而有光。⑧说怿（yuè yì）：喜欢。⑨自牧归荑（tí）：牧，野外。归，通“馈”，馈送。荑，初生的茅草，味甘可食，俗名茅针。⑩洵美且异：洵，确实。异，不平凡。

赏析

这是写一个男子去赴情人约会的诗，诗中刻画了他见到情人前后的不同心情。

全诗兼用四言五言。首章写男女在僻远的城隅相会，男子如期前往，女子却故意躲起来逗他，让他干着急，“爱而不见，搔首踟蹰”用字的轻巧灵活，似乎使男子无可奈何，焦灼地走来走去的景况就在我们的眼前。

二章和三章内容相似，写女子赠彤管，又特地从野外拔回一把茅针送他，女子不仅漂亮而且重感情，令他看“彤管”而想起美人，握茅针而念静女。彤管和荑草是平常之物，但是送的人是自己“寤寐思服”的人，因物思人，就是所谓的“移情”。

新　台[1]

新台有泚[2]，河水浼浼[3]。燕婉之求[4]，籧篨不鲜[5]！
新台有洒[6]，河水浼浼[7]。燕婉之求，籧篨不殄[8]！
鱼网之设，鸿则离之[9]。燕婉之求，得此戚施[10]！

注释

①这首诗描写一女子对自己嫁了一个丑汉充满哀怨。一说是人民讽刺卫宣公劫夺儿媳的诗。②泚（cǐ）：通"玼"鲜明的样子。③浼浼：水势盛大的样子。④燕婉：和顺美好的样子。此句意为本来想嫁个漂亮郎君。⑤籧篨（qú chú）：朱熹《诗集传》："籧篨不能俯，疾之丑者也。盖籧篨本竹席之名，人或编之以为囷，其状如人臃肿而不能俯者，故又因以为名此疾也。"指一种腰不能弯的残疾。鲜：善。⑥洒（cuǐ）：《韩诗》作"漼"，义同洗，亦鲜明之义。⑦浼浼（měi）：同"浼浼"。⑧殄（tiǎn）：郑玄："殄，当作腆。腆，善也。"⑨鸿：蛤蟆。闻一多《诗经通义》："鸿必非鸿鹄之鸿……鸿当为苦蠪之假。蠪即苦蠪。《广雅·释鱼》：'苦蠪，虾蟆也。'"离：附着。这两句说张网本想捕大鱼，结果却网上了一只蛤蟆。⑩戚施：朱熹："戚施不能仰，亦丑疾也。"指一种腰不能直的疾病。

赏析

《新台》一诗选自《诗经·国风·邶风》，历代学者一般都认为《新台》一诗是对卫宣公强娶儿媳姜氏也就是宣姜的讽刺之作，诗中以富丽堂皇、华丽明亮的新台和浩荡盛大的淇水来衬托卫宣公的显赫权势，以宣姜对郎才女貌、鸾凤和鸣的婚姻生活的憧憬及梦想落空、遇人不淑、被人玩弄于股掌的对比，来反衬卫宣公强娶儿媳的丑恶行径。

全诗共三段，前两段都是以新台起兴，通过对新台之富丽堂皇、淇水之浩荡盛大的描写，一方面可以衬托卫宣公权势之显赫，另一方面也会引发读者的思考，即建造如此华丽明亮的新台，是何用途？紧接着，用女子郎才女貌之憧憬的破灭，所托非人的不甘，来间接对新台之用作出回答：原来，这明亮华丽的新台，竟是那美貌女子的囚笼，是卫宣公想要强娶儿媳才命人建造的。新台之美和人性之丑形成了鲜明、强烈的对比，给人以巨大的冲击感。同时，让人联想到从新台之畔流过的浩浩荡荡、奔流不息的淇河之水，是否正是宣姜无论如何都止不住的眼泪呢？最后一段，"鱼网之设，鸿则离之"以撒网捞鱼，却捞上癞蛤蟆为比，彻底宣告了女子婚姻之梦的破灭，让人仿佛感同身受地体会到了女子那委屈、不幸却又无可奈何的悲伤，不禁生出了无限惋惜。

鄘 风

墙有茨[1]

墙有茨[2]，不可埽[3]也。中冓[4]之言，不可道也。
所可道也？言之丑也。
墙有茨，不可襄[5]也。中冓之言，不可详[6]也。
所可详也？言之长也。
墙有茨，不可束[7]也。中冓之言，不可读[8]也。
所可读也？言之辱也。

注释

①这是一首讽刺统治者淫乱无耻的诗。②茨（cí）：蒺藜，一种蔓生草本植物。③埽：同“扫”，扫除。④冓（gòu）：同“構”。中冓：指内室。⑤襄：通“攘”，除去。⑥详：《韩诗》作“扬”，宣扬之义。⑦束：捆束。《毛传》：“束而去之。”⑧读：宣扬。

赏析

《墙有茨》一诗选自《诗经·国风·鄘风》，是《新台》一诗的后续，讽刺了遇人不淑的宣姜因为种种缘故，自暴自弃、自甘堕落，与卫宣公庶子私通的丑事。

全诗一共三段，每段内容相近，但又层层深入，在反复咏叹之中，将人们对此丑闻的讽刺之感、厌恶之情步步加深。三段首句皆以“墙有茨”起兴，将卫公子顽和其父妻宣姜的私通丑闻具象化，比兴为爬满宫墙的蒺藜；卫国百姓及国家尊严无不被这除之不去、扫之不尽、束之不能的蒺藜（丑闻）深深刺痛，如芒在背、如鲠在喉。三段以“不可埽”“不可襄”“不可束”的层层递进，明写蒺藜的越长越深、越爬越多，暗表二人的私通丑事愈演愈烈、昭然若揭。然后，又通过“所可道也”“所可详也”“所可读也”的步步深入，说明百姓对此丑事的议论也在步步升级，已经从不可言说到不可明说再到不可宣扬的地步；随着知道此事的人越来越多，议论范围的逐渐扩大，人们对此事的态度，也已从“言之丑也”的丢人现眼，到“言之长也”的群情激奋，终至“言之辱也”的深以为耻。

诗人始终未着墨于二人私通的丑态，却通过国民议论及反应的层层递进，欲言又止、欲盖弥彰地表达了自己对丑闻的讽刺和不满，可以说是寓讥讽于调侃，融辛辣于幽默，巧妙非常。

鹑之奔奔[1]

鹑之奔奔，鹊之彊彊[2]。人之无良[3]，我以为兄。
鹊之彊彊，鹑之奔奔。人之无良，我以为君！

注释

①这是一首讽刺统治者的诗。②鹑：鹌鹑。奔奔、彊彊：郑玄《笺》：“奔奔、彊彊，言其居有常匹，飞则相随之貌。”这里以鸟有固定配偶反比统治者的荒淫。③良：善。此句言这个人不善良。

赏析

《鹑之奔奔》一诗选自《诗经·国风·鄘风》，古时候的学者一般认为这是一首政治讽刺诗，是对卫国国君腐朽堕落、枉为兄长、枉为君主的谴责和讽刺；现代的学者一般认为这是一首女子对男子的谴责怨怪之诗。

全诗一共两段，每段只有四句，共计三十二字，两段分别以“鹑之奔奔”和“鹊之彊彊”而起，虽未改一字，但通过次序的变换，达到了回环吟咏的效果。连鹌鹑都知道居有常伴，连喜鹊都懂得飞有常偶，用禽兽尚且有固定配偶，突出对为兄为君的那个无耻男子腐朽至极、堕落至致、禽兽不如、枉为人兄、枉为君王的批判和鄙夷。诗中的两段，只有“兄”“君”一字之变，尽管表面上还称之为君，认其为兄，看似尊重，但其实内心对这种无良之人充满了不屑。在居有常匹、飞有常偶的鹌鹑和喜鹊的反衬之下，更突出了此人的无德无良和无耻，具有强烈的批判性和反讽效果。

诗中虽然未曾对男子的形象加以客观陈述，却通过禽兽的反衬、女子的怨怼，将一个无德、无良、无耻的腐朽堕落的恶劣男子形象，勾勒得十分鲜明、突出。

定之方中[①]

定之方中[②]，作于楚宫[③]。揆之以日[④]，作于楚室。
树之榛栗，椅桐梓漆[⑤]，爰伐琴瑟[⑥]。
升彼虚[⑦]矣，以望楚矣。望楚与堂[⑧]，景山与京[⑨]。
降观于桑，卜[⑩]云其吉，终然允臧[⑪]。
灵雨既零[⑫]，命彼倌人[⑬]。星言夙[⑭]驾，说[⑮]于桑田。
匪[⑯]直也人，秉心塞渊[⑰]，騋牝[⑱]三千。

注释

①这是一首赞美卫文公率领人民重建卫国的诗。②定：星名，又称

营室。方中：正好在正中。定星每当农历十月黄昏时出现于正南天空中，古人在此时营建房屋。③作：修筑。于：王引之《经义述闻》：“于，当读曰‘为’，谓作为此宫室也，古声‘于’与‘为’通。”楚宫：楚丘之宫，下文“楚室”同。④揆：测度。此句意为根据日影以定方位。⑤树：种植。榛、栗、椅、桐、梓、漆：皆树名。⑥爰：语气助词。此句言将来砍伐这些树制作琴瑟等乐器。⑦虚：同“墟”，指漕邑旧都城。⑧堂：楚丘旁边的城邑。⑨景山：远山。京：高丘。⑩卜：占卜、卜问。⑪允：确实。臧：善。⑫灵雨：瑞雨。零：落。⑬倌人：主管驾车的小官。⑭星：晴。言：语气助词。夙：早。此句言天晴时早早出发。⑮说（shuì）：通“税”，止息。⑯匪：彼。指卫文公。⑰秉心：用心。塞：实。渊：深。⑱騋（lái）：七尺以上的大马。牝（pìn）：雌性的马。此句言母马繁殖了很多。

赏析

《定之方中》一诗选自《诗经·国风·鄘风》，是一首叙述卫文公带领百姓营建宫室、重造城墙、躬身农桑，走上富国强兵之路的赞诗，通过平实的语言、客观的叙述，勾勒出了卫文公高瞻远瞩、深谋远虑、脚踏实地的人物形象。

全诗共有三段，每段七句，大量采用“赋”的表现手法，以平铺直叙为主。第一段写在卫文公的领导下，百姓定星选址、揆日度量，于十月农闲但寒冬未至之时，在楚丘之侧营造宫室，重建国家。并在楚丘宫庙栽种了榛树、栗树，椅树、桐树、梓树、漆树等树木。榛栗果实可用于祭祀，椅桐梓漆可用于制作琴瑟。第二段是插叙，是对卫文公占卜筑宫这一过程的追叙。卫文公先是登高望远、细细观看；然后又亲下农田，判断此地是否于耕渔有益，通过“升”“降”“望”“观”四个动词，将卫文公不辞辛苦、往来奔波的场景重现。古时候，每逢大事，总要占卜问吉，营造宫室这种大事自然也不例外。在尽人事之后，卫文公又求问天意，表现了对大自然的敬畏。第三段主要记叙了卫文公在一个细雨蒙蒙的早晨，亲下田地，躬身农桑，然后直截了当地对卫文公其人进行颂扬：他非平庸之人，而是深谋远虑、高瞻远瞩，引导卫国走向富强的引路人！“騋牝三千”

一句，看似突兀，实则是卫国日益富强的具象体现，是卫文公励精图治的成果：试想，冷兵器时代，还有什么能比战马多且壮更能体现一个国家的实力呢？

蝃 蝀

蝃蝀[①]在东，莫之敢指。女子有行[②]，远父母兄弟。
朝隮[③]于西，崇朝[④]其雨，女子有行，远父母兄弟。
乃如之人也！怀昏姻[⑤]也！大[⑥]无信也！不知命[⑦]也！

注 释

①蝃蝀（dì dōng）：虹，天地交合所生的现象。指淫乱的社会风气。②有行：出嫁。③隮：虹。天地淫而生虹。④崇朝：终朝，即年前。⑤怀昏姻：想求我和你结婚。⑥大：太的意思。⑦命：指父母之命。

赏 析

古代传说虹是天地交合所生的现象，是污秽之物，因此有所谓天地淫而生虹的说法，且有虹不可指的说法，指虹会遭祸，不是烂手指，就是手歪，正如指月亮会被割耳朵，数星星数得完可为天子，数不完将变哑巴等传说，使人不敢违反。这首诗用虹来比喻淫乱的社会风气。

诗很简洁，意象也很单纯，先以虹来比拟恶势力的求婚者，接着刻画一位远离父母兄弟的女子受到他的冲击。首两章气氛的渲染把“蝃蝀在东”的“莫之敢指”和“朝隮在西”的“崇朝其雨”并列，正如谚语的“东虹呼噜西虹雨”，用东虹的雨停和西虹的雨蒙蒙，来显现这个被迫害女子的孤立，眼看将被恶势力吞没，第三章却使巨峰突起，弱女子大声疾呼，怒斥恶人的不顾人伦礼仪，使我们听到袅袅不绝的控诉之声。

相鼠

相[1]鼠有皮，人而无仪[2]。人而无仪，不死何为！

相鼠有齿，人而无止[3]。人而无止，不死何俟！

相鼠有体[4]，人而无礼。人而无礼，胡[5]不遄[6]死！

注释

①相：仔细看。②仪：指合于礼貌而可以供人吸取的外表或举动。③止：节制，指守礼法的行为。④体：身体。⑤胡：为什么。⑥遄（chuán）：速速，即立刻、马上的意思。

赏析

这是一首正面斥责统治的官吏荒淫无耻、昏庸愚昧的诗，用老鼠起兴，说他们连老鼠都不如，表现了人民对他们的痛恨和鄙视。

礼虽然会因时因地而不同，如从前认为是合乎礼的，如今却成了不合时宜的“吃人礼教”。在如今认为是合乎礼的，从前简直就是大逆不道。东西方的礼大有不同，但按照礼去做，却是古今中外公认的道理，荀子有篇《礼赋》，更说明礼的重要。所谓“性不得则若禽兽”，不正像本诗所说的一样吗？老鼠身上都有皮，嘴里还有牙齿，四肢完整无缺，而这些违礼的人，虽然也具备自然界所赋予的皮、牙齿和完整无缺的四肢，但行为举止却比老鼠还鬼祟，更藏头露尾。

把出入都偷偷摸摸的老鼠，和苟且偷生、丑态百出的贪官恶吏同列，这种对照产生的弦外之音，强烈地显现出来；尤其是反复地“不死何为”“不死何俟”至“胡不遄死”，戛然而止，给那些扰乱社会的害群之马当头

一棒，简直是逼他们快快死掉，真是大快人心。

各章第二句、第三句重复的叠句形式，加快了本诗的节奏；三章形式相似，连环性强，为《诗经》中基本形式之一。

载 驰

载[1]驰载驱，归唁[2]卫侯。驱马悠悠[3]，言至于漕[4]。
大夫跋涉[5]，我心则忧。
既不我嘉[6]，不能旋[7]反。视尔不臧，我思不远？
既不我嘉，不能旋济[8]。视尔不臧，我思不閟[9]？
陟彼阿丘[10]，言采其蝱[11]。女子善怀，亦各有行[12]。
许人尤[13]之，众稚[14]且狂。
我行其野，芃芃[15]其麦。控[16]于大邦，谁因谁极[17]？
大夫君子，无我有尤。百尔所思，不知我所之。

注 释

①载："载……载……"即白话的"边……边……"。②唁（yàn）：人家有丧事，或诸侯失国，前往慰问。③悠悠：形容道路遥遥长远的样子。④漕：卫城。⑤跋涉：草行为跋，水行为涉；这里指远道奔走而来。⑥嘉：赞同。⑦旋：立刻。⑧济：渡河。⑨閟：通"闭"。⑩阿丘：偏高的山丘。⑪蝱：贝母，药名，据说可治郁闷的病。⑫行：道理。⑬尤：埋怨。⑭稚：骄傲。⑮芃芃（péng）：茂盛的样子。⑯控：告诉、陈述。⑰谁因谁极：因，亲近、依赖。极，主持正义。

赏 析

根据《左传》鲁闵公二年，此诗是许穆夫人所作。

此诗的主旨，是写许穆夫人主张卫国应向大国求援。所以《左传》在记载了"许穆夫人赋载驰"的话以后，紧接着就叙述了齐桓公派兵救卫，

并馈赠很多物资的史实，可见此诗的政治意义在当时是很大的，但诗中却暴露了许卫之间的矛盾。我们从诗中看到，许国的执政者是一直反对许穆夫人的，所以诗中也充分表示了她对许国众大夫的愤怒情绪。以今天的看法来评论，此诗不但充满了爱国思想，而且还体现出作者的眼光和主见，即许穆夫人是个为祖国国难而奔驰呼吁的伟大女性，是值得歌颂的。

全诗共分五章，首章用赋的手法叙述她自己要慰问卫国，中途受许国大夫的阻碍；二章和三章都是许国大夫的话；四章说她内心的忧伤和愤怒；末章叙述她要求救于大国，寻求许国大夫的帮助，不要阻碍她。许穆夫人至诚的爱国情操，流露在字里行间，读起来不禁令人感动。

卫 风

淇 奥

瞻彼淇奥[①]。绿竹猗猗[②]。有匪[③]君子，如切如磋，如琢如磨[④]。
瑟兮僩兮[⑤]！赫兮咺[⑥]兮！有匪君子，终不可谖[⑦]兮！
瞻彼淇奥，绿竹青青[⑧]。有匪君子，充耳琇莹[⑨]，会弁[⑩]如星。
瑟兮僩兮！赫兮咺兮！有匪君子，终不可谖兮！
瞻彼淇奥，绿竹如箦[⑪]。有匪君子，如金如锡[⑫]，如圭如璧[⑬]。
宽兮绰兮[⑭]！猗重较兮[⑮]！善戏谑[⑯]兮！不为虐[⑰]兮！

注 释

①奥（yù）：河岸的小湾。②猗猗：美而茂盛的样子。③有匪：匪通“斐”。斐然，有文采的样子。④“如切如磋，如琢如磨”二句：磋，治骨角的人既切之后，又用锉刀锉使它细润光滑。琢，雕琢，治玉石的人先雕琢之后，再用沙石磨它。这两句是比喻做事情精益求精。⑤瑟兮僩兮：瑟，矜持庄重的样子。僩（xiàn），威严的样子。⑥咺（xuān）：通“愃”或“煊”，指心胸坦白开阔。⑦谖（xuān）：忘记。⑧青青：茂盛。⑨充耳琇莹：充耳，耳朵饰品。琇莹，美好的玉石。⑩会弁（biàn）：饰品，绕在帽子上用玉来点缀，闪耀如星。⑪箦：同“积”，形容茂盛。⑫如金如锡：比喻君子品德的高尚。⑬如圭如璧：圭是长方形的美玉，璧是平圆形而中间有孔的美玉。⑭宽兮绰兮：性情的雍容大方。⑮猗重较兮：猗，倚、凭。较，车厢两旁的木板，因它高出车轼，所以称重较。⑯戏谑：幽默有趣的玩笑话。⑰虐：过分。

赏析

众所周知，这是一首赞颂诗，歌咏对德才兼备君子的思慕之情。

三章叠咏。猗猗绿竹的意象，不但蕴含耐寒、鲜嫩，并有温润如君子的暗示，读书人心中的竹，是那么超俗，那般谦和，所以常用竹来比喻君子，又以竹的茂盛，来说明君子的品德非常善良。细工切磋、匠心琢磨的骨角、象牙、珍玩、玉器、美石就像君子的德行、风范，非常完美、高雅而超脱世俗。第二章和第三章都采用和首章相同的句法与描绘手法，只是渐渐地使君子接近人群，赋予人性，如第二章的“充耳”和“会弁”、第三章的“金锡”和“圭璧”。又如，“瑟兮僩兮”，表现他义正词严；“宽兮绰兮”，表现他胸怀宽广；“善戏谑兮”，表现他个性的宽舒随和，篇末“不为虐兮”对君子的歌颂，亲爱的表现，直到思慕的感情推移，心路历程昭然若揭。

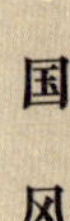

硕人

硕人其颀①，衣锦䌹衣②。齐侯之子③，卫侯④之妻。
东宫⑤之妹，邢侯之姨⑥，谭公维私⑦。
手如柔荑，肤如凝脂。领如蝤蛴⑧，齿如瓠犀⑨，螓首蛾眉⑩。
巧笑倩⑪兮，美目盼⑫兮。
硕人敖敖⑬，说⑭于农郊。四牡有骄⑮，朱幩镳镳⑯，翟茀⑰以朝。
大夫夙退，无使君劳。
河水洋洋⑱，北流活活⑲。施罛涉涉⑳，鳣鲔发发㉑，葭菼揭揭㉒。
庶姜孽孽㉓，庶士有朅㉔。

注释

①硕人其颀：硕人，指美人。颀（qí），秀长而高。②䌹（jiǒng）衣：即现在的罩袍，防止灰尘弄脏外衣。③齐侯之子：齐庄公的女儿。④卫侯：卫庄公。⑤东宫：原指太子的住所，此指齐国大臣。⑥邢侯之姨：邢，国

名，在今河北邢台县。姨，妻子的姐妹。⑦谭公维私：谭，国名，在今山东济南。私，姐妹的丈夫。⑧领如蝤（qiú）蛴（qí）：领，脖子。蝤蛴，白胖而长的虫子。⑨瓠犀：瓠瓜中的种子，洁白而整齐地排列。⑩螓（qín）首蛾眉：螓，小蝉，额头广阔方正而富有光润。蛾眉，美人的眉毛细长微曲，如蛾的触须。⑪倩：美好的样子。⑫盼：眼眸黑白分明的样子。⑬敖敖：身材高大的样子。⑭说：通“税”，停止、息。⑮四牡有骄：牡，公马。有骄，骄然，健壮的样子。⑯朱幩（fén）镳镳（biāo）：幩，镳饰。镳，马龙头外面的铁器，以红色的丝绳缠着。朱幩镳镳：每个马龙头都有红色的装饰。⑰翟（dí）茀（fú）：翟，长尾的野鸡。茀，遮蔽，妇人的车前后都设有蔽盖。⑱洋洋：水盛大的样子。⑲活活：水流动的样子。⑳施罛（gū）濊濊（huò）：施，布设。罛，渔网。濊濊，渔网入水的声音。㉑鳣（zhān）鲔（wěi）发发：鳣鲔，黄鱼。发发，鱼入网后，挣扎着想要出来，尾巴急速拍动的声音。㉒葭菼（tǎn）揭揭：葭菼，芦荻。揭揭，长得长长的样子。㉓庶姜孽孽：庶姜，众陪嫁的女子。孽孽，打扮很美丽。㉔庶士有朅（qiè）：庶士，护送新娘的齐国武士。朅，雄壮威武的样子。

赏析

这是首赞美卫庄公的夫人庄姜的诗。

齐侯的女儿嫁给卫国的庄公，就叫庄姜。首章赞美庄姜身材非常美，我国古代男女，都以高大为美，所以以硕人形容高大的人，也可以形容美女，而本诗四章皆以硕人起句，足以说明庄姜的美貌。另外，本诗详细叙述了庄姜的身份高贵，借姐妹夫婿家庭的显赫，来烘托她的高雅气质，呈现在我们面前的是一位家世显赫、雍容华贵的新娘！

第二章写庄姜的仪容之美，以部分代整体的手法，比拟新鲜，刻画入微，描摹的美人神态活现，是全诗中最精彩的片段，为描写美人的最早杰作。写手的柔嫩白皙，皮肤的润滑光泽，脖子的长而美好，牙齿的整齐洁白，额头的美而好看，眉毛的细长弯曲，其由局部的描绘到笑容的可掬、眼眸的活现，尤为美妙传神，难怪姚际恒有“千古颂美人者，无出其右，是为绝唱”的佳评。

第三章、第四章倒叙庄姜渡河而来的强盛阵容，以及卫国君臣的欢迎景况，“大夫夙退，无使君劳”更烘托出庄公得美人的欣喜之情。

氓

氓之蚩蚩[①]，抱布贸丝[②]。匪来贸丝，来即我谋[③]。送子涉淇，至于顿丘[④]。匪我愆期[⑤]，子无良媒。将[⑥]子无怒，秋以为期。

乘彼垝垣[⑦]，以望复关。不见复关[⑧]，泣涕涟涟。既见复关，载笑载言。尔卜尔筮[⑨]，体无咎言[⑩]。以尔车来，以我贿[⑪]迁。

桑之未落，其叶沃若[⑫]。于嗟鸠兮，无食桑葚[⑬]；于嗟女兮，无与士耽[⑭]！士之耽兮，犹可说也。女之耽兮，不可说也！

桑之落矣，其黄而陨[⑮]。自我徂尔[⑯]，三岁食贫。淇水汤汤[⑰]，渐车帷裳[⑱]。女也不爽[⑲]，士贰其行。士也罔极[⑳]，二三其德。

三岁为妇，靡室劳矣[㉑]。夙兴夜寐，靡有朝矣。言既遂矣，至于暴矣[㉒]。兄弟不知，咥[㉓]其笑矣。静言思之，躬自悼矣。

及尔偕老，老使我怨。淇则有岸，隰则有泮[㉔]！总角[㉕]之宴，言笑晏晏[㉖]。信誓旦旦[㉗]，不思其反[㉘]，反是不思[㉙]，亦已焉哉[㉚]！

注释

①氓之蚩蚩：氓，指诗中男主人公。蚩蚩，和颜悦色，一副厚道的样子。②抱布贸丝：贸，买。古时候以物易物，以布买丝，并非以钱买丝，有人以为布是钱币，显然是错误的。③来即我谋：即，就；谋，图谋，意思是借买丝的时机与女子接近谈恋爱。④顿丘：地名，在今河北省清丰县西南。⑤愆期：愆，过；愆期，误期。⑥将（qiāng）：发语词，有请、愿、希望的意思。⑦乘彼垝（guǐ）垣：乘，登；垝，高。垣，墙。⑧复关：在河北清丰县，男子的家乡，用来代表男子。⑨尔卜尔筮：卜，用火烧龟甲，从裂痕看吉凶。筮，算卦。有单用卜或筮，也有同时用两种的。⑩体无咎言：体，卦象上说。无咎言，没有不吉利的话。⑪贿：财物，这里指嫁妆。⑫沃若：柔嫩润泽的样子。⑬桑葚：桑树的果实，据说斑鸠吃了桑葚能醉，

诗经◎国风

这句话比喻女子不要沉溺在爱情里。⑭耽：欢乐。⑮陨：落。⑯徂（cú）尔：徂，往。徂尔，来嫁。⑰汤汤：水大的样子。⑱渐车帷裳：水沾湿了我的车帷。⑲爽：差错。⑳罔极：无良。㉑靡室劳矣：不以家务为劳。㉒“言既遂矣，至于暴矣”二句：意思是“我嫁给了你，与你安心地过日子，你的心愿已经满足，却狠心地对我暴虐不仁”。㉓咥（xì）：冷笑的样子。㉔隰则有泮：隰，低洼而湿的地方。泮，涯。㉕总角：古时男女未成年时，将头发扎成两边相对而上翘的发束。㉖晏晏：和悦温柔的样子。㉗信誓旦旦：恳切地发誓。㉘不思其反：不回头想一想。㉙反是不思：回头想一想都不肯。㉚亦已焉哉：已，止、完了。意思是也只好算了。

赏析

这是《国风》中仅次于《豳风·七月》的第二长的叙事诗。

讲述了一个女子诉说她不幸的婚姻遭遇，有完整的故事，从她怎么恋爱，怎么结婚，怎么被虐待，到她如何毅然决绝地离开他！无限辛酸哪里说得完？绵绵此恨，刻骨铭心！

这首弃妇怨诗的女主角悔恨地追述相爱结婚的经过，充分表现了对这个负心男子的怨怒。前两章都在追述相爱和结婚的经过：行旅商人抱着纺织品经过各村来换丝，这汉子（氓）左一次右一次地来来去去，他的目的不在买丝，邀我出去讲了很多追求的话语，他的话那么甜蜜温和，令人忘形，送他过淇水至顿丘。男子说要女孩和他私奔吧，女子要男方遣媒人来提亲，男的有点赧颜（不高兴），女子哭泣着说：“不论如何你都要多忍耐，秋天一到就履行诺言。”

第二章写女子等待男子的心情，女子的痴情，意态缠绵，千古情怀就在“不见复关，泣涕涟涟。既见复关，载笑载言”四句中活灵活现，今天恋爱中的男女何尝不是如此呢？所以你的车来，我就带着我的嫁妆上路。

第三章写女子后悔自陷情网，如食桑葚般过分和男子相爱，危险莫过于此，男人可以放任作为，女子是不行的，我没变心，他却抛弃以前的誓言。以下叙述三年劳苦化成泡影，今日有家却不能回，“静言思之”，只有哀怨自己一时糊涂了。白头到老的愿望已经没有了，被抛弃的女子身似浮萍，前途未知，凄凉怨恨的时候想起了新婚之夜的美好日子，也想起了与男子的初恋，然而转过头来，一切都已成空，留下的只有悔恨。所以末章以悔恨交加，凄怆幽怨做结尾，“亦已焉哉”（忘掉算了吧），荡气回肠，令人不禁鼻酸泪坠！

诗以赋体为主，兼具比兴的手法。第一章女子称男子为“氓”，继而称“子”；第二章又改称“尔”，以后即“士”与“尔”，除表现男女间的亲疏感情外，也意味着女子情绪的变化，一转一叹，一叹一泪，写尽古今弃妇的悲凉。

木　瓜

投我以木瓜，报之以琼琚①。匪报也，永以为好②也。

投我以木桃，报之以琼瑶③。匪报也，永以为好也。

投我以木李，报之以琼玖④。匪报也，永以为好也。

注释

①琼琚：琼，形容玉色美丽。琚，佩玉的一种。②好：喜爱。③瑶：美玉。④玖：黑色的玉。

赏析

这首诗篇写情人互相赠送东西以表示爱情。

古时未婚的女子，可以向男子投掷瓜果以引起他的注意，那个被投瓜果的男子，如果也中意她，便解下腰间的佩玉赠送给她作为定情物。《木瓜》就是诗人歌咏这种古俗的风土诗。汉秦嘉《留郡赠妇诗》有“诗人感木瓜，乃欲答瑶琼”，晋陆机为陆思远妇作诗“敢忘桃李陋，侧想瑶与琼”，已经将《木瓜》诗视为男女赠物了。而南朝宋人何承天《木瓜赋》更说“愿佳人之予投，想同归以托好。顾卫风之攸珍，虽琼瑶而匪报”，则以木瓜为定情诗！“投桃报李”的话，更证明这首诗的脍炙人口。

三章反复吟咏男女互赠，永结同心，情调优美而明朗畅快。

王 风

黍 离

彼黍离离[①]，彼稷[②]之苗。行迈靡靡[③]，中心摇摇[④]。
知我者，谓我心忧；不知我者，谓我何求？
悠悠苍天！此何人哉？
彼黍离离，彼稷之穗。行迈靡靡，中心如醉。
知我者，谓我心忧；不知我者，谓我何求？
悠悠苍天！此何人哉？
彼黍离离，彼稷之实。行迈靡靡，中心如噎[⑤]。
知我者，谓我心忧；不知我者，谓我何求？
悠悠苍天！此何人哉？

注释

①彼黍离离：黍（shǔ），小米。离离，下垂的样子。②稷（jì）：高粱。③行迈靡靡：行，道。迈，远行。行迈，在道上远行。靡靡，脚步蹒跚的样子。④摇摇：同“愮愮”，心忧而不能自主。⑤噎：食物塞住喉咙。

赏析

《黍离》是《王风》的首篇。周平王东迁洛邑，即历史上的东周，王畿在今洛阳一带，东周王畿境内的诗歌，就叫王风。这篇诗写流浪者的忧愤：一个找不到出路而流落他乡的游子，触景生情，想到自己的悲惨遭遇，不禁悲愤交集。由感物而兴情，物与情融为一体！

关于这首诗，旧说周室东迁以后，有大夫旅行到达陕西镐京，看到镐京残破荒废已成废墟，原有的宗庙宫室都已成农夫的田地，种小米、高粱，内心悲伤凄凉，彷徨不忍离去，写下了他的感慨和悲叹。郁郁不伸，忧愁满腹，是背井离乡漂泊者的悲歌。道途中漫无目标的旅行者，离开故土，将在何处生存呢？不明白我内心真情的人以为我太苛求，只有少数知己能体会到我漂泊的忧心。

三章运用同一意象表现相似的感情，不过所见的高粱由苗变穗变实，可见旅行者漂泊的时间之久，心里感应由“摇摇”到“如醉”到“如噎”，层层递进，把那刻骨的忧郁一层一层地展开，让读者有身临其境之感，细致而真切，令人回味无穷！

叠字和类字类句的使用，很能加深伤时的情怀，是《诗经》中常见的手法。

君子阳阳[1]

君子阳阳[2]，左执簧[3]，右招我由房[4]。其乐只且[5]！
君子陶陶[6]，左执翿[7]，右招我由敖[8]。其乐只且！

注释

①这首诗描写一女子与一男子一起跳舞的情景。②君子：指舞师。阳阳：同“扬扬”，得意的样子。③簧：古时的一种乐器。④由房：马瑞辰《毛诗传笺通释》：“由、游，古同声通用。由敖，犹游遨也。由房与由敖亦当同义，皆谓相招为游戏耳。……房与放，古音亦相近。由房当读为游放。”⑤只且(jū)：语气助词。⑥陶陶：和乐的样子。⑦翿(dào)：舞者所持的用羽毛装饰的道具。⑧由敖：舞曲名。

赏析

《君子阳阳》一诗选自《诗经·国风·王风》，诗人通过简洁的语言，向我们描绘了一幅载歌载舞的晚会图，全诗洋溢着欢快、喜悦的气氛，为我们了解数千年前先民的精神世界和娱乐生活打开了一扇门。

全诗共两段，每段四句，长短句交错，重章叠句，反复吟咏，音韵和谐。全诗以“君子阳阳”为开端，一上来就抛出了一个得意扬扬的男子形象，这个男子为何如此欢快得意呢？第二三句给出了答案，原来他“左执簧，右招我由房”，正左手拿着簧，右手款款向我发出邀请，邀我与他一起弹奏《由房》之乐。这是多么让人放松、令人欢畅的氛围呀！此时的读者，仿佛已经成了台下的观众，正情不自禁地随着他们的乐声摇摆身躯，拍击手掌。如此忘情投入的歌舞，怎能不让人陶醉呢？一曲终了，那个男子又乐陶陶地拿起了羽毛旌摇，他再次将右手伸向我，邀我与他共舞《由敖》之曲。我们兴致高昂，心花怒放，多么开心呀！场上乐声阵阵、舞姿翩翩，场下定是掌声雷动，笑声不断，将氛围烘托得轻快自如，轻松自在。

整首诗也如舞者的舞姿和歌者的歌声一样，轻松欢快，自然流畅，一气呵成，让人心驰神往，将人身上的疲惫，心中的不快，一扫而空。

采 葛

彼采葛兮，一日不见，如三月兮！
彼采萧[①]兮，一日不见，如三秋[②]兮！
彼采艾[③]兮，一日不见，如三岁兮！

注释

①萧：蒿，又名荻，多年生草本植物，茎高二厘米到四厘米，白色软毛，分枝极多，线形叶，可用来祭祀。②三秋：秋季三个月，即孟秋、仲秋、季秋；或是三年，即三次秋天，但就此诗的进展路线看三秋刚在三月和三岁之间，解为三个月或三年都不妥，或该为“三季”，以秋代表相思的季节吧！③艾：蒿属，晒干之后可以用来治病。

赏析

这是首男女相思的恋歌，相恋中的男女，时时刻刻两心相系相伴，一会儿不见，则焦躁如隔岁月。

本诗用直述的方法，借现实时间（一日）与心里感觉的时间（三月、三秋、三岁）的夸张对比，写男女相恋的情绪，张力很强。“采葛、采萧、采艾”并非指三个女子，而是诗人的恋人，一个时而采葛、时而采萧、时而采艾的女子而已。如《诗经》中常借摘草来表达恋爱的情境，大概古代有摘草能与远离者的心灵产生相互感应的风俗吧！

郑 风

将仲子

将仲子[1]兮！无逾我里，无折我树杞[2]。
岂敢爱之？畏我父母。仲可怀也，父母之言，亦可畏也！
将仲子兮！无逾我墙，无折我树桑。
岂敢爱之？畏我诸兄。仲可怀也，诸兄之言，亦可畏也！
将仲子兮！无逾我园，无折我树檀。
岂敢爱之？畏人之多言。仲可怀也，人之多言，亦可畏也！

注释

①仲子：男子的字。②树杞：即杞树，下面两章的树桑、树檀，都为桑树、檀树的意思，为搭配韵律，所以倒装过来了。

赏析

这是一首女子赠男子的情诗，女子婉劝其心爱的男子不可表现得过于放肆，以免被父母、兄弟及乡邻所耻笑、所责备。本诗采用倾诉的方式，三章的内容与形式基本相同，大概这位男子常常攀墙爬树偷偷地来与佳人相会，他生怕被人发觉，女子左右为难，拿不定主意，只有通过作诗来缓解内心的矛盾和挣扎，说出自己的情爱之心。

男女相爱，女子能恪守礼制，拒绝男友过分热情的追求，真乃“发乎情，止乎礼”！

女曰鸡鸣

女曰："鸡鸣！"士[①]曰："昧旦[②]！"
子兴[③]视夜[④]，明星[⑤]有烂[⑥]。将翱将翔[⑦]，弋[⑧]凫与雁。
弋言加[⑨]之，与子宜[⑩]之。宜言饮酒，与子偕老。
琴瑟在御[⑪]，莫不静[⑫]好。
知子之来[⑬]之，杂佩[⑭]以赠之。知子之顺[⑮]之，杂佩以问[⑯]之。
知子之好之，杂佩以报之。

注释

①士：男子的称呼，多指未婚男子。②昧旦：天色将明未明的时候。③兴：起，指起床。④视夜：察看夜色。⑤明星：启明星。⑥有烂：明亮。⑦将翱将翔：小鸟飞翔的样子。⑧弋：射箭，以带丝绳的线系着箭。⑨加：射中。⑩宜：佳肴，做成佳肴。这里作动词。⑪御：演奏。⑫静：美好。⑬来：抚慰。⑭杂佩：玉佩。用各种佩玉构成，称杂佩。⑮顺：和顺、柔美。⑯问：慰问、赠送。

赏析

本诗是一首幽会的恋歌，意义比较简单，写了一对猎人夫妇，每天早早地起床，一起高兴地去狩猎，相互关心、爱慕。

全诗共分三章，第一章写天还未

亮，启明星还在闪闪发光，但公鸡已经叫了，姑娘感觉野鸭野鸡就要飞来了，不要错过了好时机，快把弓拿来。第二章写狩到猎物后两人高兴地对酒当歌。第三章写两个人的感情很深，恩爱无比，永结同心。

诗中的情绪变化巧妙，不留痕迹，不愧为一首好诗！

有女同车

有女同车，颜如舜[①]华。将翱将翔，佩玉琼琚。
彼美孟姜，洵美且都[②]。
有女同行，颜如舜英[③]。将翱将翔，佩玉将将[④]。
彼美孟姜，德音不忘[⑤]。

注释

①舜：木槿树。②都：悠闲雅致。③英：花。④将将：玉相碰发出的声音。⑤德音不忘：《诗经》中出现德音的地方很多，归纳起来共有两层意思：一指他人的言语，一指声誉。此处指声誉。

赏析

本诗是写男子赞美他妻子的诗，诗中有“有女同车”的话，应当为夫妇，而不是指外遇，古时私奔男女不能公然同车。

全诗两章都在写与妻子一起出游，赞美妻子“洵美且都”，以佩玉来显现她服饰的华丽，以“佩玉将将”来烘托她的端庄守礼和美丽高雅。

诗中的“翱翔”二字都有“羽”做偏旁，意思是自己美人好像羽毛一样美丽，在空中翱翔，《神女赋》中“婉若游龙乘云翔”、《洛神赋》中“若将飞而未翔”等大概都是从此处引申而出。

山有扶苏[①]

山有扶苏[②]，隰有荷华[③]。不见子都[④]，乃见狂且[⑤]！
山有桥[⑥]松，隰有游龙[⑦]。不见子充，乃见狡[⑧]童！

注释

①这首诗描写一女子对情人的戏谑。②扶苏：树名。③隰（xí）：低湿之地。荷华：荷花。④子都：古时的美男子。下“子充”同。⑤狂且（jū）：马瑞辰《通释》：“狂且与下章狡童对文，……且当为伹之省借。《说文》：‘伹，拙也’；《广韵》作‘拙人也’，《广雅》‘伹，钝也’。”⑥桥：通“乔”，高。⑦游龙：一种草本植物，即荭。⑧狡：狡狯。

赏析

《山有扶苏》一诗选自《诗经·国风·郑风》，是一首描写男女相会时，一位天真烂漫的女子戏谑、调笑与之相会的男子的诗歌，全诗短小精悍，非常生活化，自然流畅地将浓浓的爱意蕴藏在了调笑之中。

全诗一共两段，每段都是借由花草树木起兴。有人认为第一段前两句的“山有扶苏，隰有荷华”以及第二段前两句的“山有桥松，隰有游龙”，是对男女约会的场景地点及周围景色的描写，说这对男女在一个树木掩映、花草向荣的山间低谷中幽会。但是，更多的学者认为，“山有……隰有……”是《诗经》之中非常典型的起兴句式，并非描写实景，与后半段的故事也并无联系，只是为了使诗歌含蓄婉转而采用的一种手法而已，譬如《邶风·简兮》一诗中的：“山有榛，隰有苓”，《唐风·山有枢》一诗中的“山有枢，隰有榆”，都是此种用法。

诗中的两段重章叠句，每段前两句以相同句式起兴，后两句则反复吟咏“不见子都，乃见狂且”“不见子充，乃见狡童”，借由女子之口，发出充满爱意的调笑。子都是古时候的美男子，子都和子充皆泛指美男子。女子笑语盈盈道：“没见到千想万念的美男子，却来了一位狂徒、狡童”，分明是两人相约，偏偏用对方非己所念来调侃，通过爽朗戏谑的语言，描摹出了一位率真烂漫、娇俏明媚的女子形象。

风 雨

风雨凄凄[①]，鸡鸣喈喈[②]。既见君子，云胡不夷[③]。
风雨潇潇[④]，鸡鸣胶胶。既见君子，云胡不瘳。
风雨如晦[⑤]，鸡鸣不已[⑥]。既见君子，云胡不喜。

注 释

①凄凄：寒凉。②喈喈（jiē）：与下文的“胶胶”都是形容鸡鸣叫的拟声词。③云胡不夷：云，句首语气词。胡，为什么。夷，喜悦。④潇潇：又猛又急的风声雨声。⑤如晦：昏暗，好像夜晚。⑥已：止。

赏 析

这首诗《毛诗序》认为是赞美不屈于恶劣环境的贤人，朱熹认为是写淫乱私奔的诗，屈万里认为是男女约会的诗。但就诗本身看，这可能是首情诗：丈夫出门在外很久，预定这一天回家，不料天公不作美，竟是风雨交加，妻子独守空闺，正孤独无聊，担心狂风暴雨阻碍他行程的时间，忽然听见群鸡齐鸣，而所等待的丈夫竟冒着狂风暴雨连夜赶回家，于是妻子内心充满了喜悦、幸福与安全感，顿时便驱走了恐惧和孤寂。

“君子”两字原本是对贵族子弟的称呼，后来转变为对有德行之人的尊称，而在《诗经》中，女子往往以“君子”来称呼丈夫。

诗人以赋的手法，三章反复写同一情景，在气氛的传达方面特别成功。在暴风雨侵袭，黑暗笼罩，人们彷徨无主的时代，“风雨如晦，鸡鸣不已”常被引用来鼓舞人心，冲破黑暗，迎接黎明！人们受到这两句诗的感染，定会有重新振作、坚定意志、继续奋斗的一股力量产生出来。我们读到这首诗，也像诗中主人那样无比欣喜！

姚际恒说首章“喈喈”是头鸡啼（初号），二章“胶胶”是二鸡啼（再

号），三章“不已”是三鸡啼（三号），三鸡啼便是黎明时分了，以此暗示、传达丈夫适时归来的喜悦气氛是再恰当不过了。

值得注意的是各章叠字的运用，很能增强所要表现的气势。在“未见君子”的状态下，“凄凄、潇潇”的风雨声中，鸡声啼鸣表示爱情的动摇，承接“既见君子”后，此诗表现出了安详的情绪。且各章第三句“既见君子”同一语言的出现，和第四句“云胡”的连用排比，使“夷”“瘳”“喜”等内心世界的气氛、情调，更和谐、更柔美，与女主角的内心非常相称。

子　衿

青青子衿①，悠悠我心。纵②我不往，子宁不嗣音③？
青青子佩，悠悠我思。纵我不往，子宁不来？
挑兮达兮④，在城阙⑤兮。一日不见，如三月兮。

注释

①衿（jīn）：衣领。②纵：即使。③子宁不嗣音：宁，为什么。嗣音，以音来问。④挑兮达兮：往来徘徊，走来走去的样子。⑤城阙：城门外左右两边的楼台。

赏析

这是一首表现女子情思的诗歌。少女与少男在恋爱过程中，男女相约在某处见面，然后一起到城楼去游览，但少女迟到了，男友已经回去了，没有留话给她，所以她斥责男友“纵我不往，子宁不嗣音？”照她推想，男友先到城楼等她，但赶到时，竟无男友踪影，大概是少年不愿等待，一生气就走了，于是女孩在失恋的痛苦之中，一心思念那青衿青佩的男子，穷极无聊，满腔郁闷无法排遣，脑海中浮现的男孩影子，那套他在约会时经常穿的青色领襟的衣服，样子格外鲜明。现在一天不见他，就觉得像分别了三个月那样难以忍受。

诗人描绘出一位痴情少女的神态，以及她焦急而矜持的表情，是那样生动、那样鲜明。首章和次章，诗人写她的心境、情思，有痴情的描摹，有矜持的暗示。由于男友赌气走了，这时的她非常焦灼无助，多么希望男友回头来找她，和她说说话，那一切都会云开雾散的。但他却连影子都不见，她终于忍不住，到相约游览的城楼徘徊，盼望着少年也在那儿出现。

最后一章写她在城楼上徘徊的心情，责怪男友没有给她留下任何消息，她徘徊又徘徊，还是不能离去，感情如溃堤的洪水，把矜持冲毁了，终于把自己焦急的心思赤裸裸地抖搂出来，口上说的“悠悠我思”的苦味，这次是真的体会到了。

诗里的“城阙”大概是少男少女经常约会见面的地方。原来古时城门外设有左右两座台，上面建造楼观，楼观上端圆，下端方，由于中央空缺，所以称“阙”；又因为可以远望，所以称“观”。诗里的少女就是登上这样的“城阙”，去等待她的情人。诗的高潮却在“一日不见，如三月兮”的转折间，戛然而止，留给我们运用想象和推断去补足作品中所没有表现的部分，去体会诗歌的言外之意与弦外之音，这也是我们欣赏文学作品所要培养的能力，是我们欣赏文学作品时所享受的乐趣。

野有蔓草

野有蔓草①，零②露漙③兮。有美一人，清扬④婉⑤兮。
邂逅相遇，适⑥我愿兮！
野有蔓草，零露瀼瀼⑦。有美一人，婉如清扬。
邂逅相遇，与子皆臧！

注释

①蔓草：蔓生的草。②零：落。③漙（tuán）：露水多。④清扬：形容女性眉清目秀。⑤婉：美好。⑥适：适合。⑦瀼瀼（ráng）：露水很大的样子。

赏析

《野有蔓草》写男女爱情,《毛诗序》认为本诗是年轻人思念情人的歌；朱熹认为是男女在野外相遇，互相倾慕的诗。

全诗两章叠咏，先写野草挂满零露，从季候上看，应是重露的秋天。紧接着，男女邂逅，两相情愿，感情满足愉悦，心绪好像得到了甘泉的灌溉，意味醇浓，不禁发出了“适我愿兮”“与子皆臧”的感慨。诗歌同时赞叹女子的姿容，眉清目秀，令人咀嚼再三，甘津不绝。

首章的“清扬婉兮”，二章倒转成“婉如清扬”。《诗经》中常用倒转的词来完成韵律，例如《桃夭》的“室家”，倒转成“家室”；像《小雅·鱼丽》的“旨且多”，颠倒为“多且旨”。两章的末句，显出情感之激烈，是传神之笔。

齐 风

鸡 鸣

鸡既[①]鸣矣，朝[②]既盈矣。匪鸡则[③]鸣，苍蝇之声。
东方明矣，朝既昌[④]矣。匪东方则明，月出之光。
虫飞薨薨[⑤]，甘与子同梦。会且归矣，无庶予子憎[⑥]。

注 释

①既：已经。②朝：朝廷。③则：之，的。④昌：昌盛，指人多。⑤薨薨：虫子飞时发出的嗡鸣声。⑥无庶予子憎：不要让人讨厌我们。庶，众。

赏 析

本诗看似一首男女幽会的情诗，三章的前两句均写出了女子惊慌的神态，想马上起床，而每章的后两句均写男子的恋床情节，艺术上一惊一答，诙谐幽默，非常富有生活气息。而妻子催促丈夫早起去朝会，同时也意在讽刺在朝者的荒淫怠惰。

东方之日

东方之日兮，彼姝者子！在我室兮。在我室兮，履我[①]即[②]兮。
东方之月兮，彼姝者子！在我闼[③]兮。在我闼兮，履我发兮。

注 释

①履我：履，追随。履我，追随我的行迹。②即：就。③闼（tà）：屋子。

赏析

很多人认为这是一首男子幻想着和一美女相会的情诗，但我们从诗中却丝毫也看不出想象的痕迹，所以应当是诗人新婚，在洞房之中，看着貌美的新娘，内心喜不自胜，唱歌赞美她。

诗人赞美新娘美丽，如太阳红光满面，如月亮温柔皎洁，前两句呈现给读者的是一位美貌娇娘，第三句才点出是他娶来的新娘——在我室兮，在我闼兮。“闼”字的本义是“门”，可以引申而指“屋子”，《淮南子·齐俗篇》有“广厦阔屋，连闼通房，人之所安也”的话，明显可以看出“闼”指“屋子”而不是指“门”，本篇的“闼”也是一样，这句意思是“那个美丽的人在我屋子里”，这样和第一章“在我室兮”的话完全相吻合。诗人善用比喻，又擅长描写，以太阳、月亮比喻容貌，不但见新娘外表的美，连她脸上的色泽、光辉，内心的雀跃、温和与纯洁都涵盖无余。“在我室兮，履我即兮（随我的行迹而与我相依偎）”“在我闼兮，履我发兮（跟着我的行迹而行走）”更透露出新婚之夜的快乐甜蜜。各章三句、四句的重复，更把那份新婚喜悦之情，恰如其分地传达出来。

东方未明

东方未明，颠倒衣裳。颠之倒之，自公[①]召之。

东方未晞[②]，颠倒裳衣。倒之颠之，自公令之。

折柳樊[③]圃，狂夫[④]瞿瞿[⑤]。不能辰夜[⑥]，不夙[⑦]则莫。

注释

①公：公家。这里指国君。②晞：破

晓，天刚亮。③樊：藩篱，篱笆。④狂夫：又凶又狠的监工。⑤瞿瞿：瞪着眼睛怒视的样子。⑥不能辰夜：指不能掌握时间。⑦夙：早晨，这里指时间早。

这首诗意义明朗，是百姓痛斥朝廷官吏的怨苦之作。

本诗共三章，前两章的意思一样，均写天还没亮，就有人来喊去做工，于是胡乱地穿上衣服。最后一章写疯狂的监工大叫，怒斥劳苦工人不能按时上工。

它讽刺国家的号令没有规矩，百姓不分早晚地干活来服徭役，受监视。

魏 风

葛 屦

纠纠[1]葛屦[2]，可以[3]履[4]霜？掺掺[5]女手，可以缝裳？
要[6]之襋[7]之，好人[8]服之。
好人提提[9]，宛然[10]左辟[11]，佩其象揥[12]。
维是褊心[13]，是以[14]为刺[15]！

注 释

①纠纠：即缭缭，缠绕。②葛屦：葛麻编织成的草鞋。③可以：何以、怎么能。④履：践踏。⑤掺掺：通“纤纤”，形容手柔弱纤细。⑥要：衣服的腰身。⑦襋（jí）：衣领，做动词。⑧好人：指女奴的主人。⑨提提：通“媞媞”，安详美好的样子。⑩宛然：回转身子的样子。⑪左辟：向左回避。⑫揥（jì）：用象牙做的簪子，饰物。⑬褊心：心胸狭窄。⑭是以：所以。⑮刺：讽刺。

赏 析

这是一首控诉诗。

本诗以女奴的口吻写出了女奴对贵族妇女的控诉，蕴含着贵族妇女对女奴的压迫，无情地揭示了世上两种人：一种是正面描写的生活痛苦的女奴，一种是侧面描写的残酷无情的贵族妇人。诗中说，女仆为主人缝制衣鞋，主人大模大样，不理不睬。

诗中蕴含着对傲慢的贵族妇女的嘲笑与讥讽。

伐檀

坎坎[①]伐檀兮，寘之河之干[②]兮，河水清且涟猗[③]。不稼不穑[④]，胡取禾三百廛[⑤]兮？不狩不猎[⑥]，胡瞻尔庭有县貆[⑦]兮？彼君子兮，不素餐[⑧]兮！

坎坎伐辐[⑨]兮，寘之河之侧兮，河水清且直猗。不稼不穑，胡取禾三百亿兮？不狩不猎，胡瞻尔庭有县特[⑩]兮？彼君子兮，不素食兮。

坎坎伐轮兮，寘之河之漘[⑪]兮，河水清且沦猗。不稼不穑，胡取禾三百囷[⑫]兮？不狩不猎，胡瞻尔庭有县鹑兮？彼君子兮，不素飧兮。

注释

①坎坎：伐木的声音。②寘（zhì）之河之干：寘通“置”。干，岸边。③涟猗：涟，风吹水面水纹好像连锁。猗，通“兮”字。④稼、穑：种稻叫作稼，收割叫作穑。两字合起来泛指一般农事。⑤廛（chán）：一户人家的住屋。三百廛，就是三百家的田地。⑥狩、猎：狩，冬猎叫作狩，夜猎叫作猎，此处意思是“用猎具或鹰犬捕捉鸟兽”，所以狩猎是没有分别的。⑦县貆（huán）：县通“悬”字。貆，即獾，兽名。⑧素餐：白吃，就是光吃饭不做事，下文的“素食”“素飧（熟食）”与此同义。⑨伐辐：辐，车轮中直木，此处意思是伐檀来做车辐，下文“伐轮”与此相同。⑩特：大兽。⑪漘（chún）：水边，河岸。⑫囷（qūn）：屯谷用的圆仓。

赏析

魏国的土地少，百姓贫困，农民伐木、稼穑、狩猎，终年勤劳，仍然难以温饱，而贵族重敛，不劳而获，坐享其食，有吃有喝，山珍满宴。贵族自己不拿锹锄，庭院却稻谷堆积如山；自己不去狩猎，檐前却满挂野味。山珍海味贵族都是白吃的，贵族奢侈腐化到了无可救药的地步，善良百姓却谋生困难，在悲凉绝望之余，百姓就创作了嘲骂剥削者不劳而食的诗，这也是东周世衰，农民觉醒，社会制度将趋崩溃的时代反映。

每章前三句以劳动者在河边伐木的情景起兴，第四句以下曲尾的叠咏，与主题正相吻合。木材放置场所是河边，然后以跳跃的方式做心理描写，以河清、河浊来做政清、政乱的对照，伐木工人对“河水清且涟猗”含有无限的期待，却隐含有不可实现的无可奈何之感，然后把对上位者的剥削与无能及内心的不满更推进一层。于是贫富悬殊、劳逸不均等社会不正常的现象在隐隐约约中显露出来。

硕　鼠

硕鼠①硕鼠，无食我黍。三岁贯②女，莫我肯顾③。
逝④将去女，适⑤彼乐土。乐土乐土，爰得我所⑥！
硕鼠硕鼠，无食我麦。三岁贯女，莫我肯德⑦。
逝将去女，适彼乐国。乐国乐国，爰得我直！
硕鼠硕鼠，无食我苗。三岁贯女，莫我肯劳⑧。
逝将去女，适彼乐郊。乐郊乐郊，谁之永号⑨！

注释

①硕鼠：大老鼠，即鼫鼠，和兔差不多，尾巴短而眼睛红，毛有黑、白、褐等色，专在田中吃粟豆及栗柿等，是农作物巨害之一。②贯：通“宦”，侍奉。③莫我肯顾：一点也不肯顾念（或体贴）我们。④逝：誓，表示坚决的意思。或做发语词。⑤适：到……去。⑥爰得我所：爰，乃。得我所，意思是获得适于我们安居的处所，下文“爰得我直”的“直”与“所”同义，即处所的意思。⑦德：感激。⑧劳：慰问，犒劳。⑨永号：长叹。

赏析

和《伐檀》一样，本诗反映了魏国弱小，且苛捐杂税严重，人民不堪负荷，于是作诗讥讽，对统治者的沉重剥削表示怨恨。

诗人用比喻的方法，将剥削者比喻为贪婪害人的肥大鼯鼠，并且表示希望逃到另外安乐的地方去，好逃避残酷的剥削，这种对鼠的控诉，实际上带有指桑骂槐的意思。

诗人的内心蕴藏有火山般的愤怒火焰，却意外地以逃避代替反抗，以想象理想世界代替现实的苦闷。先将“硕鼠”人格化，再挥动彩笔，先恳求“无食我黍”“无食我麦”“无食我苗”，而后斥责对方不顾人生死（“莫我肯顾”“莫我肯德”“莫我肯劳”），随后表示坚决地要离其远去（“逝将去女”），却立即将诗导入理想世界之中，看似缓和，其实在现实与理想的相映之下，现实的那番不堪忍受，显得更加剧烈而鲜明了。三章反复意义相同，有增强感情的作用。

唐 风

扬之水①

扬②之水，白石凿凿③。素衣朱襮④，从子于沃⑤。
既见君子⑥，云何不乐？
扬之水，白石皓皓⑦。素衣朱绣⑧，从子于鹄⑨。
既见君子，云何其忧？
扬之水，白石粼粼⑩。我闻有命，不敢以告人！

注释

①这首诗描写晋国人投奔曲沃桓叔（晋昭公的叔父）时的喜悦。②扬：水流缓慢的样子。③凿凿：鲜明的样子。④朱：红色。襮（bó）：绣有花纹的衣领。⑤沃：曲沃，晋国城邑名，晋昭公封其叔父于此。⑥既：已。君子：对贵族的称呼。⑦皓皓：洁白的样子。⑧绣：闻一多《风诗类钞》："襮，襟。绣，袖。皆袖端饰。"⑨鹄：同"皋"，即西沃。马瑞辰《通释》："鹄，古通作皋，泽也，皋也，沃也，盖析言则异，散言则通。三家诗从本字作皋，《毛诗》假借作鹄。非曲沃之旁别有邑名鹄也。"朱骏声认为鹄是曲沃二字的合音。⑩粼粼：水清澈的样子。

赏析

《扬之水》一诗选自《诗经·国风·唐风》，是一首讽刺晋昭公的诗，全诗描写了晋人兴高采烈地奔往曲沃，投效晋昭公的叔父桓叔的场景，借此表达对晋昭公执政的不满以及对执政者有所作为的热切盼望。

全诗共三段，前两段各五句，最后一段三句。每段都以"扬之水"起兴，借由缓缓流淌的河水这一外部环境的平静安详来反衬局势的剑拔弩

张、阴谋的反复酝酿，设计十分精巧。在河水缓缓流淌之时，水底的白石日渐鲜明，真相也即将大白于天下。一群身穿绣花红衣的士兵，正要在曲沃起事，效忠他们心目中奋发有为、爱民如子、好施德政的桓叔，效忠于这样的君子，自己必将有所作为，必将成为有功之臣，眼中充满希望之人，又怎会不高兴呢？第二段和第一段的内容大体相似，只稍稍改动数字，将这群将士对晋昭公执政的不满、对桓叔执政的热切盼望表现得更加强烈。最后一段同样以“扬之水”起兴，此时的河水更加清澈，水底的白石已清晰可见。随着铺垫的层层深入，谜底即将揭开，一场政变已箭在弦上。这群将士深知自己的使命，他们心照不宣地保守着这个秘密，只希望能早日穿上诸侯军队的服装，正大光明地为自己心中的君主效力。

诗中的“素衣朱襮”“素衣朱绣”是诸侯服饰，有人认为这是对叛变者服饰的实写，也有人认为这是叛变者对桓叔早日成为君主的无限盼望，究竟如何，已不可知，只能见仁见智了。

绸　缪[1]

绸缪束薪[2]，三星[3]在天。今夕何夕，见此良人[4]？
子兮子兮，如此良人何？
绸缪束刍，三星在隅[5]。今夕何夕，见此邂逅[6]？
子兮子兮，如此邂逅何？
绸缪束楚，三星在户[7]。今夕何夕，见此粲[8]者？
子兮子兮，如此粲者何？

注释

①这是一首描写新婚欢乐的诗。②绸缪：缠绕。束薪：以及下文的“束刍”“束楚”皆谓捆束的柴草，比喻婚姻。③三星：参宿，二十八宿之一，由三颗星组成。④良人：好人。⑤隅：角落，此指东南角。⑥邂逅：不期而遇，此用为名词。⑦户：房门。⑧粲：美。

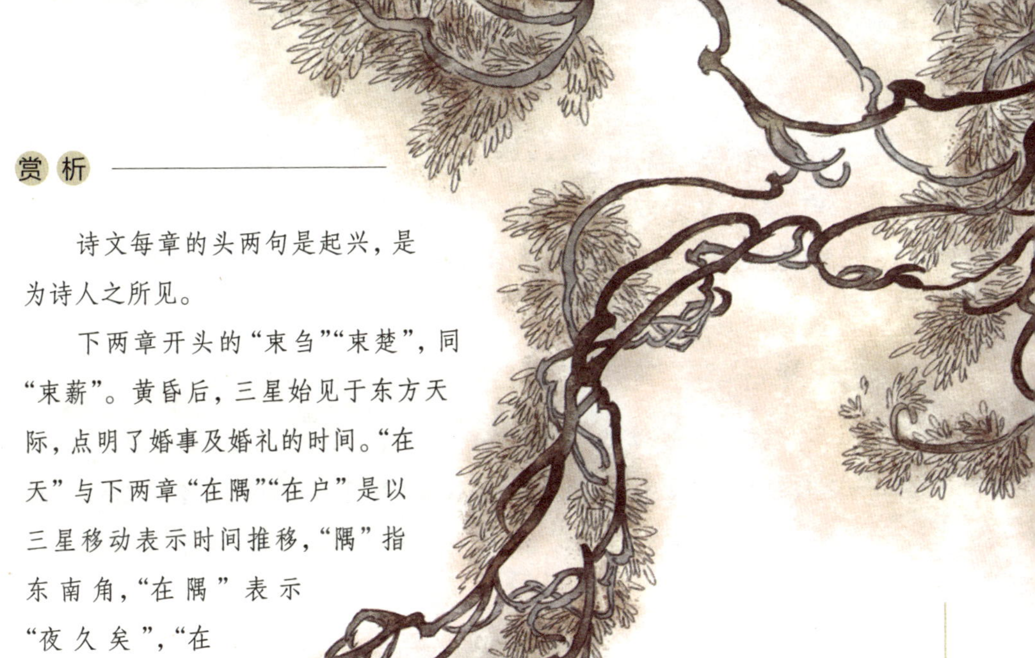

赏析

诗文每章的头两句是起兴，是为诗人之所见。

下两章开头的“束刍”“束楚”，同“束薪”。黄昏后，三星始见于东方天际，点明了婚事及婚礼的时间。“在天”与下两章“在隅”“在户”是以三星移动表示时间推移，“隅”指东南角，“在隅”表示“夜久矣”，“在户”则指“至夜半”。三章合起来可知婚礼进行时间——从黄昏至半夜。

每章后四句，是以玩笑的话来调侃这对新婚夫妇的，语言活脱风趣，极富有生活气息。特别是“今夕何夕”之问，含蓄又俏皮，对后世影响颇大。后世诗人往往借此来表达突如其来的欢愉之情，特别用于男女之间的情爱。

写法上，每章后四句，诗人以平淡之语，写常见之事，抒普通之情，却能使人感到神情之逼真，仿佛身临其境——令读者见到了那位无法用语言形容的美丽新娘及她那陶醉于幸福之中，几至忘乎所以的新郎。这充分显示了民间诗人的创作力。

从整体上看，这首诗具有祝福调侃的意味，基调非常温馨、甜蜜。语言活脱风趣，极富生活气息。

葛生

葛生蒙楚，蔹[①]蔓于野。予美[②]亡此，谁与？独处！

葛生蒙棘，蔹蔓于域[③]。予美亡此，谁与？独息！

角枕粲[4]兮，锦衾烂[5]兮。予美亡此，谁与？独旦[6]！
夏之日，冬之夜。百岁之后，归于其居[7]。
冬之夜，夏之日。百岁之后，归于其室。

注释

①蔹（liǎn）：草名，蔓生植物。②予美：予，我，妇人的自称。美，她英俊的丈夫。③域：茔域、墓地。④粲：鲜明。⑤锦衾烂：衾，被。烂，鲜明。⑥独旦：独自到天亮。⑦居：和下章的“室”都指“坟墓”。

赏析

这是一首妇人哀悼亡夫的诗，古代“葛”和“蔹”都是蔓生植物，必须依附在其他植物上才能生存。诗人用以起兴，来比喻女子必须依靠丈夫而

成家立业。前三章设想丈夫死后的凄凉景象和自己的哀吟，以“谁与”设问，而以“独处”“独息”“独旦”作答，感觉非常孤凄，感情缠绵不绝。后两章写自己伤感今后的漫长岁月极其难过，只有等到百年以后与“予美”同穴，才是自己最好、最终的归宿。

葛草蔓延，攀缠杂木，蔓草匍匐于墓茔，此处是我所怀念的人安身的地方。茫茫人海中只剩下我一人，茕茕孑立，清孤寂寥。殉葬的角枕想必还闪烁光芒，锦被也鲜艳悦目，但“予美”则寂寂长眠。

炎炎夏日，漫漫冬夜，只有夫君一人独眠，只有我一人独自生活。百岁之后，我必然与你在地下相见，安心等待吧！

本诗哀切中透露典雅，比汉初的挽歌《薤露》和《蒿里》更为优雅感人，情爱悱恻。悼亡诗中的表现和遣词造句，一读便知。

诗一开始，呈现的是杂草蔓生的荒郊野外，坟场的一片荒芜凄凉的景象，气氛的渲染很足；随后寡妇愁苦的悲泣声音，划破那空寂的荒野，更酿造了凄怆酸楚的气氛，令人柔肠寸断，血泪盈眶；接着诗人故意选用令人难耐的漫长而孤寂的夏日和凄寒的冬夜，烘托寡妇的至情流露，任凭它海枯石烂，意志不变，誓死和她的丈夫在那另一个未知的世界中相会团圆，感情的真挚专一，与哀怨欲绝的悲叹，令人悲恸欲绝。

秦 风

驷 驖[①]

驷驖孔阜[②]，六辔[③]在手。公之媚子[④]，从公于狩[⑤]。
奉时辰牡[⑥]，辰牡孔硕[⑦]。公曰左之[⑧]，舍拔[⑨]则获。
游于北园，四马既闲[⑩]。輶车鸾镳[⑪]，载猃歇骄[⑫]。

注 释

①这是一首描写秦君打猎的诗。②驷：驾一辆车的四匹马。驖（tiě）：黑色的马，毛尖略带红色。孔：甚、很。阜：肥。③辔：马缰绳。④媚子：宠爱的人，指亲信。⑤狩：冬猎。⑥奉：供奉，此指驱赶。时：通“是”，这。辰：马瑞辰《通释》：“当读为麎。《说文》：‘麎，牝鹿也。’”（牝鹿：母鹿）一说辰，时，应时。牡：雄性的兽。⑦硕：肥大。⑧左之：向左。⑨舍：放，发射。拔：通“柭”，箭的尾部，此指箭。⑩闲：熟练。⑪輶（yóu）车：轻便的车。鸾：通“銮”，车铃。镳（biāo）：马口旁的勒具，又称马衔、马嚼子。鸾镳：带铃的马嚼子。⑫猃（xiǎn）：长嘴猎犬。歇骄：短嘴猎犬。

赏 析

《驷驖》一诗选自《诗经·国风·秦风》，是一首展现秦国君主外出狩猎场景的诗，诗中既有大开大合的狩猎全景，又有精心描摹的局部细节，通过时而紧张、时而松弛的场景描写，表现了狩猎者的勇猛与从容。

全诗共三段，每段四句，一共四十八字，通过短短的四十八字描写，让人感受到了数千年前秦君出猎的浩大声势，狩猎阵营的威武雄壮。第一段写狩猎前，诗人由四匹壮硕威武的骏马切入，通过“驷驖孔阜，六辔在手。公之媚子，从公于狩”的简练凝重的语言，将秦君出列时狩猎阵容的严整肃穆描绘得淋漓尽致，指挥若定、从容不迫的秦君形象跃然纸上。第二段写狩猎中，开猎之令已下，负责掌管苑囿的官员，第一时间打开樊笼，一群膘肥体壮的兽类冲出樊笼，快速奔走。秦君大喊着："向左！""嗖"一下，野兽便应声而倒。整段描写，流畅且紧张，让读者仿若置身于狩猎场中，亲耳听到了箭矢之声，亲眼见到了猎物倒地。第三段写狩猎后，经过紧张的狩猎，一行人开始游猎，他们来到北园，气氛也由张而弛，只见那四匹威武壮硕的骏马此时正迈着从容的马蹄，悠闲轻松地逡巡着，车铃阵阵，声韵悠扬，刚刚奔走如闪电的猎狗也放松地趴在车上休息。诗人由马匹和猎狗，突出一个"闲"字，与第一段的整肃和第二段的紧张形成鲜明对比，通过短短四十八个字，向我们描绘了一幅出猎全景图。

蒹葭[①]

蒹葭苍苍[②]，白露为霜。所谓伊人[③]，在水一方[④]。
溯洄从[⑤]之，道阻[⑥]且长。溯游[⑦]从之，宛在水中央。
蒹葭凄凄[⑧]，白露未晞[⑨]。所谓伊人，在水之湄[⑩]。
溯洄从之，道阻且跻[⑪]。溯游从之，宛在水中坻[⑫]。
蒹葭采采，白露未已[⑬]。所谓伊人，在水之涘[⑭]。
溯洄从之，道阻且右。溯游从之，宛在水中沚。

注释

①这首诗描写一男子爱慕一女子，但可望而不可即。②蒹葭（jiān jiā）：芦苇。苍苍：茂盛的样子。③伊人：那人，指歌者的意中人。④方：马瑞辰《通释》："方、旁古通用。一方即一旁也。"⑤溯洄：逆流而上。从：追寻。⑥阻：险阻。⑦溯游：顺流而下。⑧凄凄：同"萋萋"，茂盛的样子。⑨晞（xī）：干。⑩湄：水草交接处，即岸边。⑪跻（jī）：升。⑫坻（chí）：水中沙洲。下"沚"同。⑬已：止。⑭涘（sì）：水边。

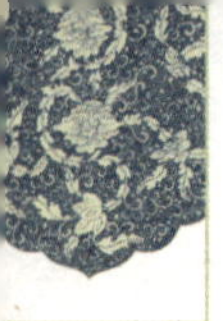

赏析

《蒹葭》一诗选自《诗经·国风·秦风》，是《诗经》中的名篇，现代一般认为这是一首爱情诗，描写了一位男子心仪一位女子，对心仪女子苦苦追寻，但“伊人”终究可望而不可即的失意落寞、苦闷惆怅之情。

全诗共三段，每段八句，皆以“蒹葭”而始，第一段中的“蒹葭苍苍”和“白露为霜”向我们交代了时间线索：在深秋的清晨，夜间露水凝于芦苇叶上。“自古逢秋悲寂寥”，秋景映衬在人的心里，便为“愁”，因此第一句就奠定了本诗清冷、落寞、惆怅、缠绵、缥缈、可望而不可即的总基调。诗人在深秋的清晨来到河畔，苦苦追寻意中之人，透过苍苍茫茫的芦苇丛，诗人仿佛看到了心中的伊人，正在河的对岸；他急忙忙地溯流而上，道路为何这般险阻漫长。他寻寻觅觅，对岸哪还有伊人身影？落寞伤心之际，伊人又似在水之中央缥缈若现。其实，伊人究竟是否真的出现过，抑或自始至终都是诗人心中的幻象，已然不再重要。重要的是，这种心有所爱，逆流而上，历经痛楚，却一无所获，空喜一场的情感，已超越了爱情，唤起了所有人对于友情、亲情、事业或者理想的共鸣，也使《蒹葭》一诗具有了难以穷尽的人生哲学的意象。

全诗寓情于景，情景交融，每段只稍稍改动数字，在重章叠句的咏叹之中，更添回旋跌宕的落寞、惆怅之感。

黄　鸟

交交[①]黄鸟，止[②]于棘。谁从[③]穆公？子车奄息[④]。维[⑤]此奄息，百夫之特[⑥]。临其穴[⑦]，惴惴[⑧]其栗[⑨]。彼苍者天，歼我良人[⑩]！如可赎[⑪]兮，人百其身！

交交黄鸟，止于桑。谁从穆公？子车仲行。维此仲行，百夫之防[⑫]。临其穴，惴惴其栗。彼苍者天，歼我良人！如可赎兮，人百其身！

交交黄鸟，止于楚。谁从穆公？子车鍼虎。维此鍼虎，百夫之御[⑬]。临其穴，惴惴其栗。彼苍者天，歼我良人！如可赎兮，人百其身！

注释

①交交：鸟叫声。②止：停落，栖息。③从：从死，即殉葬。④子车奄息：子车是姓，奄息是名。⑤维：发语词。⑥百夫之特：特，匹敌。整句的意思是说，他的才能可以抵得过一百个人。⑦穴：墓穴。⑧惴惴（zhuì）：害怕的样子。⑨栗：发抖。⑩歼我良人：歼，尽数消灭。良人，好人。⑪赎：替换。⑫防：当、比的意思。⑬御：抵挡。

赏析

这是一首挽诗。

此诗凡三章，分别叹咏秦人所敬重的子车氏三兄弟。每章末四句充分反映出秦国人民对三良的哀悼与痛惜，以及对迫人殉葬的残暴统治者的憎恨及控诉。秦穆公是春秋名君，五霸之一，知人善任，但依然没把秦国这一不人道的殉葬恶俗废除掉。周襄王三十一年，秦穆公死，依秦风俗命一百七十七名家臣殉葬，其中有子车氏三兄弟，号称秦国三良，秦人哀怜子车三良，谱出了这首哀悼的挽歌。

诗人先描绘墓场的景色，借黄鸟自由自在地在树上盘旋鸣叫，反衬出三良死亡的悲哀凄惨心声；接着以迂曲的手法展现秦俗以人殉葬的人间悲剧，殉葬已经是惨无人道，用秦国的良才殉葬，更是暴虐到了极点；随后把三良临死惶惧战栗的惨状展现出来，让读者目睹。最后秦人爱惜三良，愿以身替代，更把活人殉葬的荒谬推到了极点。《黄鸟》为我国挽歌之祖，较《薤露》《蒿里》之类的诗，意境更加宏阔，所表达的感情也更加沉痛。

无　衣

岂曰无衣？与子同袍。王于兴师，修我戈矛[①]，与子同仇！
岂曰无衣？与子同泽[②]。王于兴师，修我矛戟，与子偕作[③]！
岂曰无衣？与子同裳。王于兴师，修我甲兵，与子偕行！

注释

①戈矛：和下文之“戟”都是长柄古代兵器。戈长六尺六，戟长一丈六，戈戟的杆端附有枝状的利刃；戈为单枝，戟为双枝，可勾可击；矛长二丈，上尖锐且锋利，可刺。②泽：通“襗”，贴身的内衣。③偕作：和“偕行”都是“一同行动，一起作战”的意思。

赏析

这是一首古代秦国的军歌。“王于兴师”是秦襄公以周王的命令出征西戎，秦人一起参战，所以作“无衣”这首诗，歌中充满勇敢强悍、乐于奉命的精神，以及战友间的深厚感情。

全诗三章叠咏，都是用赋的手法。主旨在于表现秦人慷慨从军，以及士卒相互友爱、同仇敌忾的爱国精神。诗中表现出为国而战的无畏与乐观，充满着昂扬热烈的情绪，使人读了热血沸腾，精神为之振奋，爱国之心油然而生。“与子偕作”“与子偕行”，秦人一起行动，从军报国的精神，不正是我们所应学习的吗？

全诗语意慷慨，音节铿锵，气魄雄迈。

陈　风

宛　丘

子[①]之汤[②]兮，宛丘[③]之上兮。洵有情兮，而无望[④]兮。
坎[⑤]其击鼓，宛丘之下。无冬无夏，值[⑥]其鹭羽[⑦]。
坎其击缶[⑧]，宛丘之道。无冬无夏，值其鹭翿[⑨]。

注释

①子：你。②汤：通“荡”。游荡，放荡。③宛丘：四周高中间低的土山。指陈国游览的地方。④望：德望。一说观望，一说望祀，一说仰望。⑤坎：击鼓的声音。⑥值：持或戴。⑦鹭羽：用鹭的长羽做成的饰物，这里指舞蹈道具。⑧缶：瓦器。古代歌舞时以缶为节奏。⑨翿（dào）：舞蹈道具。与鹭羽为同一物。

赏析

《宛丘》一诗选自《诗经·国风·陈风》，是一首赞美女子身姿摇曳、舞姿优美的诗作。诗人对跳舞的女子倾心爱慕，却只敢仰望，不敢表白。只能用歌声来赞美她灵动轻盈的舞姿，回忆她明艳动人的面庞。

全诗共三段，每段四句。第一段，诗人的赞美之情表现得最为强烈。他用倒装的语句，以女子轻盈摇曳的舞姿切入，然后再点明女子跳舞的地点位于“宛丘之上”，充分表现了诗人对跳舞女子的倾心仰慕之情。后两句“洵有情兮，而无望兮”更是直抒胸臆，女子是宛丘之上的众人焦点，而他不过是台下的泯然众人，尽管倾慕万分，却始终是“心悦君兮君不知”，只可仰望无法接近的幽怨失落，在这句感叹中自然流露，让人心疼不已。后两段再无一句情语，而是采用白描的手法，描述那天的鼓声、

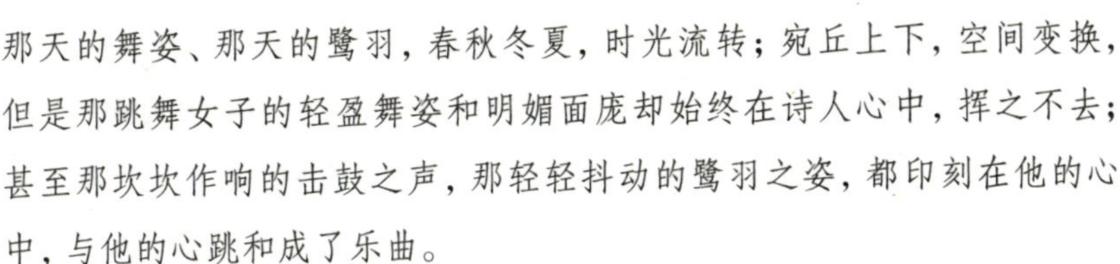

那天的舞姿、那天的鹭羽，春秋冬夏，时光流转；宛丘上下，空间变换，但是那跳舞女子的轻盈舞姿和明媚面庞却始终在诗人心中，挥之不去；甚至那坎坎作响的击鼓之声，那轻轻抖动的鹭羽之姿，都印刻在他的心中，与他的心跳和成了乐曲。

读起此诗，诗人那热切的目光仿佛就出现在了读者的面前，也许正是因为可望不可得，才让这一眼穿越了千年，才让那一刻成了永恒，才让遗憾成了刻骨铭心的永恒记忆。

东门之池

东门之池①，可以沤②麻。彼美淑姬③，可与晤歌④。
东门之池，可以沤纻⑤。彼美淑姬，可与晤语。
东门之池，可以沤菅⑥。彼美淑姬，可与晤言。

注释

①池：城池。②沤（òu）：在水里长时间浸泡。③淑姬：或作“叔姬”，意思是三小姐。④晤歌：晤，对。晤歌，面对面唱歌。⑤纻：麻类，可以织布。⑥菅：草名，可做绳索。

赏析

东门的城池，妇人来洗麻的络绎不绝，池边白天女子们歌唱，夜晚可是约会的好地方。《东门之池》正是歌咏男

女借机谈情说爱的恋歌。

陈国民间歌舞之风非常兴盛，以跳舞出名的有子仲家的姑娘，以唱歌出名的正是本篇所咏的漂亮的“淑姬”。诗以兴的手法，先呈现青年男女约会喜欢到的“东门之池”是幽静的地方，适于约会谈心，接着对美女淑姬的才华大加赞许，民谣色彩很浓。

诗的语言鲜明，节奏轻快，韵律极佳，意味深长。

防有鹊巢

防①有鹊巢，邛②有旨苕③。谁侜④予美？心焉忉忉⑤！
中唐⑥有甓⑦，邛有旨鹝⑧。谁侜予美？心焉惕惕⑨！

注释

①防：堤防。②邛（qióng）：丘，高地。③旨苕（tiáo）：旨，美好。苕，木本蔓生，花黄赤色，叶青茎绿可食，生在低湿之处，又名陵苕、浚宵或紫葳。④侜（zhōu）：欺骗。⑤忉忉：忧心的样子。⑥中唐：中庭路。⑦甓：陶器，砖一类东西，用来建造台阶。⑧鹝（yì）：小草名，即绶草，杂色如绶（丝条），也指苕一类植物。⑨惕惕：忧惧不安的样子。

赏析

鹊巢筑在堤防的上面，冈丘上的苕草又甘又香，中庭的路有砖瓦等物件，高丘的地方绶草又甘又香。

《防有鹊巢》共分两章，每章前两句，依想象力创造自然界或日常所看到的景物不符合常理等现象，借以象征那甜蜜欺骗人的谎言，故作诗警诫爱人不要被谎言所欺骗。

《诗经》中写爱情，都直述爱情，坦露心迹，像这样借对第三者的疑虑，表露钟情的还是第一篇。诗的后段则直叙自己的忧愁，因为有人甜言蜜语欺骗自己日思夜想的人——是谁说了这些不可信的谎话，以欺骗我那亲爱的人呢？实在使我心中伤感和不安。

全诗音调低沉，好像忧心者的心声。

月出

月出皎①兮，佼人②僚③兮。舒④窈纠⑤兮，劳心⑥悄⑦兮。

月出皓兮，佼人懰⑧兮。舒忧受兮，劳心慅⑨兮。

月出照兮，佼人燎⑩兮。舒夭绍兮，劳心惨⑪兮。

注释

①皎：洁白光明。②佼人：佼，美好。佼人，美人。③僚：通“嫽”，娇美的样子。④舒：女子举止从容娴雅。⑤窈纠（yǎo jiǎo）：形容女子体态轻盈，走路柔美多姿的样子。第二章的忧受，第三章的夭绍都和此意同义。⑥劳心：忧心。⑦悄：忧愁的样子。⑧懰：娇美的样子。⑨慅（cǎo）：忧愁的样子。⑩燎：娇美的样子。⑪惨：忧愁不安。

赏析

陈风中最精彩的抒情诗就是“星”“月”两篇，“星”篇即是《东门之杨》，“月”篇即本篇《月出》。诗人在月下遇到一个美丽的女孩，因为爱她，于是静夜独坐，望着月亮大发感叹，咏出了如此优美的抒情诗篇。

此诗共分三章，每章第一句以月起兴，第二句、第三句写美人，末句写诗人自己不宁静的心情。本诗在形式上是具有特殊风格的双声叠韵诗，各句的第三字都使用产生相同回响的音调，特别显现和谐之美。心若深潭，月光银影下的女孩，动人的曲线，轻盈的体态，柔美多姿，几乎令人怀疑是天上仙女下凡了。

月自古以来就被当作美女的象征，在明月当空的夜晚，思念恋人，或单恋的人思念他心中仰慕而不能得到的偶像（美女），充满了浪漫主义的情调，令人读来，不禁拨动思怀的缠绵情致。

桧 风

素 冠

庶[①]见素冠兮，棘人[②]栾栾[③]兮，劳心傅傅[④]兮。
庶见素衣兮，我心伤悲兮，聊[⑤]与子同归兮。
庶见素韠[⑥]兮，我心蕴结[⑦]兮，聊与子如一兮。

注 释

①庶：幸。②棘人：女子的自称。③栾栾（luán）：憔悴消瘦的样子。④傅傅（tuán）：忧愁的样子。⑤聊：含有愿望的意思。⑥韠（bì）：护膝。⑦蕴结：忧郁难解。

赏 析

桧，春秋以前的小国，相传为祝融之后，妘姓，在今河南省密县东北，周平王时，被郑武公所灭。本诗不是因为地域而与郑诗乐调不同，而是指它未被归于郑以前的诗。

这是一首悼念亡夫的诗。诗中棘人，古时候即家中有丧事的人，妻子极度悲伤，恨不得与丈夫"同归"。

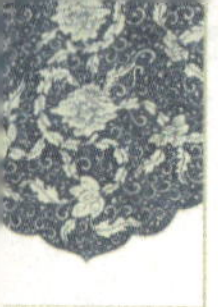

隰有苌楚

隰[1]有苌楚[2]，猗傩[3]其枝。天之沃沃[4]，乐[5]子之无知。
隰有苌楚，猗傩其华。天之沃沃，乐子之无家。
隰有苌楚，猗傩其实。天之沃沃，乐子之无室。

注释

①隰：低湿的地方。②苌楚：蔓生植物，又名羊桃，叶长而狭、花紫赤色，子像桃而细小像小麦。枝茎弱小，超过一尺就攀在草上。③猗傩：音义同“婀娜”，形容植物被风吹动时娇弱柔顺的样子。④天之沃沃：夭，指未长成的草木，此处是为青少年的意思。沃沃，很有光泽的样子。⑤乐：羡慕。

赏析

这是一首描写在混乱的社会，人们忧愁痛苦的诗。诗人生在乱世，遭受暴政和重赋的威胁，可是由于顾虑妻子儿女，不敢反抗，无可奈何，痛苦到了极点。无处倾诉的时候，正好看见了泽地的苌楚，于是借题发挥对没有知觉的苌楚倾吐了他的欣羡之情。由羡慕他人来表露对自己遭遇的不满，正表现了文学情趣。诗人内心苦闷，希望也像苌楚那样，无论环境怎么样，总是枝叶茂盛，婀娜润泽。

人在痛苦忧患之中，常常憎恨自己的有知识、有感应，而羡慕草木无知无识的可贵，人若没有知识、没有感应，对于政治的混乱、社会的是非、人群的善恶，毫无分别、毫无见解，就像草木一样，是多么好啊！大概在衰乱的社会，人们不认为活着是一种乐趣，所以才有这种悲哀厌世的心理。如果在太平盛世，家室本来就是温暖的源泉，生命本来就是享受的主体，何必去羡慕那些无家可归的植物呢？可以想象桧国的政治已经败坏到了极点！

匪　风

匪风发[①]兮，匪车偈[②]兮。顾瞻周道[③]，中心怛[④]兮。
匪风飘兮，匪车嘌[⑤]兮。顾瞻周道，中心吊[⑥]兮。
谁能亨鱼[⑦]，溉之釜鬵[⑧]。谁将西归，怀之好音[⑨]。

注释

①匪风发：匪，彼，意思是“那个”，是发语词。发，风声。②偈：车疾驰的样子。③顾瞻周道：顾瞻，回头瞻望。周道，大路。④怛（dá）：忧伤的意思。⑤嘌（piāo）：疾。⑥吊：伤。⑦亨鱼：通“烹鱼”。⑧溉之釜鬵（xín）：溉，洗涤。鬵，大釜，是烹鱼的器具。⑨怀之好音：怀，念，意思是盼望。好音，即好消息。此句的意思是我盼望能有好消息或我愿托他给我捎个平安音信。

赏析

这是桧人忧国思周的诗。犬戎作乱，幽王被杀，镐京沦陷，桧国诗人顺着周道流亡东返（桧在周国的东面），这时候平王东迁，郑国势力增强，而桧国的政治败坏，人民流离失所，痛苦望救，于是诗人作《匪风》来抒发当时忧国忧民的心声。

首章叙述车驰风猛，诗人一路东奔，回头看看抛在车后的大道，心中不由得感伤起来。次章仅将“发”“偈”“怛”三字换韵为“飘”“嘌”“吊”，意思也一样。末章格调一变，在两个“谁”之间起句，渴望有力者能挽救大局，恢复西周的平静与桧国的安定，一片忠心溢于言表。

本诗在二、四句脚押韵“鬵”“音”二字。章法句式的变化，是《国风》中较少见的。整首诗都是直叙。

曹 风

蜉 蝣

蜉蝣[①]之羽，衣裳楚楚[②]。心之忧矣，于我归处[③]？
蜉蝣之翼，采采[④]衣服。心之忧矣，于我归息？
蜉蝣掘阅[⑤]，麻衣[⑥]如雪。心之忧矣，于我归说？

注 释

①蜉蝣（fú yóu）：像蜻蜓的昆虫，略小，栖息在水边，又能飞行到空中，成虫往往数小时就死，生命短促，所以有朝生暮死的说法。②楚楚：鲜明的样子。③于我归处：于，与。归处，和下章的“归息”“归说”都是死的意思。④采采：华美盛饰。⑤掘阅：穿穴，蜉蝣幼虫生在粪土中。⑥麻衣：白布衣，这里指蜉蝣的透明羽翼。

曹是小国，封域大概在当今山东菏泽、定陶一带，曹都故址在山东省曹州，鲁哀公八年被宋所灭。依照郑玄的说法，《曹风》四首是东周初期，昭公姬班和他的儿子共公姬襄时代的诗歌。

曹昭公穿着华美衣服，国家势力衰弱而不知道着急，诗人作诗来讽刺他。但诗中充满哀凄音调，也许是悼亡的挽歌。死者衣裳像蜉蝣鲜艳的羽翼，妻啊（或夫啊）！不久我将会到你那儿去的。“归处”“归息”“归说”都是死的意思，各章末句都以誓死同穴的表现，预兆了他们绵绵不尽的爱恋、痛惜之情。诗中取蜉蝣采采的外表，正象征死者亮丽的人生；而蜉蝣的朝生暮死，更是所爱者生命短暂的影子。由蜉蝣而联想到自己所爱的人，一片无常之感云涌而至，于是高呼：“心之忧矣！于我归息。”

本诗用兴体，诗人见物生情，每章的前后两部分，经过浓缩和跳跃，连接两个意象的差距，来完成这架构。诗中“羽”“楚”“处”等音响低沉的韵脚，最能表现哀悼忧伤的气氛。

豳 风

鸱 鸮

鸱鸮[1]鸱鸮，既取我子，无毁我室。
恩斯勤斯[2]，鬻子之闵斯[3]！
迨[4]天之未阴雨，彻彼桑土[5]，绸缪牖户[6]。
今女下民，或敢侮予！
予手拮据[7]，予所捋[8]荼，予所蓄租[9]，
予口卒瘏[10]，曰予未有室家[11]。
予羽谯谯[12]，予尾翛翛[13]，予室翘翘[14]。
风雨所漂摇，予维音哓哓[15]。

注释

①鸱鸮（chī xiāo）：即猫头鹰，专捕其他小鸟为食。②恩斯勤斯：恩即殷，斯是语尾助词，“殷勤”意思是辛辛苦苦地。③鬻子之闵斯：鬻通“育”；子，雏鸟；闵，病。全句意思是“我就是为抚育小鸟才累得病了”。④迨：及，趁着。⑤彻彼桑土：彻，剥取。桑土的“土”是“杜”的假借，桑杜指桑根。⑥绸缪牖户：绸缪，缠得很紧。牖户原指门窗，此处指巢的空隙。⑦拮据：形容双手劳累，后来人们比喻境况窘迫或事情为难。⑧捋（luō）：取得。⑨蓄租：蓄，积聚。租通“蒩”，茅草。⑩卒瘏：卒同“悴”。瘏，口病。⑪室家：巢。⑫谯谯（qiáo）：羽毛脱落憔悴的样子。⑬翛翛（xiāo）：羽毛干枯不润泽。⑭翘翘：高危而不安的样子。⑮哓哓（xiāo）：由于恐惧而发出的哀鸣。

赏析

《鸱鸮》是《诗经》中绝无仅有的一篇绝妙的禽言诗。通篇以一只失

去小鸟但仍努力营筑巢室的母鸟的口吻，写出她自己的辛勤劳瘁。以情理推度，诗人不会无的放矢，作无病呻吟的诗，所以此诗应当是一首别有寄托的寓言诗。

全首诗都用隐喻，借禽言来叙述自己的志向。首章恐惧恶鸟危害小鸟的母鸟，对恶鸟鸱鸮做哀怨的控诉，不许它再毁坏自己的巢室。第二章母鸟未雨绸缪，防患未然，殷勤修筑巢室，希望人勿侮慢自己，语句迫切有力。第三章母鸟自言筑巢很艰难，由于用“捋荼”“蓄租”来垫巢室，结果爪和嘴都因过于疲劳都是伤。末章承接第三章，以叠字形容自己已筋疲力尽，但巢室已经初步修成，可处境仍然很危险，所以因恐惧而悲鸣。

《豳风》的诗，章的结构和语法似乎都比以前的诗有进步，章中句的安排变化较多，双声（拮据）、叠韵（恩勤、绸缪、漂摇）用得活灵活现，位置的变化、句法的新奇、音韵的圆美，尤其末章的五句，连用四句叠字（谯谯、翛翛、翘翘、哓哓），尤为得力，令人耳目一新。

破斧[1]

既破我斧，又缺我斨[2]。周公东征[3]，四国是皇[4]。
哀我人斯，亦孔之将[5]。
既破我斧，又缺我锜[6]。周公东征，四国是吪[7]。
哀我人斯，亦孔之嘉[8]。
既破我斧，又缺我銶[9]。周公东征，四国是遒[10]。
哀我人斯，亦孔之休[11]。

注释

①这是一首赞美周公东征，同时庆幸生还的诗。②斨（qiāng）：方孔斧。③周公：周武王的弟弟，名旦。周武王死后，儿子成王年幼，由周公辅政。武王的弟弟管叔、蔡叔和纣王的儿子武庚勾结起来发动叛乱，于是周公带兵出征平定叛乱，史称周公东征。④四国：四方诸侯国。皇：通

"匡"，匡正。⑤亦：语气助词。孔：很。将：大，美。⑥锜（qí）：一种形似三齿锄的兵器。⑦吪（é）：感化。⑧嘉：美好。⑨銶（qiú）：即"锹"。或以为独头斧。⑩遒（qiú）：稳定。⑪休：美好。

赏析

《破斧》一诗选自《诗经·国风·豳风》，是一首对周公的赞美诗，诗中对周公东征、臣服诸侯之事大加赞美，同时也为自己有幸参与此事并生还感到万分庆幸。

全诗共三段，每段六句，句式整齐，每段仅改动四个字，重章复沓，反复吟咏，每段都以"既破……又缺……"的句式而起，前两句对四方诸侯进行谴责诘问，后四句对周公进行赞美称颂。第一段的前两句为"既破我斧，又缺我斨"，其中斧和斨都是生产过程中必不可少的工具，百姓要依靠这些工具维持生计、生活。但是，四国的君主却不爱护百姓，而是长年累月地驱使百姓为他们服徭役，以致斧斨尽皆破损、残缺，以致无法顾及自家活计，怎能不对四国君主心存怨恨呢？面对此种困局，百姓无力反抗，只能默默忍受，此时，周公东征的消息传来，百姓怎能不欣喜若狂？第三四句明写周公东征使得四方惊恐，实则是为了表现周公之贤德，是对周公的间接赞美。第五六句，则对周公体恤百姓，深受百姓爱戴进行直接称颂，"亦孔之将"——周公是多么崇高、多么伟大呀！这是百姓由心而发的赞美。

第二段和第三段，与第一段相比，仅有四字之变，通过生产工具的变化突出了百姓受四国国君苦难之深，通过"皇""吪""遒"三字之变，表现了四国在周公东征的影响下，由惊恐而匡正，由匡正而教化的层层改变，体现了周公之治的润物无声。

九　罭[1]

九罭[2]之鱼鳟鲂[3]，我觏之子[4]，衮衣绣裳[5]。
鸿飞遵渚[6]，公归无所[7]，于女[8]信处！

鸿飞遵陆，公归不复[9]，于女信宿！

是以有衮衣兮，无以我公归兮！无使我心悲兮！

注释

①这是一首留客诗。②九罭(yù)：闻一多《风诗类钞》："九，虚数，言其多。罭，网目，目多则网密。"九罭是捕小鱼的密网。③鳟鲂：都是大鱼名，这里用以比喻客人。④觏(gòu)：见。之子：这个人，指客人。⑤衮衣：绣着龙的上衣。绣裳：绣有五彩花纹的下衣。均为贵族的服饰。⑥鸿：大雁。遵：沿着。渚(zhǔ)：水中沙洲。⑦所：处所。⑧于：语气助词。女：通"汝"，你。⑨复：回来。

赏析

《九罭》一诗选自《诗经·国风·豳风》，是一首劝客相留的诗作，通过"鳟鲂""鸿雁"等意象，暗示了客人的尊崇地位，通过反复的吟咏挽留，表达了对客人归去的不舍和担忧。

全诗共四段，每段三句，长短句交错。第一段以"九罭"起兴，主人匆匆忙忙地拿起细密的渔网去捕鱼，网上来的都是鳟鲂之类的大鱼，以此暗示了客人身份的高贵、地位的尊崇。然后再道明网鱼的原因，网这样的大鱼，就是为了招待贵宾，诗人并未直接描写客人身份的尊贵，而是通过客人所

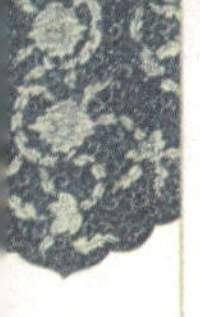

着的服饰，“衮衣绣裳”来指代客人，通过象征的手法显示了客人的尊贵身份。短短十四个字，就将客人身份之尊贵，主人招待之殷勤，态度之诚恳刻画而出。第二段和第三段重章叠句，把客人比作留宿沙洲，次日即走的鸿雁，暗示了客人去意已定，不会再度停留的决心。以“于女信处”和“于女信宿”的苦苦挽留，表达了主人对客人的真意挽留与不舍。借鸿雁为比，既能暗示客人的孤高，又能让读者体会客人一定要走的决心，十分精巧。末段写主人已知客人的必去之意，但仍设法挽留，于是便煞费苦心地藏起客人的衣服，发出“无以我公归兮！无使我心悲兮！”的真诚呼喊，在一环套一环的挽留之中，将留客之心意推向了最高点。

小雅

雅，即正，多认为是西周王畿地区的乐调，或因音乐不同，雅有大小之分。《小雅》中的诗多产生于西周晚年到周室东迁以后，作者大部分为上层贵族。诗的内容展示了当时的社会生活，对黑暗的政治进行抨击，有一定的现实意义。《小雅》还保存了一部分下层平民的作品，大多真实可感。

鹿鸣之什

鹿　鸣

呦呦[1]鹿鸣，食野之苹[2]，我有嘉宾，鼓瑟吹笙。
吹笙鼓簧[3]，承筐是将[4]。人之好我，示我周行[5]。
呦呦鹿鸣，食野之蒿。我有嘉宾，德音孔昭[6]。
视民不恌[7]，君子是则是效[8]。我有旨酒，嘉宾式燕以敖[9]。
呦呦鹿鸣，食野之芩[10]。我有嘉宾，鼓瑟鼓琴。
鼓瑟鼓琴，和乐且湛[11]。我有旨酒，以燕乐嘉宾之心。

注释

①呦呦（yōu）：鹿鸣的声音。拟声语。②苹：蒿类植物，又名藾蒿，嫩时可食。③簧：笙的舌片。④承筐是将：承，捧着。筐，用以盛币帛送礼的竹器。将，送。此句意思是把币帛盛在筐里送给客人。⑤周行（háng）：大道，引申为道理。⑥孔昭：孔，很，甚。昭，明。⑦视民不恌：视通“示”，示范、启示。恌通“佻”，轻薄。⑧效：效法。⑨式燕以敖：式，发语词。燕，通“宴”。敖，舒畅欢乐。⑩芩：一种蔓生的草，茎如钗股，叶如竹。⑪湛：通“媅”，极其欢乐。

赏析

《鹿鸣》是小雅鹿鸣之什的首篇，也是《小雅》的首篇。

《诗经》的第二部分是《小雅》，共有诗七十四篇，每十篇为一组，共八组。雅即典雅、优雅的意思，大概是借以强调所有属于小雅的诗篇，都是宫廷大臣或贵族所写的，而不是老百姓写的。

“鹿鸣”三章，都是兴体。首章以鹿鸣食苹为兴，接着叙述宴会上鼓

瑟吹笙，给嘉宾演出，所请的嘉宾，不是本国群臣，就是诸侯使者，而谦冲的主人则进币帛，请他们指示大道。

次章以鹿鸣食蒿为兴，叙述主人赞美嘉宾、殷殷劝酒的情景。末章以鹿鸣食芩为兴，着重叙述奏乐饮酒、宾主尽欢的场面。

《诗经》时代的音乐早已不传，我们没法欣赏《鹿鸣》里的音乐，但从歌词音节的和谐悦耳来说，我们足以感受到“欢欣和悦”的气氛，周朝贵族的会宴情景，大概也就如此吧？

皇皇者华①

皇皇者华②，于彼原隰③。駪駪征夫④，每怀靡及⑤。
我马维驹⑥，六辔如濡⑦。载驰载驱，周爰咨诹⑧。
我马维骐⑨，六辔如丝。载驰载驱，周爰咨谋。
我马维骆⑩，六辔沃若⑪。载驰载驱，周爰咨度⑫。
我马维骃⑬，六辔既均⑭。载驰载驱，周爰咨询。

注释

①这是一首描写使臣外出访求贤者的诗。②皇皇：犹“煌煌”，色彩鲜明的样子。华：同“花”。③原：高平之地。隰（xí）：低湿之地。④駪駪（shēn）：匆忙的样子。一说众多的样子。征夫：远行的人，指使者。⑤靡及：没有达到目的。⑥驹：少壮的马。⑦辔：马缰绳。濡：浸润。⑧周：普遍。爰：语气助词。咨诹（zōu）：询问商量。⑨骐：青色而有黑色纹理的马。⑩骆：黑鬣白毛的马。⑪沃若：柔润光泽的样子。⑫度：酌量。⑬骃（yín）：间有白毛的浅黑色马。⑭均：匀称，整齐。

赏析

《皇皇者华》一诗选自《诗经·小雅》，是一首描写使臣上承君意，身负重任，为国君广泛寻访，博以征询，以期宣扬国家之明德，辅佐国君之

左右的诗作。重点对使臣兢兢业业，恪尽职守，孜孜以求的寻访过程进行了描述，表现了使臣秉怀上意，殚精竭虑，犹恐有负君命，无法尽善尽美地完成使命的忠贞操守。

全诗共五段，每段四句，第一段总领下文，点名主旨。首段以"皇皇者华，于彼原隰"而起，那美丽鲜艳的花朵盛开在广阔的原野和湿地之间；正如天下的贤才，四散在天下各处。既是起兴，又是交代事件的起因和背景。正是因为人才散落天涯，所以诗人才会秉承君主之意，外出寻访，求贤问策，往来奔波。"駪駪征夫，每怀靡及"点明了使者的辛勤忙碌，但他并不觉得辛苦，而是深恐有负君主嘱托，仅此一句，就将一个尽忠职守的使臣形象描摹而出。也是出于这种对自身职责的敬畏，对君主嘱托的忠心，才有了以下四段的反复吟咏。各色马匹在大路上奔走，那是君主求贤访策的车队，更是君主求贤若渴的真情；我只能鞭策马儿疾驰快奔，早日为君主寻访到人才，询问到良策。通过后四段循环往复的吟咏，用马匹奔走、使臣奔劳的忙碌景象，道明了使臣数量之多、马匹奔走之疾、寻访贤才之勤、使臣侍君之忠。上下各段交相辉映，有因有果，音律和谐，情真意切。

伐　木

伐木丁丁[①]，鸟鸣嘤嘤[②]。出自幽谷[③]，迁于乔木。
嘤其鸣矣，求其友声，相[④]彼鸟矣，犹求友声。
矧[⑤]伊人矣，不求友生[⑥]？神之[⑦]听之，终和且平。
伐木许许[⑧]，酾酒有萸[⑨]。既有肥羜[⑩]，以速诸父[⑪]。
宁适不来？微我弗顾[⑫]。於粲[⑬]洒扫，陈馈八簋[⑭]。
既有肥牡[⑮]，以速诸舅[⑯]。宁适不来，微我有咎。
伐木于阪[⑰]，酾酒有衍[⑱]。笾豆有践，兄弟无远。
民之失德，干糇以愆[⑲]。有酒湑[⑳]我，无酒酤[㉑]我，坎坎[㉒]鼓我，
蹲蹲[㉓]舞我。迨我暇矣，饮此湑矣。

注释

①丁丁（zhēng）：用刀斧砍木头的声音。②嘤嘤：鸟鸣声。③幽谷：深谷。④相：看看。⑤矧（shěn）：何况。⑥友生：朋友。⑦神之：谨慎。⑧许许：用锯伐木的声音。⑨酾酒有芎：酾（shī），以竹器滤酒，把酒糟澄滤干净。芎（xù），指酒味美好。⑩羜（zhù）：五个月的小羊。⑪以速诸父：速，邀请。诸父，同姓长辈。⑫宁适二句：适，凑巧。此句意思是宁使他们有事而不来，而不是我礼节不周详；下文“宁适不来，微我有咎”意思与此处相近。咎，过失。⑬於（wū）粲：於，感叹词。粲，鲜明的样子。⑭陈馈八簋：陈，摆列。馈，食品。八，多。簋（guǐ），盛食物的器皿。⑮牡：指雄性。⑯诸舅：指异姓长辈。⑰阪：山坡。⑱衍：多。⑲干糇（hóu）以愆：糇，指干粮，此则泛指粗劣的食品。愆，过失。⑳湑：与“酾”相同。㉑酤：买酒。㉒坎坎：击鼓声。㉓蹲蹲（cún）：本作“墫墫”；跳舞的样子。

赏析

《伐木》是宴请亲朋好友叙旧时所唱的歌，从诗中所用的“伐木”“鸟鸣”等比兴来看，本诗原出自民间而被贵族所采用，或者是贵族文人仿照民歌而作的。

《伐木》的风格和《鹿鸣》差不多，这种“正小雅”的燕飨乐歌，是小雅的本色，但“伐木”和“鹿鸣”仍有不同之处：宴饮朋友的情调毕竟和燕飨贵宾不同，在这种场合中，都暂时摆脱了一切束缚，击鼓、歌唱、跳舞，通宵达旦；《鹿鸣》只涉及音乐，而《伐木》除音乐击鼓之外，还涉及了宴饮时的舞蹈，这乐歌是配合宴饮时所唱的，可以看出小雅的诗中有许多歌舞乐三者合一了的诗，《墨子·公孟篇》也说：“儒者颂诗三百，弦诗三百，歌诗三百，舞诗三百。”

诗中多次用倒装的句法，更为一大特色，末章连续四句的“湑我”“酤我”“鼓我”“舞我”，实际是“我湑”“我酤”“我鼓”“我舞”的倒装，而此四个“我”字都是感叹词，为“哦”的意思，但作“我”也可以解释得通。

采　薇

采薇[①]采薇，薇亦作止[②]。曰归曰归，岁亦莫止。
靡[③]室靡家，猃狁[④]之故。不遑启居[⑤]，猃狁之故。
采薇采薇，薇亦柔止。曰归曰归，心亦忧止。
忧心烈烈[⑥]，载饥载渴[⑦]。我戍未定，靡使归聘[⑧]。
采薇采薇，薇亦刚[⑨]止。曰归曰归，岁亦阳[⑩]止。
王事靡盬，不遑启处。忧心孔疚[⑪]，我行不来[⑫]。
彼尔[⑬]维何？维常[⑭]之华。彼路[⑮]斯何？君子[⑯]之车。
戎车既驾，四牡业业[⑰]。岂敢定居？一月三捷。
驾彼四牡，四牡骙骙[⑱]。君子所依[⑲]，小人所腓[⑳]。
四牡翼翼[㉑]，象弭鱼服[㉒]。岂不日戒，猃狁孔棘[㉓]。
昔我往矣，杨柳依依[㉔]。今我来思，雨雪霏霏[㉕]。
行道迟迟，载渴载饥。我心伤悲，莫知我哀！

注释

①薇：野菜名，即野生的豌豆苗，初生时可以吃。②作止：作，生出。止，语尾助词，没有含义。③靡：无。④猃狁（xiǎn yǔn）：在西北方的种族名称，殷末周初称鬼方，西周时称猃狁，春秋时称北狄，秦汉时称匈奴。⑤不遑启居：遑，暇、时间。启，跪，古时用席，不论坐跪都是两膝着席，坐时把臀部贴在足跟上，跪时则将腰部伸直，臀部同足跟离开，此处的跪实际指坐，启居合称，意思是安居。⑥烈烈：形容忧心如焚的样子。⑦载饥载渴：载……载……，即又……又……。⑧我戍二句：戍，驻防的地方。归，使。聘，问。这两句的意思是我驻防的地方不固定，无法使人捎信回去问候家人。⑨刚：指植物老了，变得粗硬了。⑩阳：指十月，现在也称十月为“小阳春”。⑪孔疚：孔，非常。疚，病痛。孔疚，（心中忧愁）非常痛苦。⑫来：慰问。⑬尔：通“苶”，花盛开的样子。⑭常：即常棣，木名，花两三朵成一撮，开时向下垂着，果实同李子差不多。⑮路：通“辂”，车高大的样子。⑯君子：此指主帅。⑰四牡业业：牡（mǔ），驾车

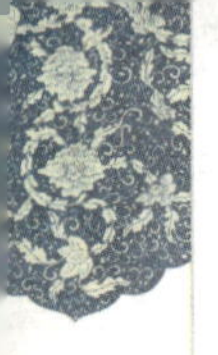

的雄马。业业，高大的样子。⑱骙骙（kuí）：强壮的样子。⑲依：乘。⑳腓：隐蔽掩护。㉑翼翼：行列整齐的样子。这里指训练有素。㉒象弭鱼服：弭，弓两端触弦的地方，是用骨头做的，意思是用象牙做弓弭。服，盛箭的器具，意思是用鱼兽制成的箭囊。㉓孔棘：非常紧急。棘，通“亟”。㉔依依：指柳条迎风飘拂，柔嫩婀娜的样子。㉕雨雪霏霏：雨是动词，雨雪即下雪；霏霏，雪盛大而纷飞的样子。

赏析

《小雅》诗篇，一般都比《国风》长，而且主要是讲贵族生活中那些宴会、祭祀、狩猎等，多是公开性质的欢乐事件，但是也有爱情诗篇，也有慨叹战争的折磨，并且责难暴政，控诉污蔑人民的贪官恶吏，以及上层阶级的奢侈生活与其他性质相同的政治病态的诗。这一类的诗虽然是写对君王表示抗议，并使他们睁开眼睛看看种种邪恶的事，但却常常使用隐喻。

那些讲游乐、狩猎的诗篇并没有太多深意，它们都有一种兄弟在一起共同欢乐的爽朗豪迈的气魄，对于食物、家具、服饰、盔甲，以及贵族的其他用具，都有十分详尽的描述，是典型的封建时代的文学作风，对研究物质文化的学者来说，是极好的资料宝库。至于那些哀叹及谴责诗篇，由于情绪激烈，所以更能撼动人心。《采薇》正属于此类，它描写战争带给人民的痛苦，无论谁读了这几行诗，都不会不受感动的。

由于战争，百姓不能安居乐业，不得不背井离乡从事战斗，“采薇”正借戍卒的生活反映戍边作战的凄苦境况。首章写为了征伐猃狁而离家远征在外。二章、三章写戍卒驻防的地方不固定，与家人隔绝联系，以及种种饥渴劳苦的状态。四章、五章追述戍守时紧张劳苦的生活。末章写士卒在归途中抚今追昔，因痛定思痛而更加悲伤，但“我心伤悲”却“莫知我哀”，实乃真情流露。

鱼丽[1]

鱼丽于罶[2]，鲿鲨[3]。君子有酒，旨[4]且多。

鱼丽于罶，鲂鳢[5]。君子有酒，多且旨。

鱼丽于罶，鰋[6]鲤。君子有酒，旨且有[7]。

物其多矣，惟其嘉矣！

物其旨矣，惟其偕[8]矣！

物其有矣，惟其时[9]矣！

注释

①这是一首宴飨宾客的诗。②丽（lí）：通"罹"，遭遇，落入。罶（liǔ）：一种竹制的捕鱼竹笼。③鲿（cháng）：黄颊鱼，一种头阔而扁，体厚而长的鱼。鲨（shā）：一种小鱼，体圆而有黑点。④旨：美。⑤鲂（fāng）：鳊鱼。鳢（lǐ）：黑鱼。⑥鰋（yǎn）：鲇鱼。⑦有：多。⑧偕：嘉、美。一说齐备。⑨时：及时，应时。

赏析

此诗盛赞宴飨时，酒肴之甘美盛多，以见丰年多黍多稌，主人待客殷勤，宾主共同欢乐。诗中所称"君子"，是宾客对主人的美称。

诗的前三章，皆以"鱼丽"起兴。借鱼类之多，暗示其他肴馔也相当丰富，以此来烘托酒宴的隆重。诗人这种举一反三，以简驭繁的手法，是广为后人效法的。

诗的后三章，不仅赞美宴飨中酒肴既多且美，更推广到"万物盛多"。这三章也可称为副歌。反复表明年丰物阜，是大自然的赐予，更是人类

勤劳创造的成果。宴飨的欢乐，是在丰年以后才能获得的生活享受。诗章语简而义赅，充分显示了物类繁多、时人富裕的现实。

前三章采用四、二、四、三的参差句式，在唱法上既有反复赞歌之美，又有参差不齐的音乐节奏，便于重唱合唱。诗中所称的“旨且多”“多且旨”“旨且有”，在用意上虽无甚差别，但能产生一唱三叹的美感，使满座增欢。在诗句的本身，咏唱时重音节落在“嘉、偕、时”等字上，句末用“矣”字延长乐曲的咏叹时间，起放缓节奏的作用。

南有嘉鱼之什

南有嘉鱼

南有嘉鱼[①]，烝然罩罩[②]。君子有酒，嘉宾式燕[③]以乐。
南有嘉鱼，烝然汕汕[④]。君子有酒，嘉宾式燕以衎[⑤]。
南有樛木[⑥]，甘瓠[⑦]累之。君子有酒，嘉宾式燕绥[⑧]之。
翩翩者雏[⑨]，烝然来思[⑩]。君子有酒，嘉宾式燕又[⑪]思。

注释

①南：指南方江汉一带。嘉鱼：美鱼。②烝然：众多貌。一说烝训“久”。罩罩：众鱼在水中摇摆游动之貌。③式：语词，无义。燕：宴饮，一训“安”。④汕汕：众鱼游水之貌。一说鱼乐之貌。⑤衎（kàn）：乐。⑥樛（jiū）

木：树木向下弯曲。⑦甘瓠（hù）：甜葫芦，蔓生。⑧绥：安。⑨翩翩：飞翔貌。鵻（zhuī）：斑鸠，或以为白鸠。⑩思：犹“兮”。一说犹“之”。⑪又：与“侑”通，训“劝”。指劝酒（用马瑞辰说）。或说为酬敬主人。

赏析

这也是一篇以鱼酒宴飨宾客的歌，与上一篇（《鱼丽》）大意相同。上篇重在铺排酒食之美，以见主人之热情；此篇则重在表现宾主的关系。

方玉润云：“此与《鱼丽》意略同。但彼专言肴酒之美，此兼叙宾主绸缪之情。故下二章文格一变，参用比兴，其实无深意，则如一耳。”前二章言宾之乐。三章以瓠攀缘樛木而上，兴嘉宾得君子酒食而安。四章以鵻群飞而来，兴嘉宾相聚而乐。

南山有台[①]

南山有台[②]，北山有莱[③]。乐只[④]君子，邦家[⑤]之基。
乐只君子，万寿无期！
南山有桑，北山有杨。乐只君子，邦家之光[⑥]。
乐只君子，万寿无疆！
南山有杞[⑦]，北山有李。乐只君子，民之父母。
乐只君子，德音不已[⑧]！
南山有栲[⑨]，北山有杻[⑩]。乐只君子，遐不眉寿[⑪]。
乐只君子，德音是茂！
南山有枸[⑫]，北山有楰[⑬]。乐只君子，遐不黄耇[⑭]。
乐只君子，保艾尔后[⑮]！

注释

①这是一首赞颂美德祝愿长寿的诗。②台：通“薹”，一种可做蓑衣的草，又名莎草。③莱：草名，又叫藜，嫩叶可食。④只：语气助词。⑤邦

家：国家。⑥光：光荣。⑦杞：枸杞，树名。⑧德音：美好的声名。已：止。⑨栲（kǎo）：一种木质坚硬的树，亦称山樗。⑩杻（niǔ）：檍树。⑪遐：何。眉寿：长寿。⑫枸（jǔ）：枳椇，树名。果实拳曲如鸡爪，味甜可食。⑬楰（yú）：苦楸，树名。⑭黄耇（gǒu）：《传》："黄，黄发也；耇，老。"人老以后头发由白变黄，故称长寿为黄耇。⑮艾：养育。尔：你。后：后代。

赏析

《南山有台》一诗选自《诗经·小雅》，是周王朝直辖地区的贵族宴饮之时，歌颂功德、祝祷长寿的正声雅乐，也是颂德祝寿的通用乐歌。

全诗共五段，每段六句，句式整齐，音律和谐。横向来看，每段前两句皆以"南山有……，北山有……"的句式起兴，通过台、桑、杞、栲、枸，莱、杨、李、杻、楰等草木意象，暗喻来宾皆是德才兼备的国家栋梁；然后再自然而然地将话题过渡到在座来宾的身上，水到渠成地称赞他们功勋卓著、功德无量，祝愿他们万寿无疆、子嗣绵长。从纵向来看，虽然每段重章叠沓，只稍稍变动了几个字，但是却达到了层层推进的艺术效果。每段中间两句称颂来宾，先从国家的角度，称赞其为"邦家之基""邦家之光"；然后又从百姓的角度，称赞其为"民之父母"；通过对来宾德行功绩的层层铺垫，以反问句"遐不眉寿""遐不黄耇"指出，如此德高望重的君子，岂能不长寿眉、添黄发？种种长寿之相，都是对其功德的馈赠。祝祷君子长寿时，亦是环环相扣，层层推进，先是开门见山地祝愿来宾"万寿无期""万寿无疆"；然后突破生命之长寿，以"德音不已""德音是茂"祝愿来宾万古流芳，实现精神的永恒长生；最后，通过"保艾尔后"这一子嗣绵长的祝愿，紧扣国人重视家族、子嗣的心理和传统，将祝祷之情推向高潮。

通过巧妙的布局，前后的呼应，循环往复的吟咏，将一首单纯的颂德祝寿诗，写出了鲜明的层次感和强烈的节奏感。

彤 弓

彤弓弨[①]兮，受言[②]藏之。我有嘉宾[③]，中心贶[④]之。
钟鼓既设，一朝飨[⑤]之。
彤弓弨兮，受言载[⑥]之。我有嘉宾，中心喜之。
钟鼓既设，一朝右[⑦]之。
彤弓弨兮，受言櫜[⑧]之。我有嘉宾，中心好之。
钟鼓既设，一朝酬之。

注释

①彤弓：朱红色的弓。弨（chāo）：弓弦放松貌。②受：读作"授"。言：指王命。③嘉宾：这里指接受赏赐彤弓的诸侯。④贶（kuàng）：喜也，二章"燕""好"与此意同。一说训"赐"。⑤一朝：终朝。飨：大饮宾。⑥载：或以为载之以归。或以为与上章"藏"同意。⑦右：通"侑"，劝酒。⑧櫜（gāo）：弓櫜，装弓的袋子，这里是动词。

赏析

本诗记述了周王赏赐有功诸侯的礼仪。

此首写天子赐彤弓于有功诸侯，如周东迁，平王以晋文侯迎立有功，即赐以彤弓。襄王时，晋文公伐楚有功，以受彤弓之赐。彤弓实际上是一种权力的象征，以示其有代天子征伐之权。在颁赐典礼结束后，天子要设宴招待受赐诸侯和与会的诸侯，礼节非常隆重，这首诗记述了这种礼仪的过程。

六 月

六月栖栖[①]，戎车既饬[②]。四牡骙骙，载是常服[③]。
猃狁孔炽[④]，我是用急[⑤]。王于出征[⑥]，以匡[⑦]王国。

比物四骊[8]，闲之维则[9]。维此六月，既成我服[10]。

我服既成，于三十里[11]。王于出征，以佐天子。

四牡修广[12]，其大有颙[13]。薄伐[14]猃狁，以奏肤公[15]。

有严有翼[16]，共武之服[17]。共武之服，以定王国。

猃狁匪茹[18]，整居焦获[19]，侵镐及方[20]，至于泾阳[21]。

织文鸟章[22]，白旆央央[23]。元戎[24]十乘，以先启行[25]。

戎车既安[26]，如轾如轩[27]。四牡既佶[28]，既佶且闲。

薄伐猃狁，至于大原[29]。文武吉甫[30]，万邦为宪[31]。

吉甫燕喜[32]，既多受祉[33]。来归自镐，我行永久[34]。

饮御诸友[35]，炰鳖[36]脍鲤。侯[37]谁在矣？张仲孝友[38]。

注释

①六月：诗中凡言及“月”，皆夏历。棲棲：往来匆忙之貌。或以为同“栖栖”。②戎车：兵车。饬：整备。③常服：指兵车上通常出征时的装备。④猃狁：古代北方的游牧民族。孔：非常。炽：本义为火烈，引申为气焰嚣张。⑤是用：是以，因此。急：紧急，指匆匆出动。⑥王于出征：或训“于”为“曰”，即周王说：“令汝出，征猃狁。”或以为训“往”，即言“王往出征”。一说“于”为“呼”之借字，即召唤。⑦匡：扶正，救助。⑧比：齐同，这里有挑选、统一的意思。物：指马。骊：纯黑色的马。⑨闲：娴习，熟练。则：规则，法度。⑩服：指出征的装备，见“常服”注。⑪于三十里：此句承上二句言，是指在城郊三十里的地方，“比物”、操练。犹《出车》篇所谓的“牧”“郊”之地。《出车》言在“牧”“郊”之地召仆、载车、设旐、建旄、整装出发，此篇所言正与之相当。⑫修广：修，长。广，大。指马体态高大。⑬有颙（yóng）：犹“颙颙”，大头貌，此形容马高头大。⑭薄：语助词，有迫近的意思。⑮奏：为。肤公：大功。⑯有严有翼：金文有“严在上，翼在下”之文，意当与此同。由金铭观之，“严”多指神灵言。此当言先祖神灵在上，保佑在下之子孙。翼，即覆翼、保佑之意。⑰共：通“恭”，奉行，恭谨。一说为共同之意。服：事。⑱匪茹：不度，不自量力。一说茹训“柔”，此句言猃狁不弱。⑲整：整顿师

旅。焦获：古时泾水流域一大泽薮，地在今陕西泾阳西北。一说为塞北地名。⑳侵镐及方：镐，即镐京。方，通“丰”，即丰京。皆周之中心。此上下三句是说，猃狁整师于焦获，想要侵犯周的镐京和丰京，已经打到了泾阳。㉑泾阳：泾水北岸。或以为地名。㉒织文鸟章：旗帜上绘有鸟的图案。㉓白旆（pèi）：白，通“帛”。旆，即旗飘带。央央（yīng）：鲜明貌。㉔元戎：大战车。㉕启行：开路。㉖安：安稳。指备好车马。㉗如轾（zhì）如轩：车前重向下曰“轾”，后重向上曰“轩”，轾轩有或上或下之意，此处是形容车在起伏不平的道路上行走的状态。㉘佶（jí）：整齐貌。一说壮健貌。㉙大原：地名，在甘肃之平凉。㉚吉甫：即宣王大臣尹吉甫。㉛宪：榜样。㉜燕喜：欢喜，高兴。㉝既：终。祉：福。㉞我行永久：此指出征很久。㉟御：进献。诸友：诸位朋友。㊱炰（páo）鳖：清蒸甲鱼。㊲侯：维，语词，无实义。㊳张仲：人名，当时大臣。具体情况已不可考。孝友：本义指孝于亲，友于弟，这里是称颂其品格。

赏析

这是歌颂抗击猃狁入侵胜利归来的诗。诗中抒发了作者对统帅的热爱，对军威的赞美，以及胜利后的无限喜悦之情。

据《兮甲盘铭》，宣王五年，尹吉甫从王北伐猃狁。此诗屡言吉甫，所记当即宣王五年伐猃狁之事。孙月峰说：“《六月》严整宏壮，俨然节制之师气象。语不浓，却劲色照人，盖自古质中炼出。”赵士会云：“‘栖栖’见事变仓促，人情骚动，似于不暇为谋。而下言车马整饬，森然有备，正见中兴气象。”凌濛初云：“张皇军容，终以饮至。诸人聚饮，举重一人，此末章末句，是千里来龙到头结穴。”

吉　日①

吉日维戊②，既伯既祷③。田车④既好，四牡孔阜⑤。
升彼大阜⑥，从其群丑⑦。
吉日庚午⑧，既差⑨我马。兽之所同⑩，麀鹿麌麌⑪。
漆沮⑫之从，天子之所⑬。
瞻彼中原⑭，其祁孔有⑮。儦儦俟俟⑯，或群或友⑰。
悉率左右⑱，以燕⑲天子。
既张我弓，既挟我矢。发彼小豝⑳，殪此大兕㉑。
以御㉒宾客，且以酌醴㉓。

注释

①这是一首描写田猎的诗。②戊(wù)：戊辰日，又称刚日、奇日。古人将一旬十日分为奇日和偶日，奇日(单日)从事外事，偶日(双日)从事内事。③伯：马神，此用为动词，指祭祀马神。一说伯通“祃”，祭祀马神。祷：祈祷。《毛传》：“将用马力必先为之祷其祖。”④田车：猎车。⑤阜：肥硕。⑥升：登。阜：土山。⑦从：追逐。群丑：群兽。丑：类。⑧庚午：亦为刚日，在戊辰日后第三天。⑨差(chāi)：挑选，指选择马力相等的马。⑩同：聚集。⑪麀(yōu)：母鹿。麌麌(yǔ)：鹿众多的样子。⑫漆、沮：均为水名，在今陕西境内。⑬所：处所。⑭中原：原中，原野之中。⑮祁：大，指原野广阔。孔：很。有：指有很多野兽。⑯儦儦(biāo)：兽奔跑的样子。俟俟(sì)：兽缓行的样子。⑰群、友：《毛传》：“兽三曰群，二曰友。”⑱率：驱逐。此

句谓从左从右驱赶。一说将兽赶到天子左右来。一说天子率领手下人。⑲燕：安、欢乐。⑳发：射。豝（bā）：母猪。㉑殪（yì）：射死。兕（sì）：野牛。㉒御：进献。㉓醴：甜酒。

赏析

《吉日》一诗选自《诗经·小雅》，主要描写了周宣王选择吉日良辰祭祀马神，外出田猎，大获而归之后与群臣宴饮庆功的全过程，重点刻画了周宣王英姿勃发的形象。古时天子狩猎是庄重神圣之事，代表了国家的文治武功，其重要程度不亚于祭祀、会盟等国家大事。因此，本诗的主旨是对周宣王加以赞美称颂。

全诗共四段，每段六句，按照时间顺序，采用赋这种直述其事的表现手法，通过全场景的描写，展现了周宣王外出田猎的全貌。第一段写田猎前，田猎乃国之大事，因此在正式田猎前，要举行极其隆重的仪式。择吉日良辰，祭祀马神，备好猎车，驾好骏马，登上高丘，群兽奔走；一切准备就绪，只待君主一声令下，浩浩荡荡的围猎就开始了。第二、三段写田猎中，祭祀后三日是田猎吉日，天子选好良马，便带领群臣来到了田猎之所。天子猎场，临水而设，官员驱赶群鹿，向天子所在奔跑。天子登高远眺，只见猎场广袤，水草丰美，野兽聚集。官员再次驱赶猎物，以备天子围猎。第四段写田猎后，宴饮群臣。天子从容若定、英姿勃发，弯弓搭箭，一箭中猪，一箭中牛。带着胜利的喜悦，返回宫室，大摆宴席，与群臣庆功。

全诗叙事全面，场景齐备，点面结合，通过场景烘托，将周宣王的形象塑造得鲜明且饱满。

鸿雁之什

鸿 雁

鸿雁于飞，肃肃[①]其羽。之子[②]于征，劬劳于野。
爰[③]及矜人[④]，哀此鳏寡。
鸿雁于飞，集于中泽。之子于垣，百堵[⑤]皆作。
虽则劬劳，其究[⑥]安宅[⑦]。
鸿雁于飞，哀鸣嗷嗷。
维此哲人[⑧]，谓我劬劳。维彼愚人，谓我宣[⑨]骄。

注释

①肃肃：小鸟拍打翅膀的声音。②之子：此人，指周王派出的救济难民的使者。③爰：语气词。④矜人：穷苦的人。⑤堵：墙壁。这里指计算墙的单位。⑥究：究竟。⑦宅：居所。⑧哲人：明智达理的人。⑨宣：显示。

赏析

本诗是一首使者奉命安抚流民的歌。

首章写流民在荒野辛勤劳动，筑起百堵高墙，却没有安身之所。次章写使者看到百姓饥寒交迫，不由发出感慨。末章写流民对官吏、苛捐杂税的怒斥，感叹不知何时自己才能解脱。

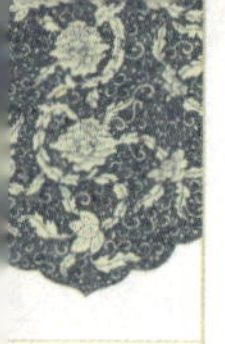

鹤 鸣

鹤鸣于九皋[1]，声闻于野。鱼潜在渊，或在于渚。
乐彼之园，爰有树檀[2]，其下维萚[3]。
他山之石，可以为错[4]。
鹤鸣于九皋，声闻于天。鱼在于渚，或潜在渊。
乐彼之园，爰有树檀，其下维榖[5]。
他山之石，可以攻玉。

注释

①皋（gāo）：水泽。②树檀：檀树。③萚（tuò）：枯落的败叶。④错：砺石，粗的磨刀石。⑤榖：乔木，叶似桑树，其花单性，树皮可做造纸的原料。

赏析

《鹤鸣》一诗选自《诗经·小雅》，本诗主旨历来看法不一，有人认为这是一首单纯的写景抒情诗，描绘了诗人漫游荒园的所闻所见所想；有人则认为这是一首劝谏招隐诗，诗中之鹤、鱼、檀皆在隐喻贤才、隐士，意在劝说周宣王召用隐士贤才。

全诗一共两段，每段九句，句式整齐，循环往复，第一段与第二段仅有三字之差，及一处变序，既克服了单调的弊端，又达到了反复吟咏，加强感情的效果。全诗别具一格，没有一句话涉及人事，都是在咏物，这也是历代对其主旨看法不一的原因之一。全诗由听觉而起，广袤的荒野之中，传来声声鹤鸣，鸣叫之声清晰高亢，直入云霄；诗人被这鸣叫吸引，转眼看到水中游鱼，时而潜入深渊，时而跃出水面。随着视线的游移，一片荒园映入眼帘，园中高大挺拔的檀树之下层层枯叶堆积。远处高山，怪石嶙峋，想那高山上的石头，大概可以用于打磨美玉吧！诗人由听而视，由视而思，场景转换流畅自然，寓情于景，发人深思。持招隐观点的学者认为，诗中之鹤隐喻了归隐的贤人，诗人用“鱼潜在渊，或在于渚”

之语，是在暗示贤人在隐居与出仕之间徘徊；檀木隐喻高洁的君子，树下的枯枝败叶则隐喻卑鄙的小人，而“他山之石，可以攻玉”则是在劝说君主不拘一格，不问出身，招揽贤才。

此诗初衷，究竟是单纯写景还是隐喻说人，虽已无法得知，但无论是写景还是说人，都不失为一篇引人入胜、发人深省的佳作。

黄　鸟

黄鸟黄鸟[①]，无集于榖[②]，无啄我粟。
此邦之人，不我肯榖[③]。言旋言归，复我邦族[④]。
黄鸟黄鸟，无集于桑，无啄我粱。
此邦之人，不可与明[⑤]。言旋言归，复我诸兄。
黄鸟黄鸟，无集于栩[⑥]，无啄我黍。
此邦之人，不可与处。言旋言归，复我诸父[⑦]。

注释

①黄鸟：麻雀，喜欢吃粮食，农业的大敌。②榖：楮树。③不我肯榖：不肯善待我。榖，善待。④复我邦族：返回我的国家和民族。⑤明：通“盟”，信用、结盟。⑥栩：橡树。⑦诸父：家族中的长辈，即伯、叔。

赏析

这是一首异国怀乡的诗。

作者寄居异国，受到冷遇而思归，诗中用“黄鸟”比喻异国他乡冷遇自己的人，于是想马上回到自己的家乡，回到父母长辈的身旁。诗中用“黄鸟”起兴，也有对“异邦之人”仇恨的意思。

斯干

秩秩斯干[1]，幽幽南山[2]。如竹苞[3]矣，如松茂矣。
兄及弟矣，式相好[4]矣，无相犹[5]矣。
似续妣祖[6]，筑室百堵[7]，西南其户[8]。爰[9]居爰处，爰笑爰语。
约之阁阁[10]，椓之橐橐[11]。风雨攸[12]除，鸟鼠攸去；君子攸芋[13]。
如跂斯翼[14]，如矢斯棘[15]。如鸟斯革[16]，如翚[17]斯飞，君子攸跻[18]。
殖殖其庭[19]，有觉其楹[20]。哙哙其正[21]，哕哕其冥[22]，君子攸宁。
下莞上簟[23]，乃安斯寝[24]。乃寝乃兴[25]，乃占我[26]梦。
吉梦维何？维熊维罴[27]，维虺[28]维蛇。
大人[29]占之：维熊维罴，男子之祥[30]；维虺维蛇，女子之祥。
乃[31]生男子，载寝之床[32]。载衣之裳[33]，载弄之璋[34]。
其泣喤喤[35]，朱芾[36]斯皇，室家君王[37]。
乃生女子，载寝之地。载衣之裼[38]，载弄之瓦[39]。
无非无仪[40]，唯酒食是议[41]，无父母诒罹[42]。

注释

①秩秩：涧水清清流淌的样子。斯：语气助词。干：山间流水。②幽幽：深远的样子。南山：终南山，位于陕西西安市南。③如：犹言“有……，有……”。苞：竹木稠密丛生的样子。④式：语气助词，无实义。好：友好和睦。⑤犹：通“猷”，欺诈。⑥似续：通“嗣续”，犹言“继承”。妣祖：先妣、先祖，统指祖先。⑦堵：一面墙为一堵，一堵面积方丈。⑧户：门。⑨爰：于是。⑩约：用绳索捆扎。阁阁：捆扎筑板的声音；一说将筑板捆扎牢固的样子。⑪椓（zhuó）：用杵捣土，犹今之打夯。橐橐（tuó）：捣土的声音。⑫攸：语气助词。⑬芋：通“宇”，居住。⑭跂（qǐ）：踮起脚跟站立。翼：鸟张翼状。⑮棘：急。矢行缓则枉，急则直，急有直的意义。⑯革：翅膀。此处指鸟飞则变为静止状态。⑰翚（huī）：野鸡。⑱跻（jī）：登。⑲殖殖：平正的样子。庭：庭院。⑳觉：高大而直立的样子。楹：柱子。㉑哙哙（kuài）：宽敞明亮的样子。正：白天。㉒哕哕（huì）：幽暗的样子。冥：夜里。㉓莞（guān）：蒲草，可用来编席，此指蒲席。簟（diàn）：竹席。㉔寝：睡觉。㉕兴：起床。㉖我：指殿寝的主人，此为诗人代主人的自称。㉗罴（pí）：一种野兽，似熊，但比熊大。㉘虺（huǐ）：一种毒蛇，颈细头大，身有花纹。㉙大人：即太卜，周代掌占卜的官员。㉚祥：吉祥的征兆。古人认为熊罴是阳物，故为生男之兆；虺蛇为阴物，故为生女之兆。㉛乃：如果。㉜载寝之床：就睡在大床上。㉝衣：穿衣。裳：下裙，此指衣服。㉞璋：玉器。㉟喤喤：小孩儿哭声洪亮的样子。㊱朱芾：用熟治的兽皮所做的红色蔽膝，为诸侯、天子所穿。㊲室家：指周室，周家、周王朝。君王：指诸侯、天子。㊳裼（tì）：婴儿用的褓衣。㊴瓦：陶制的纺锤。㊵非：错误。仪：善。㊶议：谋虑、操持。古人认为女人主内，只负责办理酒食之事，即所谓“主中馈”。㊷无父母诒罹：不要使父母遭非议。

赏析

《斯干》一诗，以友人的口吻，歌颂了一位贵族的美好品行和生活。

诗开头以两个叠词“秩秩”“幽幽”起，明确了全诗悠远舒缓的基调，作者以平静和美的心境，慢慢讲述他所进入的美妙、纯净而生动的世界。第二章，讲述建筑宫室的原因。“似续妣祖”，为的是继承祖先的功业。功业当然是美好而伟大的，祖先们励精图治、功勋卓著，在历史上受人敬仰，荫蔽后世，到现在依然为人称道。第三章“约之阁阁，椓之橐橐”，描摹建筑宫室时艰苦而热闹的劳动场面，捆扎筑板时绳索“阁阁”发响，夯实房基时木杵“橐橐”作声，热闹而生动。第四章描绘宫室气势的宏大和形势的壮美，作者从远处着笔，连用四个比喻，博喻赋形，借美丽的飞禽在不同时刻的形状之美，来描绘宫室高耸入云、钩心斗角、起伏有势的盛景。第五章则把视角拉近，具体描绘宫室内部的情状。第六章先说主人入居此室之后将会寝安梦美，梦到“维熊维罴，维虺维蛇”。第七章接着写美梦的吉兆，预示将有贵男贤女降生。第八章说喜得贵男后的情形。第九章说幸有贤女后的情形，层次井然有序。

节南山之什

节南山

节[①]彼南山，维石岩岩[②]。赫赫师尹[③]，民具[④]尔瞻。
忧心如惔[⑤]，不敢戏谈。国既卒[⑥]斩，何用[⑦]不监！
节彼南山，有实其猗[⑧]。赫赫师尹，不平谓何！
天方荐瘥[⑨]，丧乱弘多。民言无嘉，憯[⑩]莫惩嗟！
尹氏大师，维周之氐[⑪]。秉国之均[⑫]，四方是维。
天子是毗[⑬]，俾民不迷。不吊昊天[⑭]，不宜空我师[⑮]！
弗躬弗亲，庶民弗信。弗问弗仕，勿罔君子。
式夷式已[⑯]，无小人殆[⑰]。琐琐姻亚[⑱]，则无朊仕[⑲]。
昊天不傭[⑳]，降此鞠讻[㉑]。昊天不惠[㉒]，降此大戾[㉓]！
君子如届[㉔]，俾民心阕[㉕]。君子如夷，恶怒是违。
不吊昊天，乱靡有定。式月斯生[㉖]，俾民不宁！
忧心如酲，谁秉[㉗]国成？不自为政，卒劳百姓[㉘]。
驾彼四牡[㉙]，四牡项领[㉚]。我瞻四方，蹙蹙[㉛]靡所骋！
方茂尔恶[㉜]，相尔[㉝]矛矣。既夷既怿[㉞]，如相酬矣。
昊天不平，我王不宁。不惩其心，覆怨其正[㉟]。
家父作诵[㊱]，以究王讻。式讹尔心，以畜万邦。

注释

①节：高峻的样子。②岩岩：积石貌。③师尹：太师和尹氏。④具：通“俱”。⑤惔（tán）：火烧。⑥卒：全。⑦何用：何以。⑧有实：实实，广大的样子。猗：指山坡。⑨荐：重。瘥：疫病。⑩憯（cǎn）：曾，乃。⑪氐：根柢，根本。⑫均：此处指国家政权。⑬毗：辅助。⑭吊：善。昊天：犹言上天。⑮空：空乏。师：

众民。⑯式夷式已：受伤或停职。⑰无小人殆：不要任用小人。⑱姻亚：统指襟带关系。⑲朊(wǔ)仕：厚任，高官厚禄。⑳傭：均。㉑鞠讻：极凶。㉒不惠：不恩惠。㉓戾：暴戾，灾难。㉔君子如届：君子如果能执政。㉕阕：平息。㉖式月斯生：应月乃生。㉗秉：掌握。㉘卒劳百姓：终于劳苦百姓。㉙牡：公马。㉚项领：肥大的脖颈。㉛蹙蹙：局促的样子。㉜茂：盛。恶：罪恶。㉝相尔：观察您。㉞怿：悦。㉟正：规劝纠正。㊱作诵：作诗讽谏。

赏析

《节南山》叙述的是幽王时代的事，诗旨哀怨，指斥幽王身边的权臣尹氏和太师执政不平，导致国家不兴，天怒人怨，诗人的愤恨之情充斥于字里行间。

开篇通过南山起兴，引出两位权势显赫的臣子。南山险峻，巨石嶙峋，这种描写既写出了两位权臣的权力如山一般威赫，又形象地表现出他们二人为政的“不平”。

接下来的几章，其长度有所改变。如果将这首诗当作一首歌谣，那么这就算是一种音乐的变奏。形式上的变化常常意味着内容或情感的转变。诗人不再如前几章那样酣畅淋漓地进行指斥，而是在短促的悲叹中升华全诗的感情。

这是一首政治讽喻诗，讽刺了地位显赫的师尹，同时痛斥统治者执政不平，倒行逆施，鱼肉百姓的行为。

小　宛[1]

宛彼鸣鸠[2]，翰飞戾[3]天。我心忧伤，念昔先人。
明发不寐[4]，有怀二人[5]。
人之齐圣[6]，饮酒温克[7]。彼昏不知，壹醉日富[8]。
各敬尔仪[9]，天命不又[10]。
中原有菽[11]，庶民采之。螟蛉[12]有子，蜾蠃负[13]之。
教诲尔子，式穀似[14]之。

题彼脊令[15]，载飞载鸣。我日斯迈[16]，而月斯征[17]。
夙兴夜寐，毋忝尔所生[18]。
交交桑扈[19]，率场[20]啄粟。哀我填寡[21]，宜岸宜狱[22]？
握粟出卜[23]，自何能谷[24]？
温温恭人[25]，如集于木。惴惴[26]小心，如临于谷。
战战兢兢，如履薄冰。

注释

①这是一首遭遇时乱，兄弟相诫以免祸的诗。②宛：小的样子。鸣鸠：斑鸠。③翰：原指鸟的翅膀，此指展翅。戾（lì）：至。④明发：天亮。寐：睡着。⑤二人：指父母。⑥齐：《传》："正也。"言正直。一说齐圣，聪明睿智之称。齐者，知虑之敏也。（王引之《经义述闻》）⑦温：同"蕴"。《笺》："饮酒虽醉，犹能温藉自持以胜。"克：克制。⑧壹：语气助词。富：马瑞辰《通释》："富之言畐也。《说文》：'畐，满也。'……醉则自盈满，正与温克相反。"一说富，甚也。（朱熹《诗集传》）⑨敬：恭肃。仪：仪态举止。⑩又：复。⑪中原：原中，原野之中。菽：豆的总称。⑫螟蛉（míng líng）：螟蛾的幼虫。⑬蜾蠃（guǒ luǒ）：蜂的一种，俗称细腰蜂。负：通"孵"，养育。蜾蠃常捕捉螟蛉放在自己的窝内喂养幼虫，古人误以为蜾蠃养螟蛉为己子。⑭式：语气助词。穀：善。似：通"嗣"，继续。⑮题：视。脊令：亦作"鹡鸰"，鸟名。⑯斯：语气助词。迈：行。⑰而：你。征：远行。⑱忝（tiǎn）：辱。所生：指父母。⑲交交：鸟鸣声。桑扈：一种食肉的鸟，俗名青雀。⑳率：沿着。场：打谷场。㉑填：通"殄"，穷苦。寡：少，贫乏。㉒宜："且"字之误。（依马瑞辰说）岸：通"犴"，牢狱。《传》："岸，讼也。"狱：诉讼。㉓握粟出卜：马瑞辰《通释》："盖始用精米以享神，继即以之酬卜。"㉔自：从。谷：善、吉。㉕温温：和气的样子。恭人：宽和之人。㉖惴惴：恐惧的样子。

赏析

《小宛》一诗选自《诗经·小雅》,《毛诗序》认为，这首诗是当时的大夫讽刺周幽王之作；郑笺虽然认可这是一首讽刺诗，但却以为讽刺对象并非周幽王，而是周厉王。宋代的朱熹对此持不同意见，他认为讽刺之说无甚道理，这应当是一首大夫生逢乱世，在父母去世后，勉励劝诫兄弟的诗作。

本诗共六段，每段六句，按照时间顺序叙述了父母过世后的种种遭遇，言辞恳切，结构严谨。第一段以斑鸠鸣叫起兴，直述其对父母先人的思念，通过“翰飞戾天”“明发不寐”等语，将自己处境之艰难，心中之忧伤烘托而出。第二段将聪明睿智的正直之人“饮酒温克”和自己兄弟醉生梦死“壹醉日富”进行对比，直斥兄弟酗酒无度，有违父母教诲，将劝诫隐于斥责之中。第三段以蜾蠃替螟蛉养育幼子为比，陈述兄弟不遵祖训、不继家风，以致幼子失养，自己不得不替兄弟抚养、教育幼子的事实。第四段用鹡鸰“载飞载鸣”与自己往来奔波，日夜操劳，苦苦支撑门庭相互映衬，显得形象而生动，极富感染力。第五段以“交交桑扈，率场啄粟”的窘境与自己穷苦困顿、又逢牢狱的窘境相互映衬，无法掩饰的辛酸困窘，让人不忍卒读。第六段，以“如临于谷”“如履薄冰”的出神入化，将自己小心翼翼、提心吊胆的处境和心情刻画而出。尽管此诗的主旨至今未有统一说法，但其艺术手法和写作技巧，毫无疑问是十分出色的。

巧　言[1]

悠悠昊天[2]，曰父母且[3]！无罪无辜，乱如此幠[4]。
昊天已威[5]，予慎[6]无罪。昊天泰幠[7]，予慎无辜。
乱之初生，僭始既涵[8]。乱之又生，君子信谗。
君子如怒[9]，乱庶遄沮[10]。君子如祉[11]，乱庶遄已[12]。
君子屡盟，乱是用长[13]。君子信盗[14]，乱是用暴。
盗言孔甘[15]，乱是用餤[16]。匪其止共[17]，维王之邛[18]。

奕奕寝庙[19]，君子作[20]之。秩秩大猷[21]，圣人莫[22]之。
他人有心，予忖度[23]之。跃跃毚兔[24]，遇犬获之。
荏染[25]柔木，君子树[26]之。往来行言[27]，心焉数[28]之。
蛇蛇硕言[29]，出自口矣。巧言如簧[30]，颜之厚矣！
彼何人斯？居河之麋[31]。无拳无勇[32]，职为乱阶[33]。
既微且尰[34]，尔勇伊何？为犹将[35]多，尔居徒几何[36]？

注释

①这是一首讽刺统治者听信谗言而乱政的诗。②悠悠：广大遥远的样子。昊（hào）天：皇天。③且（jū）：语尾助词。④怃（hū）：大。⑤已：甚，太。威：通“畏”，可怕。⑥慎：《传》：“诚也。”确实。⑦泰：通“太”。怃：怠慢、疏忽。⑧僭：通“谮”，谗言。既：尽，全部。涵：包容。⑨君子：指周王。怒：指怒斥谗人。⑩庶：庶几，也许。遄：急速。沮（jǔ）：止。⑪祉（zhǐ）：福。此指任用贤者。⑫已：止。⑬是用：是以，因此。长：滋长。⑭盗：指谗佞之人。⑮孔：很。甘：甜美。⑯餤（tán）：原指进食，引申为增多义。⑰匪：通“非”。其：代指盗。止：职。共：通“恭”，谓忠于职守。⑱邛：病。以上两句言谗人不尽其职，只是坑害君主。以上两句一说“匪，彼也”。言小人容止之恭，适为王病而已。⑲奕奕：高大的样子。寝庙：古时宗庙有寝和庙两部分，后面放先祖衣冠的叫寝，前面祭祀的地方叫庙。⑳君子：指周代先公武王等。作：建造。㉑秩秩：宏伟的样子。大猷（yóu）：大道，指典章制度。㉒莫：通“谟”，谋划。㉓忖度（cǔn duó）：猜测。㉔跃跃（tì）：通“趯趯”，跳跃的样子。毚（chán）兔：狡兔。㉕荏（rěn）染：柔弱的样子。㉖树：种植。㉗行言：行道之言，流言。㉘数（shǔ）：辨别。㉙蛇蛇（yí）：通“訑訑”，骗人的样子。硕言：大言。㉚巧言：花言巧语。簧：笙中振动发声的薄片。㉛麋：通“湄”，水边。㉜拳：力量。㉝职：主，主要。乱阶：祸乱之阶，祸乱的由来。㉞微：通“癓”，小腿生湿疮。尰（zhǒng）：脚肿。㉟为：通“伪”。犹：通“猷”，计谋。将：很。㊱居：语气助词。徒：徒众。几何：多少。

赏析

《巧言》一诗选自《诗经·小雅》，是一位大夫为谗言中伤，无处申诉，无所控告，只能向悠悠苍天悲鸣控诉的讽刺之作。诗人讽刺周王因谗误国、终致灾祸的遭遇，痛斥小人谗言的丑恶嘴脸和卑劣行径。

全诗共六段，每段八句，通篇皆用赋体，酣畅淋漓地直抒胸臆，文笔犀利，情绪激愤。起笔便是“悠悠昊天，曰父母且！无罪无辜，乱如此怃”的控诉和呐喊，进而以“昊天已威，予慎无罪。昊天泰怃，予慎无辜”之语，表达了无法为自己洗刷冤屈，只能求助于天的苍白无力之感。仅仅一段，就将一个蒙受冤屈，无处申诉的大夫形象展现在了读者面前，奠定了本诗激愤犀利的总基调。第二三段，作者心情稍有平复，开始理智地分析、反省谗言的开始、形成、扩大的全过程，进而得出了进谗言的小人可恶，但信谗言的君主才是主因这一结论。第四五段用辛辣的语言将谗言小人的丑恶嘴脸和卑劣行径勾勒而出，但也以“奕奕寝庙”“秩秩大猷”等威严庄重的建筑形象，表明了清者自清、小人必将遭受惩治的坚定决心。最后一段，诗人由泛而专，将矛头直接指向了那个进谗小人，忧愤之情难以自控，发出了“既微且尰”“尔居徒几何”的诅咒！

诗人虽然情绪忧愤激动，但却突破了个人恩怨，将谗言之害升华到了误国乱政的历史高度，使得诗作之境界更为广阔、更易引人共鸣。

谷风之什

谷　风

习习谷风[1]，维风及雨。将恐将惧，维予与女。
将安将乐，女转弃予。
习习谷风，维风及颓[2]。将恐将惧，寘予于怀。
将安将乐，弃予如遗。
习习谷风，维山崔嵬[3]。无草不死，无木不萎。
忘我大德，思我小怨。

注释

①习习谷风：大风连续不停地吹着。②颓：旋风。③崔嵬：山高的样子。“嵬”通“巍”。

赏析

本诗的形式和内容都与《邶风·谷风》相像，前二章都以二句起兴（如一章“习习谷风，维风及雨”、二章“习习谷风，维风及颓”），唯独末章以四句起兴“习习谷风，维山崔嵬。无草不死，无木不萎”。而“忘我大德，思我小怨”是作此诗的本旨。

习习吹来的谷风带来此刻的不幸，他的生活只有辛苦没有安乐，到头来还遭受遗弃。草木枯萎是不幸的预兆，大概古时为此不幸而哭泣的不少吧！由此诗看来，《小雅》和《国风》之间的界限是很难严格划分清楚的。

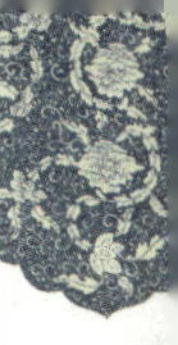

蓼 莪

蓼蓼[①]者莪[②]，匪莪伊蒿[③]。哀哀父母，生我劬[④]劳！
蓼蓼者莪，匪莪伊蔚[⑤]。哀哀父母，生我劳瘁！
瓶之罄矣，维罍之耻[⑥]。鲜民[⑦]之生，不如死之久矣！
无父何怙[⑧]？无母何恃？出则衔恤[⑨]，入则靡至[⑩]。
父兮生我，母兮鞠[⑪]我，拊我畜[⑫]我，长我育我，顾我复我[⑬]，
出入腹我[⑭]。欲报之德，昊天罔极[⑮]！
南山烈烈[⑯]，飘风发发[⑰]。民莫不穀[⑱]，我独何害[⑲]！
南山律律，飘风弗弗。民莫不穀，我独不卒[⑳]！

注释

①蓼蓼（lù）：植物长大的样子。②莪（é）：野菜。③蒿：贱菜。④劬：勤劳。⑤蔚：草名，又名牡蒿。⑥“瓶之”二句：瓶，小的储酒器。罄，空。罍（léi），大的储酒器。⑦鲜民：寡民，指死了父母的人。⑧怙：依靠。⑨衔恤：心怀忧愁。⑩靡至：进家却不见父母，惶惶不安，虽进入家门，却像没到一样。⑪鞠：养育。⑫拊我畜：拊，抚养。畜，养活。⑬顾我复我：顾，看护照料。复，反复地看，看而又看，形容父母对孩子的关心。⑭腹我：抱在怀中。⑮昊天罔极：昊天，上天。罔，无。解释为：老天没有良心，把他的父母夺走了。⑯烈烈：高大的样子。⑰发发：疾速的样子。⑱穀：善良。⑲我独何害：即“何我独害”，为何只有我遭不幸呢？⑳卒：终养父母。

赏析

《蓼莪》是孝子不得终养父母，悼念父母的诗。所谓“树欲静而风不止，子欲养而亲不待”。此诗至情的流露，非常哀痛，一字一泪，感人至深，是其他篇章所不能比拟的，至今仍是表达我们中国人对父母深厚感情的代表，千古孝思的绝作。

方玉润《诗经原始》评说：“蓼莪，孝子痛不得终养也……首尾各二

章，前用比，后用兴。前说父母勤劳，后说子不幸，遥遥相对。中间两章一写失去亲人的痛苦，一写养育子女的艰难，沉痛到了极点。”

姚际恒赞美此诗说：“孝子之情，感伤痛极，千古为昭。”诗中“哀哀父母，生我劬劳”两句，已成后世常用名句。“无父何怙？无母何恃”也非常沉痛，于是后世称丧父为“失怙”，丧母为“失恃”。

晋朝有位学者王裒，父母死后，读到此诗，则流涕不止，他的学生因而不再在他面前读《蓼莪》。诗中第四章用蝉联的句法连用九个“我”字，句法奇特有力，描写尤为感人，姚际恒说：“勾人眼泪，全在此无数我字，何必王裒！”这也许是对本诗最好的诠释。

四　月[①]

四月维夏，六月徂[②]暑，先祖匪人[③]？胡宁[④]忍予！
秋日凄凄，百卉具腓[⑤]。乱离瘼[⑥]矣，爰其适[⑦]归？
冬日烈烈[⑧]，飘风发发[⑨]。民莫不穀[⑩]，我独何[⑪]害？
山有嘉卉，侯栗侯[⑫]梅。废为残贼[⑬]，莫知其尤[⑭]。
相[⑮]彼泉水，载清载浊。我日构[⑯]祸，曷云[⑰]能穀？
滔滔江汉[⑱]，南国之纪[⑲]。尽瘁以仕[⑳]，宁莫我有[㉑]？
匪鹑匪鸢[㉒]，翰飞戾[㉓]天；匪鳣匪鲔[㉔]，潜逃于渊。
山有蕨薇[㉕]，隰有杞桋[㉖]。君子作歌，维以告哀。

注释

①这是一首下层小官吏慨叹不幸遭遇的诗。②六月：夏历六月。徂（cú）：《笺》：“犹始也。四月立夏矣，至六月乃始盛暑。”③匪：王夫之：“匪人者，犹非他人也。……此自我而外，不与己亲者，或谓之他，或谓之人，皆疏远不相及之词。”④胡：何。宁：竟。朱熹《诗集传》：“何忍使我遭此祸也。”⑤腓：通“痱”，病。指草木枯萎。⑥瘼（mò）：病，疾苦。⑦爰：何，哪里。适：往。⑧烈烈：寒冷的样子。⑨飘风：旋风，暴风。发发：风声。⑩穀：善。⑪何：古“荷”字，承受。⑫侯：语气助词。⑬废：

大。残贼：残害别人的人。⑭尤：罪，过失。⑮相：视，看。⑯构：通“遘”，遇。⑰曷：何，怎么。云：语气助词。⑱江汉：长江和汉水。⑲南国：南方。纪：纲。《笺》：“江也，汉也，南国之大水。纪理众川，使不壅滞。”⑳尽瘁：尽力劳苦。仕：通“事”，在朝中供职。㉑有：通“友”，相亲。㉒匪：彼，那。鹑：雕。鸢（yuān）：鹞鹰。㉓翰飞：高飞。戾：至。㉔鳣（zhān）：大鲤鱼。鲔（wěi）：鲟鱼。㉕蕨、薇：皆野菜名。㉖隰（xí）：低湿之地。杞：枸杞。桋（yí）：又名赤楝，常绿乔木。

赏析

《四月》一诗选自《诗经·小雅》，一般认为是一个曾为国家肱股、为国鞠躬尽瘁的官员，因为不肯同流合污而惨遭贬谪，南行之途，坎坷曲折，由夏到冬，还未到达，于是忧伤悲痛、愤愤不平地写下了这首诗作。

全诗一共八段，每段四句，主旨全在末句的“维以告哀”的“哀”字之上。前三段，主要述说自身的哀境哀情，后四段主要解释自己哀之起因缘由。前三段以初夏、酷夏、清秋、寒冬为时间线索，字里行间，一个在清秋季节踽踽独行，在深冬北风呼啸之际独自向南，颠沛流离、贫病交加的失意政客形象跃然纸上。诗人特意以“四月”“六月”“秋日”“冬日”等字眼点明时间，足以看出其南行之曲折，心情之哀痛，日子之难熬，就像是一天天掰着指头数着过一样。接下来的四段，作者层次分明地交代了自己有此悲哀之事的起因缘由，此时作者似已来到贬谪之地，他痛定思痛地回忆了自己遭此大祸的原因——被残贼所废，不肯同流合污，因此惨遭贬谪。接着，他遥想自己也曾鞠躬尽瘁，也曾为国股肱，虽遭此横祸，仍旧坚持清者自清。诗人抬头望见了自由翱翔的鹞鹰，埋首又看到了随心游动的鲤鲔，不禁发出了“我竟不如鹞鹰、鲤鲔一般逍遥自在，可以远离灾祸桎梏”的感叹！诗人对自由的无限向往，不正说明了现实的黑暗和压抑吗？

本诗可以看作贬谪诗的鼻祖，其立意、手法及诗中意象，对后世文人的影响深远且巨大。

鼓　钟[1]

鼓钟将将[2]，淮水汤汤[3]，忧心且伤。
淑人[4]君子，怀允[5]不忘。
鼓钟喈喈[6]，淮水湝湝[7]，忧心且悲。
淑人君子，其德不回[8]。
鼓钟伐鼛[9]，淮有三洲，忧心且妯[10]。
淑人君子，其德不犹[11]。
鼓钟钦钦[12]，鼓瑟鼓琴，笙磬同音[13]。
以雅以南[14]，以籥不僭[15]。

注释

①这是一首讽刺周王淫乐无度，思古刺今的诗。②鼓：敲。将将（qiāng）：同“锵锵”，钟声。③汤汤（shāng）：水流浩大的样子。④淑人：善人。⑤怀：思念。允：的确。⑥喈喈（jiē）：和谐的钟声。⑦湝湝（jiē）：水疾流的样子。⑧回：邪僻，奸邪。⑨伐：击、敲。鼛（gāo）：大鼓。⑩妯（chōu）：伤悼。⑪犹：通“訧”，缺点、毛病。⑫钦钦（qīn）：钟声。

⑬磬（qìng）：古代用石或玉做成的打击乐器。同音：乐音和谐。⑭以：为。雅：雅乐，天子之乐。南：南方乐调。⑮籥（yuè）：古乐器名，长于笛而六孔。僭（jiàn）：乱。

赏析

《鼓钟》一诗选自《诗经·小雅》，是一首描写贵族在淮水之畔欣赏周朝雅乐，发怀古之忧思，慕圣贤之功德的诗作。也有人认为此诗是借古讽今之作，意在讽刺周王沉迷声色、荒淫无度的荒唐行径。

全诗共四段，每段五句，句式整齐，重章叠沓，情感充沛。首段以锵锵钟声入题，描述了诗人立于淮水之畔，伴着汤汤淮水欣赏周王雅乐的场景，在这锵锵钟声及汤汤淮水营造的庄重氛围中，诗人仿若置身在了更加广阔的时空之中，那些古代圣贤的丰功伟绩，一如淮水奔涌眼前，他不仅忧思感怀，今昔对比之下，更是伤心无限——就像历经安史之乱的杜甫，遥想辉煌的盛唐，徒留“感时花溅泪，恨别鸟惊心”的失意落寞。此后三章，诗人仅仅改动几个字，在反复吟诵之下，他仿佛已经全身心地沉浸在了这钟鼓齐鸣、琴瑟相和、排箫乐舞、笙磬同音的音乐世界之中。通过钟、鼓、琴、瑟、笙、磬、雅、南、籥等乐器的一一登场，相奏相和，更加深了忧思怀古之情，更强调了对“淑人君子”美德懿行的无限向往，更暗示了对当世之风的强烈不满，也更能凸显回归现实之后的无限落寞。诗人触景生情，有感而发，所听的雅乐勾起了他对古之治世的无限向往，诗人对古之圣贤的追慕、对国家命运的担忧无不从字里行间流露而出。

甫田之什

甫　田[1]

倬彼甫田[2]，岁[3]取十千。我取其陈[4]，食我农人。自古有年[5]。
今适南亩[6]，或耘或耔[7]，黍稷薿薿[8]，攸介攸止[9]，烝我髦士[10]。
以我齐明[11]，与我牺[12]羊，以社以方[13]。我田既臧[14]，农夫之庆[15]。
琴瑟[16]击鼓，以御田祖[17]，以祈甘雨。以介[18]我稷黍，以谷[19]我士女。
曾孙来止[20]，以其妇子。馌[21]彼南亩，田畯至[22]喜。攘其左右[23]，
尝其旨[24]否。禾易长亩[25]，终善且有[26]。曾孙不怒，农夫克敏[27]。
曾孙之稼，如茨如梁[28]。曾孙之庾[29]，如坻如京[30]。乃求千斯[31]仓，
乃求万斯箱[32]。黍稷稻粱，农夫之庆。报以介[33]福，万寿无疆！

注释

①这是一首统治者祭神祈年的乐歌。②倬（zhuō）：大，广阔的样子。甫田：大田。③岁：年。④陈：指陈旧的粮食。⑤有年：丰年。⑥适：往。南亩：泛指田地。⑦耘：除草。耔（zǐ）：培土。⑧薿薿（nǐ）：茂盛的样子。⑨攸：乃。介：大，指庄稼长大。止：至，指庄稼长成收获。⑩烝：进，指荐举。髦（mào）士：优秀的人才。⑪齐（zī）明：犹粢盛，祭器中所盛的谷物。⑫牺：祭礼用的纯色牲畜。⑬社、方：均用为动词。社指祭土神，方指祭四方神。⑭臧：好，善。⑮庆：福。⑯琴瑟：用作动词，指弹奏琴瑟。⑰御：通“迓”，迎。田祖：田神。⑱介：通“丐”，祈求。⑲谷：养育。⑳曾孙：周人对祖先的自称。止：语气助词。㉑馌（yè）：送饭。㉒田畯（jùn）：农官。至：到。一说极。㉓攘：通“让”，礼让。左右：跟随的人。㉔旨：味美。㉕易：马瑞辰《通释》：“易与移一声之转。《说文》：‘移，禾相倚移也。’为禾盛之貌。”长亩：竟亩，满田。㉖终：既。有：多。㉗克：能。敏：

诗经○小雅

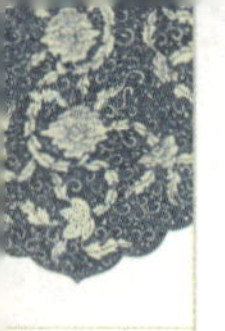

敏捷。㉘茨：茅屋顶。梁：桥。㉙庾：粮囤。㉚坻（chí）：小丘。京：大丘。㉛斯：语气助词。㉜箱：车厢。㉝介：大。

赏析

《甫田》一诗选自《诗经·小雅》，是一首描写周王祭祀神灵，祈求丰收的诗作，也可看作是祭祀神灵、祈求丰收时所唱的乐歌。我国自古就是农业大国，这首诗歌就表达了先民对于农业的重视，对于土神和四方诸神的敬畏、崇拜，也体现了统治者对于农事的重视，是对我国农业古国原始风貌的再现。

全诗共四段，每段十句，以叙事为主，间或抒情。第一段对广袤农田上的农事进行总体叙述：脚下的土地肥沃宽广，每年都能大获丰收。仓内积攒的谷物粮食，足够养活在这片沃土上辛勤劳作的百姓。农人辛勤耕耘，黍稷长大成熟，转眼又一个丰年来到，这片宽广的土地，为国家哺育了多少栋梁！第二段主要描述了祭神仪式：准备好祭祀用的祭器，装上饱满的谷物、供上肥美的牛羊，我们奏响乐曲，让神灵和我们一起享受这欢快的时光，祈求风调雨顺，年年丰收！第三段重点描述了周王在祭祀之后携妻带女亲下田亩，为劳作的农人带来自己亲手做的饭食。田官农人无不欣喜若狂，一起来品尝君主亲做之饭。第四章向我们展现了一幅粮食长势喜人，收成堆积如山，农人喜笑颜开的丰收之景，既表达了对神灵赐福的感激，又阐明了对得遇明君的欣喜，诗作在对周王万寿无疆的祝福中，戛然而止。

“民以食为天”，统治者对粮食、农事的重视，自古皆然。

瞻彼洛矣[1]

瞻彼洛[2]矣，维水泱泱[3]。君子至止[4]，福禄如茨[5]。
韎韐有奭[6]，以作六师[7]。
瞻彼洛矣，维水泱泱。君子至止，鞞琫有珌[8]。
君子万年，保其家室。

瞻彼洛矣，维水泱泱。君子至止，福禄既同[9]。
君子万年，保其家邦。

注释

①这首诗写周王会集诸侯讲武事，诸侯赞颂天子。②瞻：视。洛：北洛水，在今陕西境内。③泱泱：水势广阔的样子。④君子：指周天子。止：语气助词。⑤茨：盖屋顶的茅草。如茨，茅草屋盖有多层。⑥韎韐（mèi gé）：染成红色的熟皮制的蔽膝。奭（shì）：赤色。⑦作：起，此指指挥、检阅。六师：六军。周制，天子六军，一万二千五百人为军。⑧鞞（bǐ）：刀鞘。琫（běng）：刀鞘上端的装饰物。珌（bì）：刀鞘下端的装饰物。一说指纹饰美丽的样子。⑨同：聚。

赏析

《瞻彼洛矣》一诗选自《诗经·小雅》，主要描述了周天子在洛水之畔会集诸侯，讲武阅兵这一盛大国事。借由诸侯之口，对周天子整顿军备、安国定邦、中兴周室的作为大加称颂。

本诗共三段，每段六句，句式整齐，反复吟咏。三段皆以“瞻彼洛矣，维水泱泱”这一大气磅礴的意象起笔，既点名了周天子阅兵之所，又为全诗奠定了宏伟壮阔的总基调。试想，宽广深厚的洛水奔腾而过，浩浩汤汤的维水川流不息，不正是周天子英武睿智、深沉稳重、宽厚包容的真实写照吗？此句虽然是直言叙述的赋体，却隐有比兴之意。环境氛围烘托到位之后，主角隆重登场，作者以“君子至止，福禄如茨”之句，展示了天子亲临洛水、勤于政事，有这样勤政的天子，岂非天下之福？随后，又以“韎韐有奭，以作六师”之句展开细节描写：天子身着戎装，英姿飒爽，在六军阵前讲武阅兵，既表现了天子对此大事的重视，又点明了主旨。第二段与第一段相比，抒情意味更浓，以“君子至止，鞞琫有珌”，对天子的仪容进行细节刻画，更显示了此事的严肃重大；“君子万年，保其家室”是六军喊出的口号，从侧面展现了天子的威望、阵势的雄壮。最

后一段，与前两段交相辉映，以“君子至止，福禄既同”之句呼应首段，以“君子万年，保其家邦”呼应次段，使得整首诗的结构更加严谨、联系更加密切、情感更加浓烈。

裳裳者华[1]

裳裳者华[2]，其叶湑[3]兮。我觏之子[4]，我心写[5]兮。
我心写兮，是以有誉处[6]兮。
裳裳者华，芸[7]其黄矣。我觏之子，维其有章[8]矣。
维其有章矣，是以有庆[9]矣。
裳裳者华，或黄或白。我觏之子，乘其四骆[10]。
乘其四骆，六辔沃若[11]。

左之左之⑫，君子宜⑬之。右⑭之右之，君子有之。
维其有之，是以似⑮之。

注释

①这是一首赞美君子的诗。②裳裳：通“堂堂”，鲜明艳丽的样子。华：同“花”。③湑（xǔ）：茂盛的样子。④觏（gòu）：遇见。之子：这个人。⑤写：古“泻”字，此指舒畅。⑥誉：通“豫”，安乐。誉处：犹安处。一说誉处皆安乐义。⑦芸：茂盛的样子。⑧章：文采。⑨庆：福。⑩骆：马鬃为黑色的白马。⑪辔（pèi）：马缰绳。沃若：光润柔软的样子。⑫左：指文事。之：语气助词。⑬宜：安定。⑭右：指武事。《传》：“君子者，无所不宜也。”陈奂《诗毛氏传疏》：“言朝祀丧戎，无不得宜。”⑮似：通“嗣”，继承，继续。

赏析

《裳裳者华》一诗选自《诗经·小雅》，历代学者大都将此看作是一首周天子赞美诸侯的诗，不过，有人提出，将其看作一首对倾慕之人的赞美诗，亦无不可。

全诗共四段，每段六句，前三段结构相似，词意相近，每段的第一句都以“裳裳者华”起兴，从第二句开始稍有变化，分别以“其叶湑兮”“芸其黄矣”“或黄或白”相承，描写了花草由枝叶茂盛到开出花朵再到花团锦簇的全过程，借此表现了喜悦欢欣之情。第一段，作者并未直接着笔于“之子”的模样品格，而是通过“我觏之子，我心写兮”“我心写兮，是以有誉处兮”的心理感受，从侧面烘托了“之子”让人如沐春风、烦恼尽消的巨大魅力。第二段，作者将笔触集中于“之子”的仪表，以“维其有章矣”称赞其仪表堂堂、风度翩翩，足见其良好的个人修养。第三段，作者由近及远，将笔触集中于“之子”的车马，借由“我觏之子，乘其四骆”“乘其四骆，六辔沃若”等称赞车驾之语，达到间接夸赞“之子”气宇轩昂的效果，并暗示其身份的尊贵。第四段，作者笔锋一转，以“左之左

之，君子宜之。右之右之，君子有之”的舒缓语调，来对君子文武双全、不偏不倚的品性才能进行反复吟咏，对前三段略显直白、外放的情感加以内敛，将整首诗提高到雅丽清正的境界。总之，这是一首错落有致、张弛有度、清新欢快又不失稳重平和的诗作。

桑扈

交交桑扈①，有莺②其羽。君子乐胥③，受天之祜④。
交交桑扈，有莺其领⑤。君子乐胥，万邦之屏⑥。
之屏之翰⑦，百辟为宪⑧。不戢不难⑨，受福不那⑩。
兕觥其觩⑪，旨酒思柔⑫。彼交匪敖⑬，万福来求⑭。

注释

①桑扈：鸟名，即青雀，又名窃脂。②莺：文采貌。③乐胥：快乐。胥，犹“兮”。④祜（hù）：福。⑤领：颈。此句言鸟颈羽毛之美。⑥屏：屏障，起护卫作用，故此以喻重臣。⑦翰：读为“干（榦）”，即《左传》“礼，身之干（榦）也”“礼，国之干（榦）也”之“干（榦）”。主干，骨干。⑧辟：君，此指诸侯。宪：法式，典范。⑨不戢不难：犹《雄雉》“不忮不求”，言“不戢”即不聚敛于财，“不难”谓不忌恨于人。戢，有聚、敛之意。难，有忌恨之意。⑩不那（nuó）：即“不移”，指福降于身，而不它移。⑪兕觥：酒器。觩（qiú）：角弯曲貌，形容觥的形状。⑫思柔：思，语气助词。柔，形容酒味口感绵柔，十分顺口。⑬彼交匪敖：当从另一本作“匪交匪敖”。交，轻侮。或以为交当作“骄”。敖，傲慢。⑭求：聚。

赏析

这是一首周天子宴请诸侯的诗。

一位地位重要的诸侯来朝见天子，天子宴请他，席间演奏了这首乐歌。

诗的主旨是祝福此人因为在天下诸侯间的地位及对王朝的作用，所以应该享有的幸福。从诗中“万邦之屏”“百辟为宪”等句看，其所宴非一般诸侯，故陈子展先生说：“非出为方伯、入为卿士之诸侯实不足以当此。”一章美其受福，二章美其安万邦，三章美为诸侯榜样，四章言宴时能敬，足以受多福。前两章均以“交交桑扈”起兴，从诗中其羽毛的美丽看，这是用来喻其人风采的，或者因桑扈的文采，令人想到其人的“文德”。周人重“文”、重修饰（有特殊规定性内涵的外在形式）、重“文德”，在这些地方都能看得出来。如《小雅·车舝》篇云：“依彼平林，有集维鷮。辰彼硕女，令德来教。”就直接把鸟的美丽羽毛与女子的教育修养联系起来，而不是与其穿着联系起来。

鸳鸯

鸳鸯[①]于飞，毕之罗之[②]。君子万年，福禄宜之[③]。
鸳鸯在梁[④]，戢其左翼[⑤]。君子万年，宜其遐福[⑥]。
乘马在厩[⑦]，摧之秣[⑧]之。君子万年，福禄艾[⑨]之。
乘马在厩，秣之摧之。君子万年，福禄绥[⑩]之。

注释

①鸳鸯：水鸟名。此诗是以鸳鸯象征福禄。②毕之罗之：此句即以毕捕之，以罗网网之之意。毕，长柄的捕鸟小网。罗，罗网。③福禄宜之：犹言“福禄绥之”。宜、绥都是安的意思。或以为多。④梁：水中拦鱼的水坝，即鱼梁。⑤戢（jí）：戢敛，即绊缚之意。野外捕获的鸟不放入牢笼养育的，初畜养时必绊缚其左翼，因为左翼比右翼力气小，不容易挣脱。若缚右翼，往往容易逃脱。畜鸟之家，皆知其法。这里指的就是缚住鸳鸯左翼，使其不能飞走（于鬯说）。与上章言“毕之罗之”，正一意相贯。⑥遐福：犹言“大福”。遐，与“假”通，《尔雅·释诂》：“假，大也。”⑦乘马：驾车的马匹，一说四匹马。厩：马棚。⑧摧（cuò）：铡碎的草。此指以草喂马。秣（mò）：喂牲口的粮食，此指以谷物喂马。牲口吃的草和粮食，

即通常所说的“草料”。或曰：古婚礼，由男方乘车马前往女家迎娶新妇。⑨艾：养，辅助。⑩绥：安也。

赏析

这是一首祝福之歌。古代大多都把这首诗与夫妻联系起来，但从《诗经》中，我们很难找到直接以鸟的雌雄喻夫妻的确切例子（像“雉之朝呴”这类句子，为喻男求女，非喻新婚或已婚之夫妇），日本学者松本雅明就曾说过：就《诗经》来看，在所有的鸟的表现中，以鸟的匹偶象征男女爱情的思维模式是不存在的。他的这种说法不确切，但能看出某种倾向，因此此诗是否与婚姻有关，还很难说。就诗的内容来看，这实是一篇祝福歌。首章以捕得鸳鸯象征得到福禄；二章以绊缚鸳鸯象征留得福禄；三、四章以马在厩食草料，象征安然得福。但古代学者的解说，却形成一个传统。这说明文化在传承中，时有误区，但久而久之，也便成为社会普遍公认的意识。

宾之初筵[1]

宾之初筵[2]，左右秩秩[3]。笾豆有楚[4]，殽核维旅[5]。酒既和旨[6]，
饮酒孔偕[7]。钟鼓既设，举酬逸逸[8]。大侯既抗[9]，弓矢斯张[10]。
射夫既同[11]，献尔发功[12]。发彼有的[13]，以祈尔爵[14]。
籥舞笙鼓[15]，乐既和奏，烝衎烈祖[16]。以洽[17]百礼，百礼既至[18]。
有壬有林[19]。锡尔纯嘏[20]，子孙其湛[21]。其湛曰乐，各奏尔能[22]。
宾载手仇[23]，室人入又[24]。酌彼康[25]爵，以奏尔时[26]。
宾之初筵，温温[27]其恭。其未醉止[28]，威仪反反[29]。曰[30]既醉止，
威仪幡幡[31]。舍其坐迁[32]，屡舞仙仙[33]。其未醉止，威仪抑抑[34]。
曰既醉止，威仪怭怭[35]。是曰既醉，不知其秩[36]。
宾既醉止，载号载呶[37]，乱我笾豆，屡舞僛僛[38]。是曰既醉，
不知其邮[39]。侧弁之俄[40]，屡舞傞傞[41]。既醉而出，并受其福。
醉而不出，是谓伐[42]德。饮酒孔嘉，维其令仪[43]。

凡此饮酒，或醉或否。既立之监[44]，或佐之史[45]。彼醉不臧[46]，不醉反耻[47]。式勿从谓[48]，无俾大怠[49]。匪[50]言勿言，匪由[51]勿语。由醉之言，俾出童羖[52]。三爵不识[53]，矧敢多又[54]。

注释

①这是一首描写贵族宴饮且寓讽刺意义的诗。②筵：竹席。古人席地而坐，初筵指入座。③秩秩：有秩序的样子。④笾（biān）、豆：均为食器名。《尔雅·释器》："木豆谓之豆，竹豆谓之笾。"或说笾用以盛果品，豆用以盛肉。楚：排列整齐的样子。⑤殽：通"肴"，鱼、肉等熟食。核：指果类。旅：陈设。⑥和：醇和。旨：味美。⑦孔：很。偕：嘉。陈奂《诗毛氏传疏》："皆，遍也。偕与皆通。"马瑞辰《通释》："皆，嘉一声之转。"一说和谐。⑧酬：劝酒。逸逸：往来不绝的样子。⑨侯：箭靶。古人射箭时，用布或兽皮为箭靶，将之张设在木架上。抗：挂起。⑩斯：语气助词。张：把弦拉紧。⑪射夫：射箭的人。同：聚集。⑫发：射箭。功：功力，技艺。⑬有：语气助词。的（dì）：箭靶的中心。⑭祈：求。爵：古代的一种饮酒器，此代指酒。古时射礼，射中者饮酒。⑮籥（yuè）：古乐器名。籥舞：执籥而舞。鼓：吹奏。⑯烝：进献。衎（kàn）：乐。烈祖：有功业的先祖。⑰洽：合，谐和。⑱至：齐备。⑲有：通"又"。壬、林：《集传》："壬，大。林，盛。言礼之盛大也。"⑳锡：通"赐"。纯：大。嘏（gǔ）：福。㉑湛（dān）：通"媅"，乐。㉒奏：献。能：技能。㉓载：乃。手：取，选择。仇（qiú）：匹，指对手。㉔室人：主人。又：《传》："主人入于次，又射以耦宾也。"㉕康：大。㉖时：善，此指射中者。㉗温温：和气的样子。㉘止：语气助词。㉙威仪：容貌举止。反反：慎重的样子。㉚曰：语气助词。㉛幡幡：轻浮的样子。㉜舍：离开。坐：座。迁：移动。㉝仙仙（xiān）：通"跹跹"，轻盈的样子。㉞抑抑：庄重的样子。㉟怭怭（bì）：义同"幡幡"。㊱秩：规矩，常度。㊲呶（náo）：喧哗。㊳僛僛（qī）：歪斜不正的样子。㊴邮：通"尤"，过失。㊵侧弁：歪戴帽子。俄：倾斜。㊶傞傞（suō）：醉舞不止的样子。㊷伐：损害。㊸令仪：美好的举止。㊹监：督查礼仪的官。㊺佐：辅助。史：记录言行的官。㊻臧：善。㊼反：反而。耻：羞愧，以为耻。㊽式：语气助

词。谓：通“为”，指劝酒。㊾俾：使。怠：荒怠失礼。㊿匪：非。51由：式也，法式。一说缘由。52童羖（gǔ）：无角的公羊。比喻不可能有的事物。53三爵：三杯酒。不识：不知道。陈奂《诗毛氏传疏》：“宣二年《左传》：‘臣侍君宴，过三爵，非礼也。’”54矧（shěn）：况且。又：通“侑”，劝酒。一说指再饮酒。

赏析

《宾之初筵》一诗选自《诗经·小雅》，是一首描写贵族筵席欢饮的诗作，诗人通过依照礼制而设的君子之筵和违拗礼制而成的失仪之筵的对比，对酒后失仪、失言、失德的种种丑态进行了入木三分的刻画，表达了对酗酒滥饮的强烈反对和对失礼无德的强烈谴责。

全诗共五段，每段十四句，每句四字，句式整齐，结构严谨。第一二段，诗人向读者呈现了“左右秩秩”“举酬逸逸”的君子之筵，也可说是理想之筵，筵席上的一切都依礼而设，井然有序，参加筵席的人也都温文尔雅、有礼有节，大家推杯换盏之后，仍是秩序井然，一片祥和！第三四段，尽管仍然以“宾之初筵”而始，但是筵席上的光景却与君子的理想之筵大相径庭，酒醉的宾客威仪尽失、轻浮孟浪，弄倒了笾豆，打翻了樽爵，把筵席弄得乱七八糟，一片混乱！对比之下，更凸显了君子与小人的差别，理想和现实的矛盾。诗人本意在于讽刺劝谏，但是却由理想状态切入，将丑置于美中，更能显其丑，欲抑先扬，起伏跌宕。第五段，诗人不再冷眼述说，而是直接说理，运用总结性的语言力陈劝酒之弊，力谏饮酒有度。

诗人在叙述和说理的过程中，大量运用叠词、排比、对比的修辞手法，时而直接劝说，时而委婉提醒，时而生动描摹，摆脱了单调说理、空洞乏味的弊端，让人犹如亲见。

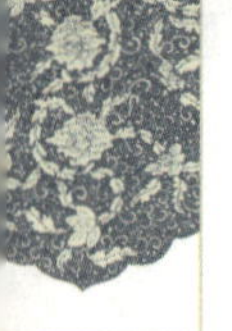

鱼藻之什

鱼藻

鱼在在藻[①]，有颁[②]其首。王在在镐[③]，岂乐[④]饮酒。
鱼在在藻，有莘[⑤]其尾。王在在镐，饮酒乐岂。
鱼在在藻，依于其蒲[⑥]。王在在镐，有那[⑦]其居。

注释

①鱼在在藻：第一个“在”当读为“哉”，二字古音同。此处为语气助词，犹“也”。藻，水草名，详《采蘋》注。或以为鱼比喻后妃、宫女。②颁（fén）：大首貌。一说众貌。③镐：镐京，西周京城。④岂乐：和乐。岂，同“恺”，乐也。⑤莘（shēn）：长貌。一说众多貌。⑥蒲：水草名。⑦那（nuó）：盛大。

赏析

这首诗赞美周王在镐京饮酒、优游自得之乐，也极概括地写到镐京建筑的美盛，言虽简而意隽永。

本诗的作者身份、时代，都很难确定，但它的内容明显是颂扬周王在镐京之乐的。诗以鱼在水中蒲藻之间自由自在之状，以兴周王在京饮酒自得之乐，写足周王无所牵挂的心境，以见周室太平景象。结尾以壮丽宫室，全是娴静状态，确有无尽妙趣。庄周濠梁“鱼乐”之叹，或有似于此。前二章言王在京饮酒之乐，三章言王居室之盛。

采 菽

采菽采菽[①]，筐之筥[②]之。君子来朝，何锡予之？
虽无予之，路车[③]乘马。又何予之？玄衮及黼[④]。
觱沸槛泉[⑤]，言采其芹。君子来朝，言观其旂。
其旂淠淠[⑥]，鸾声嘒嘒[⑦]。载骖载驷，君子所届[⑧]。
赤芾[⑨]在股，邪幅[⑩]在下。彼交匪纾[⑪]，天子所予。
乐只[⑫]君子，天子命之。乐只君子，福禄申[⑬]之。
维柞之枝，其叶蓬蓬。乐只君子，殿[⑭]天子之邦。
乐只君子，万福攸同。平平[⑮]左右，亦是率从。
汎汎杨舟，绋缅[⑯]维之。乐只君子，天子葵[⑰]之。
乐只君子，福禄膍[⑱]之。优哉游哉[⑲]，亦是戾[⑳]矣。

注释

①菽（shū）：大豆。②筥（jǔ）：亦筐也，方者为筐，圆者为筥。③路车：即辂车，古时天子或诸侯所乘。④玄衮：画着卷龙的黑色礼服。黼（fǔ）：画着黑白相间的斧形花纹的礼服。⑤觱（bì）沸：泉水涌出的样子。槛泉：正向上涌出之泉。⑥淠淠（pèi）：旗帜飘动。⑦嘒嘒（huì）：铃声有节奏。⑧届：到。⑨芾（fú）：蔽膝。⑩邪幅：绑腿。⑪纾：怠慢。⑫只：语气助词。⑬申：重复。⑭殿：镇抚。⑮平平：娴雅。⑯绋（fú）：粗大的绳索。缅（lí）：系，拴。⑰葵：通"揆"，度量。⑱膍（pí）：厚赐。⑲优哉游哉：悠闲自得的样子。⑳戾（lì）：安定。

赏析

《采菽》这首诗通过从未见诸侯时的思念之情，到远远看到诸侯来到，再到靠近看到诸侯的仪态，到最后对诸侯们功绩和福禄的颂扬之情，描绘了一幅春秋时代诸侯朝见天子时的历史画卷，气势磅礴，生动形象，十分吸引人。

开篇，作者知道就要到诸侯们朝见天子的日子了，周天子为了接待

这些诸侯，已经开始为他们准备礼物了。身为一名大夫，他在猜想这些诸侯会进献什么样的礼物给周天子。

为了朝拜天子，诸侯们陆续离开了自己的封地，因为诸侯众多，所以声势十分浩大，场面异常壮观。“觱沸槛泉，言采其芹”这两句，用槛泉旁必有芹菜这样的特点来比兴君子来朝时也一定有仪仗队相伴。

在车马未到时，人们就已经远远见到风中“淠淠”的旗影，就听到了诸侯们“嘒嘒”的鸾铃之声由远及近，这些都是诸侯威仪的表现。“载骖载驷，君子所届”，说明豪华的马车在官道上奔驰，驷马或骖乘井然前行，滚滚烟尘留在了它们的身后，威仪显赫的诸侯们来到了宫廷。

“维柞之枝，其叶蓬蓬”，用柞树枝条长得非常长，绿叶繁茂的兴旺来比兴天下的繁盛局面和诸侯的非凡功绩。诗人自豪于周王朝坐拥天下，国运昌盛，他认为是因为有天子的治理，天下才能如此繁荣。可以说，这是对周朝的歌功颂德，同时也表明了诸侯们的想法。“乐只君子，殿天子之邦”“平平左右，亦是率从”则点明了诸侯们的态度。他们愿意为天子镇守邦国，并许诺天子，会协助他治理邻邦，帮助周王朝更加兴盛。

“泛泛杨舟，绋缅维之”，一句中“泛泛杨舟”指的是诸侯，“绋缅维之”则是在说诸侯与天子的关系。诸侯和天子之间是相互依赖的，他们的利益是紧紧维系在一起的。诸侯们帮助天子治国安邦，天子则将丰厚的奖赏赐给他们。他们以统治者内部相互依存的关系共生着。“优哉游哉，亦是戾矣”，这两句充分表现出作者对诸侯安居优游的艳羡之情。

菀　柳[1]

有菀[2]者柳，不尚息焉[3]。上帝甚蹈[4]，无自暱[5]焉。
俾予靖[6]之，后予极[7]焉。
有菀者柳，不尚愒[8]焉。上帝甚蹈，无自瘵[9]焉。
俾予靖之，后予迈[10]焉！
有鸟高飞，亦傅[11]于天。彼人[12]之心，于何其臻[13]？
曷[14]予靖之，居以凶矜[15]！

注释

①这是一首被流放大臣抒发哀怨的诗。②菀：茂盛的样子。一说枯萎。③尚：庶几，表示希望。息：休息。此句言不可在下面休息。④上帝：指周王。蹈：动，指变化无常。⑤暱（nì）：通“昵”，亲近。一说病。⑥俾：使。靖：治理。⑦极：通“殛”，诛罚。⑧愒（qì）：同“憩”，休息。⑨瘵（zhài）：病。⑩迈：行，此指放逐。⑪亦：语气助词。傅：通“迫”，接近。⑫彼人：那个人，指周王。⑬臻（zhēn）：至。⑭曷：何，为什么。⑮以：于。矜：危，指凶险的处境。

赏析

此诗描写了王者暴虐无常，诸侯不敢朝见。

首章首二句，传达出了诗人强烈的愤懑之情。中二句，述说大王的暴虐无常，不可亲近，接近便是自招祸殃。尾二句，诗人现身说法，把与暴君共事的种种险恶表述无遗。整章诗或比拟，或劝诫，或直白，但都以“焉”字结句，呼告语气中，传递着诗人的无限感慨与怨恨。

续章，诗意与第一章相似。在反复咏叹中进一步强化了诗人所要表达的思想感情。诗人不可遏制的怨怒之气喷薄而出，却又不是尽情宣泄而后快。比拟中有双关，呼告中有托讽，虽是直言却用曲笔。以弦外之音感动读者，使议论中多了一点诗味。

尾章，在前两章感情积蓄的基础上，由劝诫性的诉说转向声泪俱下的控诉，整章一气呵成。诗中鸟儿高

飞是平和的比拟，逆向的起兴。从平淡中切入，渐入情境，最后以反诘句作结，单刀直入，让人眼前突现出一位正在质问“甚蹈”的“上帝”的受难诗人形象。诗人怀才不遇的悲愤、嫉恶如仇的性情、命途多舛的遭遇，都化作这句诗眼，给读者以震撼心魄的力量。

黍　苗①

芃芃②黍苗，阴雨膏③之。悠悠④南行，召伯劳⑤之。
我任我辇⑥，我车我牛⑦。我行既集⑧，盖云⑨归哉！
我徒我御⑩，我师我旅⑪。我行既集，盖云归处⑫！
肃肃谢功⑬，召伯营⑭之。烈烈⑮征师，召伯成⑯之。
原隰既平⑰，泉流既清。召伯有成，王心则宁。

注释

①这是一首赞美召伯营建谢邑的诗。②芃芃（péng）：茂盛的样子。③膏：滋润。④悠悠：遥远的样子。⑤召（shào）伯：姓姬名虎，召公奭之后。劳：慰劳。⑥任：负荷。辇：人拉的车。此用为动词，指拉车。⑦车、牛：均用为动词，指赶车、牵牛。⑧集：完成。⑨盖：通“盍”，何不。云：语气助词。⑩徒：步行。御：驾车。⑪师：二千五百人为一师。旅：五百人为一旅，此皆用为动词。⑫处：止息，居住。⑬肃肃：严整的样子。谢：城邑名，在今河南境内。功：工程。⑭营：经营。⑮烈烈：威武的样子。⑯成：组织。⑰原：高平之地。隰（xí）：低湿之地。平：平治。

赏析

《黍苗》一诗选自《诗经·小雅》，是一首赞扬召公膏泽万民，带领百姓营建谢邑，替周王分忧解难的赞诗。

全诗共五段，每段四句，每句四字，以叙述为主，间或抒情。首段以“芃芃黍苗，阴雨膏之”起兴，并兼有比意，若将万民视为茂盛的黍苗，那

么召公就是润泽黍苗的细雨。进而引出召公这一称颂对象，他悠悠南行，原来是要慰劳营造谢邑的役夫。第二段，通过“任”“辇”“车”“牛”四个字，以名词为动词，展现了役夫负重、拉车、驾车、赶牛的辛劳场景，又以“我行既集，盖云归哉”的反问，表达了工程完毕后，役夫戍卒对家乡故土的无限怀念。第三段延续第二段的句式，通过“徒”“御”“师”“旅”四个字，表现了营造谢邑时役夫队伍组织之严密、安排之周密、配合之默契。第四段的前后两句分别与第二段、第三段交相呼应，以“肃肃谢功，召伯营之”来表现在召伯领导下，在役夫努力下，取得赫赫成果；以“烈烈征师，召伯成之”来呼应第三段的“徒御师旅”，称颂召伯的组织才能。末段是全诗的点睛之笔，以“原隰既平，泉流既清。召伯有成，王心则宁”这一高度凝练的语言，说明了召伯营建谢邑绝不仅仅是修建了一座城池，而是对整个周王朝都意义重大，是为周王分忧解难的壮举！

全诗的起承转合自然流畅，前后呼应融合为一，是一篇具有强烈现实主义色彩的雅乐正音。

白　华

白华菅①兮，白茅②束兮。之子之远③，俾④我独兮。
英英白云⑤，露⑥彼菅茅。天步⑦艰难，之子不犹⑧。
滮⑨池北流，浸彼稻田。啸歌伤怀⑩，念彼硕人⑪。
樵彼桑薪⑫，卬烘于煁⑬。维彼硕人，实劳⑭我心。
鼓钟⑮于宫，声闻于外。念子懆懆⑯，视我迈迈⑰。
有鹙在梁⑱，有鹤在林⑲。维彼硕人，实劳我心。
鸳鸯⑳在梁，戢其左翼㉑。之子无良，二三其德㉒。
有扁㉓斯石，履㉔之卑兮。之子之远，俾我疧㉕兮。

注释

①白华：即白花，是指“菅”之白花。菅（jiān）：当为“蕑”之借，即兰，是一种古代男女交往中互相赠答之物。②白茅：又名丝茅，因叶似矛

而得名。③之远：往远方。④俾：使。⑤英英：又作“泱泱”，洁白、轻明之貌。一说盛多貌。白云：指雾气。一说指天上的白云。⑥露：指水汽下降为露珠，兼有沾濡之意。⑦天步：指时运。⑧不犹：即“无谋”，言其拙于生计。这是女子为其丈夫担忧。犹，当训为“谋”。⑨滮（biāo）池：古水名。在今陕西西安西。⑩啸歌：谓号哭而歌。蹙口出声曰“啸”。伤怀：忧伤而思。⑪硕人：犹“美人”，此处当指其心中的英俊男子。⑫樵：薪柴，此处指采木为樵。桑薪：桑木柴火。桑木薪柴，古代是为上等木柴，火力大。故有“老龟煮不烂，移锅于空桑”之谚。言老龟肉只有老桑柴才能煮熟。⑬卬（áng）：我。烘：烧，指烧火。煁（shén）：一种可移动的小炉灶。⑭劳：忧愁。⑮鼓钟：即敲钟。鼓，敲。⑯懆懆（cǎo）：忧愁貌。⑰迈迈：与诗中“之子之远”相呼应，当为远行之貌。或以为心意不悦。⑱鹙（qiū）：水鸟名。其状如鹤而大，头项皆无毛。其性贪恶，能与人斗，好啖鱼、蛇及鸟雏。梁：鱼梁。⑲鹤：鹤为高洁之鸟，亦食鱼。此当是以鸟求鱼喻男子求偶。鹤高洁反远在林，去鱼远；鹙丑恶反在梁，去鱼近。喻所爱的男子远已而去。古代学者以为物各得其所，反喻自己和丈夫不得其所。⑳鸳鸯：水鸟，亦食鱼。㉑戢（jí）其左翼：绊缚鸳鸯左翼，使其不得飞脱。㉒二三其德：三心二意，指感情不专一。㉓有扁：即“扁扁”，乘石的样子。乘石是乘车时所踩的石头。㉔履：踩，指乘车时踩之脚下。㉕疧（qí）：忧病。

赏析

这首诗写女子怀念她远离家乡在外的丈夫，因思念过甚，而生怨愤之意。

一章言男远去，使己孤独。“白华菅”当为别时赠物。如果把首章开头两句理解为“现在时”，《古诗十九首》所谓：“涉江采芙蓉，兰泽多芳草。采之欲遗谁？所思在远道。”所写的情境与这两句十分类似。二章因思念而为男子忧虑。看来她的丈夫是个憨厚的老实人，生活中缺乏灵活性，总是吃亏，这忧虑中正蕴含着她深厚的爱。三章言因思念而忧伤。

本章以泉水滋润稻田反喻自己得不到丈夫之爱的痛苦，辽宁东部人把男女长期孤独无偶说成是“干烤”，有些地方的方言则说“干耗”，意思相类。四章以烧柴烘烤而兴己之焦虑。这就与我们前面所讲的方言联系起来了，所谓“干烤”或“干耗”正是《诗经》中诗人之意，或者说现代汉语的方言来自《诗经》。五章以钟声远闻反喻男子远去而不闻己之思彼。但这倒让我们想起那首著名的唐诗：“姑苏城外寒山寺，夜半钟声到客船。”不一样的钟声，却是同样的写愁。所以，“钟鼓”句也可能是写实。盖女子住所在城中，离王、侯之宫不远，宫中每晚食必伴乐（曹操“对酒当歌”，王、侯即所谓“钟鸣鼎食之家”），奏乐必有钟声，正是家人聚食之时，则女子之思尤为强烈。六章以鹤喻所思之人，再申相思之忧。七章因思而生疑，怨男子有二心，为虑境。八章再言男子远去，徒使己忧伤。首章云“之子之远，俾我独兮”，卒章则云“之子之远，俾我疷兮”，两相呼应，有回环往复之妙。

苕之华[1]

苕之华[2]，芸[3]其黄矣。心之忧矣，维其伤矣！

苕之华，其叶青青。知我如此，不如无生。

牂羊坟[4]首，三星在罶[5]。人可以食，鲜[6]可以饱。

注释

①这是一首饥民叹息年荒人饥的诗。②苕（tiáo）：一种蔓生植物，又名紫葳、凌霄、陵苕。华：同“花”。③芸（yún）：黄色浓艳的样子。④牂（zāng）：母羊。坟：通“颁”，头大。母羊本小头，因饥饿身体瘦小而显得头大。⑤三星：指参宿。罶（liǔ）：捕鱼的竹篓。朱熹《诗集传》：“罶中无鱼而水静，但见三星之光而已。”⑥鲜：少。

赏析

全诗三章。首二章先二句互文见义。诗人以所见的苕花、叶起兴。诗人痛心身处荒年，人们在饥饿中挣扎，九死一生，难有活路，反不如苕一类植物，活得自在，生命旺盛。诗人心中忧伤不已，竟至于觉得最大的遗憾就是降生到这个世界上来。

首二章，诗人感情激切，愤懑之情几如烈火喷射而出。但是，这一忧愤产生的原因，直到第三章才加以揭示——荒年无物可食。宰羊吃，母羊却早就干瘦得只剩下一个大头。捕鱼吃，水中捕鱼的竹器中，只见星光不见鱼。末尾二句，直指人即使可以勉强得到些食物，也很少能够吃饱。

此诗所反映的周代，以及残酷的社会现实与人民苦难，在封建社会里是具有普遍性的。这充分显示了《诗经》现实主义精神的力量。

大雅

《大雅》的作者大部分是上层贵族，全部是西周时期作品。与《小雅》相比，《大雅》的风格更加庄重肃穆，内容上也相对比较单一，以歌颂周王朝先王先公的功绩以及记述周朝的历史为主。这部分诗一般篇幅相对较长，语言也稍显艰深，表现出典重文雅的特色。

文王之什

文　王

文王在上，於[1]昭于天！周虽旧邦，其命维新。
有周不[2]显，帝命不时[3]。文王陟降，在帝左右。
亹亹[4]文王，令闻不已。陈锡[5]哉周，侯[6]文王孙子。
文王孙子，本支[7]百世。凡周之士，不显亦世[8]。
世之不显，厥犹翼翼[9]。思皇[10]多士，生此王国。
王国克生，维周之桢[11]；济济[12]多士，文王以宁。
穆穆[13]文王，於缉熙[14]敬止！假[15]哉天命，有商孙子。
商之孙子，其丽[16]不亿；上帝既命，侯[17]于周服。
侯服于周，天命靡常。殷士肤敏[18]，祼将[19]于京。
厥作祼将，常服黼冔[20]。王之荩臣[21]，无念尔祖！
无念尔祖，聿[22]修厥德。永言配命[23]，自求多福。
殷之未丧师[24]，克配上帝。宜鉴于殷，骏命[25]不易！
命之不易，无遏[26]尔躬。宣昭义问[27]，有虞[28]殷自天。
上天之载[29]，无声无臭。仪刑[30]文王，万邦作孚[31]！

注释

①於（wū）：叹词，相当于后世所用的呜呼。②不：大。③不时：即甚是。④亹亹（wěi）：勤奋，努力修德行善。⑤陈锡：陈，同“申”，重复。锡，同“赐”。多多赐福。⑥侯：及。⑦本支：本，宗子。支，世子。⑧亦世：同“奕也”，永世。⑨厥犹翼翼：厥，其。犹，谋。翼翼，敬谨从事，不敢怠荒。⑩思皇：思，语词。皇，美。⑪桢（zhēn）：筑墙所用木的头，栋梁的意思。⑫济济：美而且多。⑬穆穆：美。⑭缉熙：缉，

持续。熙，发扬。⑮假：大。⑯丽：数目。⑰侯：维。⑱肤敏：肤，读为“薄”。薄敏，敏勉努力。⑲祼将：祼，祭礼。将，行。⑳黼冔（fǔ xǔ）：黼，古礼服刺绣的花纹，半青半黑。冔，殷朝的冠。㉑荩（jìn）臣：荩，通“进”，引申为忠诚。荩臣，忠君爱国的臣子。㉒聿：发语词。㉓永言配命：言，语气助词。全句意思是永久配合天命。㉔师：众、民心。㉕骏命：天命。㉖遏：绝。㉗宣昭义问：宣昭，明。义，善。问，声誉。㉘虞：考虑。㉙载：在。㉚仪刑：即仪型，法度榜样。㉛作孚：作，起。孚，信。

赏析

《文王》的内容，就是“敬天敬祖”的意思。

《文王》文字古朴，是《大雅》的本色，全篇七章均为赋体，且有《大雅》诗篇“衔尾式”的特征，每两章间都首尾相接，但首尾相接的字句则有变化，如第二章之尾与第三章之首“不显亦世”——“世之不显”；三、四章之间的“文王以宁”——“穆穆文王”；四、五章之间的“侯于周服”——“侯服于周”；六、七章之间的“骏命不易”——“命之不易”，全篇只有五章尾和六章首的“无念尔祖”完全相同，所以可以说这种衔尾体还在发展中，还没有成熟，但却对后代诗人影响很深。

思齐

思齐大任①，文王之母。思媚周姜②，京室③之妇。
大姒嗣徽音④，则百斯男⑤。
惠于宗公⑥，神罔时怨⑦，神罔时恫⑧。
刑于寡妻⑨，至于兄弟，以御⑩于家邦。
雝雝在宫⑪，肃肃在庙⑫；不显亦临⑬，无射亦保⑭。
肆戎疾不殄⑮，烈假不瑕⑯。不闻亦式，不谏亦入⑰。
肆成人有德，小子有造⑱。古之人无斁⑲，誉⑳髦斯士。

注释

①思齐：美其端庄之语。思，发语词。齐，端庄。大任：即太任，王季之妻，文王之母。②媚：美好。周姜：即太姜，古公亶父之妻，王季之母。③京室：犹周室，即周王室。④大姒：即太姒，文王之妻。嗣徽音：继承美誉。徽音，美誉。⑤则：乃。百：虚数，言其多。斯：其。男：男孩。这里所谓的“男”并不只是指儿子，乃是指子孙。金文恒见“百子千孙”之类祝嘏语。此处当是颂其子孙旺盛。⑥惠于宗公：旧以为言文王能顺从于先公。疑当指周室“三母”有妇德，能顺从先公先王。惠，亲顺。宗公，指先公。⑦神：指祖宗之神。罔：无。时：或，所。恫：怨恨。⑧恫（tōng）：伤痛。⑨刑：通“型”，典范。寡妻：适（嫡）妻。此处指周室三母。⑩御：治理。⑪雍雍：和谐貌。宫，宫室。⑫肃肃在庙：此指太任、周姜与太姒之画像在宫中者，雍雍和蔼（牟庭说）；其神主在庙中者，肃肃清静。⑬不显：伟大，光辉。临：照临，临视。⑭无射：当为“无写”之音转，即怜爱、慈爱之意。或以为“无厌”。言周室三母慈爱，保佑周人。⑮肆：故，所以。戎疾：大难。一说西戎的祸患。不殄：不绝。⑯烈假：大业。烈，业。假，大。一说恶疾。瑕：此二句旧解多歧。揣其意当是承上章言，因“三母”护佑，故周大难不灭，大业不假。瑕，通“假”，《说文》：“假，非真也。”一说瑕同“遐”，指周代事业宏大久远。⑰不闻亦式，不谏亦入：朱熹解为：虽事之无所前闻，而亦无不合于法度；虽无谏诤之者而未尝不入于善。今人则多据马瑞辰说，以为此言闻善言则用之，进谏则采纳之。不、亦皆语词。似以朱说为善。式，法度。或以为“不”为语词。式训“用”。则此句为听到了好意见立即采用。⑱小子：指青少年。造：作为，造就。⑲古之人：当仍指周三母。无斁（yì）：当与前“无射”同意。⑳誉：训为“称誉”“赞誉”。因今之人“有德”“有造”，故为神所称誉。此是祭者想象中的情景。

赏析

本诗是周人祭祀周室开国三母（太任、太姜和太姒），赞颂其美德的歌。

此诗主旨是歌颂“三母”有德于周人。前言“三母”，后言“古之人”，

正见文章呼应之法。一章言周室“三母”之功，二章言“三母”之德为周人典范，三章言“三母”监临保佑周人，四章言三母赐福于周，五章言“三母”之神称誉髦士。本诗格调庄重，以其直颂先祖母之德，直述先祖之事，是《大雅》正格。

文王有声

文王有声，遹[1]骏有声。遹求厥宁，遹观厥成。文王烝[2]哉！
文王受命，有此武功。既伐于崇[3]，作邑于丰[4]。文王烝哉！
筑城伊淢[5]，作丰伊匹。匪棘[6]其欲，遹追来孝。王后[7]烝哉！
王公伊濯[8]，维丰之垣。四方攸同，王后维翰[9]。王后烝哉！
丰水东注，维禹之绩。四方攸同，皇王维辟[10]。皇王烝哉！
镐京辟廱[11]，自西自东，自南自北，无思不服[12]。皇王烝哉！
考卜维王，宅[13]是镐京。维龟正之，武王成之。武王烝哉！
丰水有芑[14]，武王岂不仕[15]？诒厥[16]孙谋，以燕翼子。武王烝哉！

注释

①遹（yù）：语气助词。②烝（zhēng）：美。③崇：古崇国。④丰：故地在今陕西西安沣水西岸。⑤淢（xù）：即护城河。⑥棘：此处为“急”义。⑦王

后：第三、四章之“王后”同指周文王。⑧公：同“功”。濯：本义是洗涤，此处指“光大”义。⑨翰：通“榦”，主干。⑩辟：君。⑪镐：周武王建立的西周国都，故地在今陕西西安沣水以东的昆明池北岸。辟廱（bì yōng）：两周王朝所建天子行礼奏乐的离宫。⑫无思不服：无不服。⑬宅：用作动词，定居。⑭芑（qǐ）：芑草。⑮仕：指建功立业。⑯诒厥：传授。

赏析

《文王有声》是一首在大型宴会上唱的雅歌。它主要描述了周文王伐崇城之后在丰邑建都，周武王伐商之后在镐地建都，这两次周国历史上的建都大事。

这首诗在艺术表现上非常有特色，它按照时间的先后顺序进行了谋篇布局。全诗共八章，前四章写周文王迁丰，后四章写周武王营建镐。先写周文王后写周武王，因为他们是父子，所以一前一后的描写也不容易混淆。同时，本诗开篇的第一句就点出了周武王的功业是由其父周文王奠定的。

在写文王和武王时，虽然写的都是迁都的事情，但是却完全没有重复，文王迁丰、武王迁镐，在两者的描写上各有侧重。方玉润是这样评价的：“言文王者，偏曰伐崇‘武功’，言武王者，偏曰‘镐京辟廱’，武中寓文，文中有武。不独两圣兼资之妙，抑亦文章幻化之奇，则更变中之变矣！”

诗人写周文王迁都于丰时，用了“既伐于崇，作邑于丰”“筑城伊淢，作丰伊匹”“王公伊濯，维丰之垣”等诗句，在叙事中抒情。写周武王迁镐京时，用了“丰水东注，维禹之绩”“镐京辟廱，自西自东，自南自北，无思不服”“考卜维王，宅是镐京。维龟正之，武王成之”等诗句，同样是在叙事中抒情。本诗的比兴手法运用得十分巧妙，有很强的感染力。

“王公伊濯，维丰之垣。四方攸同，王后维翰”是以丰邑城垣的坚固来指代周文王的屏障的牢固。“丰水有芑，武王岂不仕”是用丰水岸芑草的繁茂景象来指代周武王是一个能培植人才、使用人才的君王。

最后一章“丰水有芑，武王岂不仕？诒厥孙谋，以燕翼子”点明了周武王完成灭殷的统一大业之后，西周王朝刚刚建立，百废待兴，周武王的子孙面临如何巩固基业的问题，起到了画龙点睛的作用。

生民之什

生　民

厥初生民，时维姜嫄。生民如何？克禋克祀[1]，以弗无[2]子。
履[3]帝[4]武[5]敏[6]歆[7]，攸介攸止[8]。
载震[9]载夙[10]，载生载育，时维后稷。
诞弥[11]厥月，先生如达[12]。不坼[13]不副[14]，无菑[15]无害。
以赫[16]厥灵，上帝不宁？不康禋祀？居然生子！
诞寘之隘巷[17]，牛羊腓字[18]之。诞寘之平林[19]，会伐平林。
诞寘之寒冰，鸟覆翼[20]之。鸟乃去矣，后稷呱[21]矣。
实覃实訏[22]，厥声载路[23]。
诞实匍匐，克岐[24]克嶷[25]，以就口食。
蓺[26]之荏[27]菽，荏菽旆旆[28]，禾役穟穟[29]，麻麦幪幪[30]，瓜瓞唪唪[31]。
诞后稷之穑，有相之道[32]。茀厥丰草，种之黄茂。实方实苞，
实种实褎，实发[33]实秀[34]，实坚实好，实颖[35]实栗，即有邰[36]家室。
诞降嘉种，维秬[37]维秠[38]，维穈[39]维芑。恒之秬秠，是获是亩；
恒之穈芑，是任[40]是负，以归肇祀。
诞我祀如何？或舂或揄[41]，或簸或蹂[42]。释[43]之叟叟[44]，烝之浮浮[45]。
载谋载惟[46]，取萧祭脂。取羝[47]以軷[48]，载燔载烈，以兴嗣岁[49]。
卬盛于豆，于豆于登[50]，其香始升。上帝居歆，胡[51]臭亶时[52]！
后稷肇祀，庶无罪悔，以迄于今。

注释

①祀：用升烟来祭祀。②弗无：无不。③履：践踏。④帝：指后稷。⑤武：足迹。⑥敏：大脚趾。⑦歆：欣然、欢喜。⑧攸介攸止：别居而独处。

介，休息。止，止息。⑨震：通“娠”，怀孕。⑩夙：通“肃”，严肃。⑪弥：满。指怀胎期满。⑫达：通“羍”，初生的小羊。⑬坼：开、分裂。⑭副（pì）：分离。⑮菑：通“灾”，灾难。⑯赫：显现。⑰隘巷：狭窄的小巷。⑱腓字：袒护、爱护。腓，通“庇”。字，爱。⑲平林：平原上的树林。⑳覆翼：指用翅膀覆盖着。㉑呱：婴儿的哭声。㉒实覃实訏：指哭声非常洪亮。㉓载路：满路。㉔岐：举踵。㉕嶷：直立。㉖蓺：通“艺”。种植的意思。㉗荏：农作物名。㉘旆旆：指植物的枝叶茂盛。㉙穟穟：禾苗美好的样子。㉚幪幪：茂盛的样子。㉛唪唪（běng）：果实丰硕的样子。㉜有相之道：自有他的看法。㉝发：禾苗拔秸。㉞秀：吐穗。㉟颖：禾穗下垂的样子。㊱邰（tái）：有养的意思，这里指姜嫄的国家。㊲秬：黑黍。㊳秠（pī）：黑黍的一种。㊴穈（mén）：赤苗的嘉禾，是谷中的一种。㊵任：抱。㊶揄：舀取。㊷蹂：通“揉”。用手、脚搓米。㊸释：淘米。㊹叟叟：淘米时发出的声音。㊺浮浮：蒸饭的热气上升的样子。㊻惟：思考。㊼羝（dī）：公绵羊。㊽軷（bá）：古代祭祀道路的神。㊾以兴嗣岁：等待丰收的新年。㊿豆、登：食器。木制的叫豆，瓦制的叫登。51胡：大。52亶时：确实好。

赏析

这是一篇周人陈述始祖后稷诞生经过及播种五谷的神话史诗，诗中叙述了后稷从其母受孕到出生、治家的全过程。

本诗共分八章，第一章、第二章讲述了周人追溯起源、周人的始祖是如何诞生的，直到胎满十个月后稷呱呱坠地。第三章、第四章分别讲述了后稷开始匍匐爬行、逐渐站立行走，并开始学会种豆谋食、生存。第五章、第六章讲述了后稷觉察到种庄稼的窍门，于是便取得了丰硕的成果，连上帝都撒下良种。第七章、第八章叙述了祭祀的方法、步骤以及祭祀时的盛况，以祈祷来年有个好的收成。后稷安逸地享受着供品，人们过着平平安安的生活。

行 苇[1]

敦彼行苇[2]，牛羊勿践履。方苞方体[3]，维叶泥泥[4]。
戚戚[5]兄弟，莫远具尔[6]。或肆之筵[7]，或授之几[8]。
肆筵设席，授几有缉御[9]。或献或酢[10]，洗爵奠斝[11]。
醓醢以荐[12]，或燔或炙[13]。嘉殽脾臄[14]，或歌或咢[15]。
敦弓既坚[16]，四鍭既钧[17]；舍矢既均[18]，序宾以贤[19]。
敦弓既句[20]，既挟[21]四鍭。四鍭如树[22]，序宾以不侮[23]。
曾孙[24]维主，酒醴维醹[25]。酌以大斗，以祈黄耇[26]。
黄耇台背[27]，以引以翼[28]。寿考维祺[29]，以介景[30]福。

注释

①这是一首描写兄弟宴饮的诗。②敦（tuán）：丛生的样子。行（háng）苇：生在道路边的芦苇。③方：才。苞：含苞，指苇初生叶子未展开。体：形成茎杆。④泥泥：柔软润泽的样子。⑤戚戚：亲密的样子。⑥远：疏远。具：俱，皆。尔：通"迩"，近。⑦肆：陈设。筵：竹席。⑧几：矮小的桌子，用以凭靠或放食物。⑨缉：连续不断。御：侍者。⑩献：主人向客人进酒。酢（zuò）：客人用酒回敬主人。⑪爵、斝（jiǎ）：古代两种饮酒器。奠：放置。⑫醓醢（tǎn hǎi）：有汤的肉酱。荐：进奉。⑬燔：烧。炙：烤肉。⑭殽：同"肴"，鱼肉类菜。脾：通"膍"，牛的胃。臄（jué）：牛的舌。⑮咢（è）：只击鼓不唱歌。⑯敦：通"雕"。敦弓：刻有花纹的弓，天子所用。坚：劲。⑰鍭（hóu）：以金属为箭头的箭。钧：通"均"，均衡，和协。⑱舍：放，发。矢：箭。均：都射中。⑲序：排列次序。贤：才能，此指射技。⑳句（gōu）：通"彀"，将弓拉满。㉑挟：持。谓将箭搭在弦上。㉒树：直立。㉓不侮：不怠慢，恭敬。㉔曾孙：指成王。㉕醴（lǐ）：甜酒。醹（rú）：醇厚。㉖黄耇（gǒu）：长寿。㉗台：通"鲐"，鱼名，背上有黑色条纹。人年老则背上有黑纹，故以"台背"代指老人。㉘引：引导。翼：扶持。㉙祺：吉祥。㉚介：通"丐"，祈求。景：大。

赏析

此诗分章，各家之说不同。《毛诗》分七章，第一、二章每章六句，第三至七章每章四句；郑玄《笺》分八章，每章四句；朱熹在《诗集传》中分四章，每章八句。

此篇表现了周代贵族家宴的盛况，体现了从古至今中华民族和睦友爱、尊老敬老的传统美德。诗写宴会、比射，既有大的场面描绘，又有小的细节点染，转换自然，层次清晰。修辞手法丰富多彩，有叠字，如形容苇叶之润泽，则用“泥泥”；形容兄弟之亲热，则用“戚戚”，贴切生动。有排比，如“敦弓既坚，四鍭既钧；舍矢既均”，显得极有气势。这些对于增强诗的艺术效果，都起到了很好的作用。

既醉[①]

既醉以酒，既饱以德[②]。君子万年，介尔景[③]福。
既醉以酒，尔殽既将[④]。君子万年，介尔昭[⑤]明。
昭明有融[⑥]，高朗令终[⑦]。令终有俶[⑧]，公尸嘉告[⑨]。
其告维何？笾豆静嘉[⑩]。朋友攸摄[⑪]，摄以威仪[⑫]。
威仪孔时[⑬]，君子有[⑭]孝子。孝子不匮[⑮]，永锡尔类[⑯]。
其类维何？室家之壶[⑰]。君子万年，永锡祚胤[⑱]。
其胤维何？天被尔禄[⑲]。君子万年，景命有仆[⑳]。
其仆维何？厘尔女士[㉑]。厘尔女士，从以孙子[㉒]。

注释

①这是一首描写祭祀祖先，尸祝对主祭者祝福的诗。②德：恩惠。一说当作食。③介：助。尔：你。景：大。④殽：菜肴，荤菜。一说指牲体。将：通“臧”，美。⑤昭：光。严粲《诗缉》：“丘氏曰：谓发其智虑也。”⑥融：长。⑦高朗：高明。令终：善终。⑧俶（chù）：始。⑨公：君。尸：祭祀时装扮成祖先之神受祭的人。嘉告：以善言祝告。⑩笾

(biān)、豆：古代祭祀时用以盛祭品的两种食器。静嘉：美好，二字同义。⑪朋友：助祭的宾客。攸：语气助词。摄：辅助。⑫威仪：礼节，仪式。⑬孔：很。时：善。⑭君子：指成王。有：通"又"。⑮匮：乏，尽。⑯锡：通"赐"。类：善。一说指法则，一说指家族。⑰壸(kǔn)：本义指宫中之道，引申为广。⑱祚：福。胤(yìn)：后代。⑲被：覆盖。禄：福。⑳景命：大命，天命。仆：附。㉑厘：通"赉(lài)"，赐予。女士：才女。《笺》："女而有士行者。"一说犹士女，男女。㉒从：随。孙子：子孙。

赏析

《既醉》一诗选自《诗经·大雅》，全篇尽为祝福之辞，是一首统治者举行完祭祀祖先仪式之后，祝官以神主祖先的身份祝福祭祀者所唱诵的颂歌。

全诗共八段，每段四句。全诗以"既醉以酒，既饱以德"为开端，让人有些猝不及防、不明所以。联系后文，才会恍然大悟，原来所说的是祝官已代表神主祖先享受了祭祀之酒，饱餐了祭祀之食，感受到了祭祀者的一片赤诚。是对下文祝官以神主祖先之身份致祝词所作的完美铺垫，毕竟不能"尸位素餐"，既然已经享受了美酒佳肴的供奉，就该给"后人"添些吉庆。因此以第三段的答谢为过渡，由祖先神主的视角开始转向祝官对祭祀者的祝福。第四五六七八段，祝官分别从周王祭品之精良、仪式之庄重、孝心之醇厚、家室之光大、子嗣之绵长等方面对周王进行赞美与祝福，可谓有来有往、如愿以偿。

本诗在艺术上也十分有特色，尤其是采用了独特的"顶真"手法。说其独特是因为，诗人没有全然遵照顶针的写法，而是别出心裁地用次段第二字与上段最末字相顶，既加深了上下文之间的联系，又不落窠臼，创设了一种曲折灵动之感，方玉润在《诗经原始》一书中称赞其"蝉联而下，次序分明"。除此之外，每段之内还有许多普通意义上的顶真，两种手法间或错落，别具一格。

凫鹥[1]

凫鹥在泾[2]，公尸来燕来宁[3]。尔酒既清，尔殽既馨[4]。
公尸燕饮，福禄来成[5]。
凫鹥在沙，公尸来燕来宜[6]。尔酒既多，尔殽既嘉。
公尸燕饮，福禄来为[7]。
凫鹥在渚[8]，公尸来燕来处[9]。尔酒既湑[10]，尔殽伊脯[11]。
公尸燕饮，福禄来下。
凫鹥在潨[12]，公尸来燕来宗[13]。既燕于宗[14]，福禄攸降。
公尸燕饮，福禄来崇[15]。
凫鹥在亹[16]，公尸来止熏熏。旨酒欣欣[17]，燔炙芬芬[18]。
公尸燕饮，无有后艰[19]。

注释

①这首诗写祭祀的第二天，为酬谢公尸而举行宴饮。②凫（fú）：野鸭。鹥（yī）：鸥鸟。泾（jīng）：水的中流。③尸：装扮成祖先受祭的人。因所扮之祖先是公侯，故称公尸。燕：通“宴”，宴饮。宁：安。④馨（xīn）：香气。⑤成：重。一说成就，实现。⑥宜：乐，顺。⑦为：《笺》：“犹助也。”⑧渚：水中沙洲。⑨处：居止，休息。⑩湑（xǔ）：滤过的酒，引申指清。⑪脯：肉干。⑫潨（zhōng）：小水汇入大水的地方。⑬宗：尊，指来居尊位。⑭宗：宗庙。于：犹与，和。⑮崇：重，多。⑯亹（mén）：峡中两岸对峙如门之处。⑰熏熏、欣欣：俞樾《古书疑义举例》：“熏熏，欣欣，传写误倒，本作公尸来止欣欣，旨酒熏熏。”欣欣，快乐的样子。熏熏：香气浓的样子。⑱燔：烧肉。炙：烤肉。芬芬：香气浓的样子。⑲艰：难，灾难。

赏析

此诗是《大雅·生民之什》的第四篇。关于此诗的主旨，《毛诗序》在解《生民之什》的第一篇《大雅·生民》为“尊祖也”，解第二篇《大雅·行苇》为“忠厚也”，解第三篇《大雅·既醉》为“大平也”之后，解

此篇为“守成也”，云：“大平之君子能持盈守成，神祇祖考安乐之也。”

此诗首句的“在泾”“在沙”“在渚”“在潨”“在亹”，其实都是在水边。《郑笺》分别解释为“水鸟而居水中，犹人为公尸之在宗庙也，故以喻焉”，“水鸟以居水中为常，今出在水旁，喻祭四方百物之尸也”，“水中之有渚，犹平地之有丘也，喻祭地之尸也”，“潨，水外之高者也，有瘗埋之象，喻祭社稷山川之尸”，“亹之言门也，燕七祀之尸于门户之外，故以喻焉”，虽对每章以“凫鹥”起兴而带有比意看得很透，却误将装饰变奏看作主题变奏，其说不免穿凿附会。

每章的章首比兴，只是喻公尸在适合他所待的地方接受宾尸之礼而已，用词的变换，只是音节上的修饰，别无深意。诗的末句“无有后艰”，虽是祝词，却提出了预防灾害祸殃的问题。从这个意义上说，前引《毛诗序》“大平之君子能持盈守成，神祇祖考安乐之也”的发挥倒是值得注意的。居安必须思危，这一点至今仍能给人以很大的启发。

假乐

假乐君子①，显显令德②。宜民宜人，受禄于天。
保右③命之，自天申之。
干④禄百福，子孙千亿。穆穆皇皇⑤，宜君宜王。
不愆⑥不忘，率由⑦旧章。
威仪抑抑⑧，德音秩秩⑨。无怨无恶，率由群匹⑩。
受禄无疆，四方之纲。
之纲之纪，燕⑪及朋友。百辟⑫卿士，媚⑬于天子。
不解⑭于位，民之攸塈⑮。

注释

①假：通“嘉”，美好。君子：指成王。②令德：美德。③右：通“佑”。④干：求。⑤穆穆：肃敬。皇皇：光明。⑥愆（qiān）：过失。⑦率：循。由：从。⑧抑抑：庄重盛美的样子。⑨秩秩：有条不紊的样子。⑩群

匹：众臣。⑪燕：通“宴”。⑫百辟（bì）：众诸侯。⑬媚：爱。⑭解：通“懈”，怠慢。⑮塈：安宁。

赏析

第一节第一句的“假（嘉）乐”，直接说出了本诗的主题。“显显令德”则直截了当地赞扬周宣王是一个德行品格都十分高尚的人。后面的四句都是对他的赞美之词，像是尊民意顺民心、皇天授命、赐予福禄等。

第二节顺着第一节的势头继续赞美周成王，朱熹在《诗集传》中评论这一节时说：“王者干禄而得百福，故其子孙之蕃，至于千亿。嫡为天子，庶为诸侯，无不穆穆皇皇，以遵先王之法。”所以，这一节主要歌颂成王将能够德荫子孙，受禄千亿，是一个“不愆不忘”的人，能够听从大臣们的建议和劝谏。

第三节继续将劝勉之意加以延伸，一方面热烈地赞美成王有着美好的仪容、高尚的品德，所以没有人对他心怀怨恨；另一方面

又说周成王是一个能够“受禄无疆”的人，既有享不尽的福禄，同时又能够成为天下臣民、四方诸侯的“纲纪”，任举众贤。

第四节的内容紧接着前文，主要是为了警诫赴宴的“百辟卿士”，这一节勾勒出周成王举行冠礼时的活动场景。成王是一个礼待诸侯的人，所以他宴饮群臣；因为周成王的礼贤下士，所以现场是情意融融的。但是唱词的人要求百官公卿、朝廷大臣做到，“爱戴天子举杯敬酒忙”和“勤于职守工作不懈怠”两不误，只有这样才能使国民安居乐业，不再流离失所。这样的要求其实不单是对臣子，同时也是对君王，要他顺从民意，重整天下纲纪。全诗虽然篇幅短小，但是其中却满注真情，美溢于辞，令人回味无穷。

公　刘

笃①公刘，匪居匪康。迺埸②迺疆，迺积③迺仓。迺裹糇粮，
于橐于囊④，思辑⑤用光。弓矢斯张，干戈戚扬⑥，爰方⑦启行。
笃公刘，于胥⑧斯原，既庶既繁，既顺迺宣⑨，而无永叹。
陟则在巘⑩，复降在原。何以舟⑪之，维玉及瑶，鞞琫容刀⑫。
笃公刘，逝彼百泉，瞻彼溥原。乃陟南冈，乃觏于京。
京师之野，于时处处，于时庐旅⑬，于时言言，于时语语⑭。
笃公刘，于京斯依。跄跄济济⑮，俾筵俾几，既登乃依⑯。
乃造其曹⑰，执豕于牢，酌之用匏⑱。食之饮之，君之宗之。
笃公刘，既溥既长，既景乃冈⑲，相其阴阳⑳，观其流泉；
其军三单㉑，度㉒其隰原，彻㉓田为粮。度其夕阳㉔，豳居允荒。
笃公刘，于豳斯馆。涉渭为乱㉕，取厉㉖取锻㉗。止基迺理㉘，
爰众爰有㉙。夹其皇涧，溯其过㉚涧。止旅迺密㉛，芮鞫㉜之即。

注释

①笃：忠厚。②迺：通“乃”，于是。埸：地界。③积：露天积粮。指粮囤。④囊：有底的口袋。⑤辑：和睦、团结。⑥戚扬：斧钺，小斧大斧。

⑦爰：发语词。方：开始。⑧胥：观看、视察。⑨宣：通“畅”，舒畅。⑩巘（yǎn）：大山旁的小山，这里泛指山。⑪舟：环绕。⑫鞞琫：刀鞘上的装饰物。也用来指刀鞘。容刀：装饰着刀。⑬庐、旅：古代同声通用。寄居的意思。⑭语语：闹闹嚷嚷、欢声笑语。⑮跄跄：步伐快。济济：整齐的样子。⑯依：依仗，凭依。⑰造：告诉。曹：众。⑱匏：葫芦切开后做酒器用。⑲景：日影。冈：山冈。⑳阴阳：山北水南为阴，山南水北为阳。㉑三单：三面的野地。指轮流当兵。㉒度：测量。㉓彻：治，开垦。㉔夕阳：指山的西边。㉕乱：横渡。㉖厉：通“砺”，磨刀石。㉗锻：冶炼金属的原料。㉘止基迺理：止基，锄头。理，治成。㉙众：指人口增加。有：指物产丰富。㉚皇、过：涧名。㉛旅：众。密：密集、安定。㉜芮：水名。鞫：究，指穷尽之处。

赏析

这首诗是周人自述公刘迁徙、定居并发展农业的历史。

本诗共六章。第一章写周人准备好了粮食，耕种好了田地，带上了弓箭准备出发。第二章写迁徙的途中边走边视察当地的风土人情。第三章写找到了一个适宜安居的地方，于是大家商量、合计一些事情。第四章写安居后，大家坐下来宴饮的情形，杀猪宰羊、美酒好菜，一片欢欣雀跃的景象。第五章写定居后感觉这确实是个富饶的地方，他们开始划分田地，播种粮食。第六章写大家纷纷找来了石料开始盖房子，渐渐地，来这里居住的人越来越多。

本篇是关于先周历史中最重要的一篇资料，也是《诗经》中比较重要的一篇，它记载了周历史上最大的一次民族迁徙。

泂酌[1]

泂酌彼行潦[2]，挹彼注兹[3]，可以馎饎[4]。
岂弟[5]君子，民之父母。
泂酌彼行潦，挹彼注兹，可以濯罍[6]。
岂弟君子，民之攸[7]归。

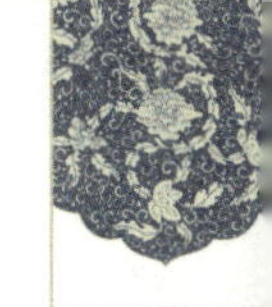

洞酌彼行潦，挹彼注兹，可以濯溉[8]。
岂弟君子，民之攸塈[9]。

注释

①这是一首赞美君王的诗。②泂（jiǒng）：通“迥”，远。酌：舀。行潦（lǎo）：流动的水。③挹（yì）：舀取。注：灌入。兹：此。④馀（fēn）：蒸饭。饎（chì）：酒食。⑤岂弟：同“恺悌”，和善平易。⑥濯：洗。罍（léi）：一种壶形酒器。⑦攸：所。⑧溉：通“概”，一种盛酒的漆器。⑨塈：归附。一说休养生息。

赏析

诗分三章，均从远处流潦之水起兴。

流潦之水本来混浊，且又处于远方，本来很容易被人弃之不用，但如能“挹彼注兹”，舀过来倒进自己的水缸，就可以用来蒸煮食物，洗濯酒器，成为有用之物。这正如远土之民，只要君王施以仁义，便自然可以使他们感恩戴德、心悦诚服地前来归附。这里的关键是君王要有高尚敦厚的品德，真正成为“民之父母”。对此，方玉润有如下发挥：“此等诗总是欲在上之人当以父母斯民为心，盖必在上者有慈祥岂弟之念，而后在下者有亲附来归之诚。曰‘攸归’者，为民所归往也；曰‘攸塈’者，为民所安息也。使君子不以‘父母’自居，外视其赤子，则小民又岂如赤子相依，乐从夫‘父母’？故词若褒美而意实劝诫。”（《诗经原始》）他说的“劝”意是可以感受到的，但他说的“戒”意是否真的存在于诗的文本中，令人怀疑。但从接受美学角度说，他的这种创造性“误读”还是很有意思的。

此诗借日常生活中常见的事物起兴，且重章叠句，反复歌咏。由此也可以看出《国风》对《大雅》艺术上的影响。

卷阿[1]

有卷者阿[2]，飘风[3]自南。岂弟[4]君子，来游来歌，以矢[5]其音。
伴奂[6]尔游矣，优游尔休[7]矣。
岂弟君子，俾尔弥尔性[8]，似先公遒[9]矣。
尔土宇昄章[10]，亦孔之厚[11]矣。
岂弟君子，俾尔弥尔性，百神尔主矣[12]。
尔受命长矣，茀禄尔康[13]矣。
岂弟君子，俾尔弥尔性，纯嘏尔常[14]矣。
有冯有翼[15]，有孝有德，以引以翼[16]。岂弟君子，四方为则。
颙颙卬卬[17]，如圭如璋[18]，令[19]闻令望。岂弟君子，四方为纲[20]。
凤皇[21]于飞，翙翙[22]其羽，亦集[23]爰止。
蔼蔼王多吉士[24]，维君子使[25]，媚[26]于天子。
凤皇于飞，翙翙其羽，亦傅[27]于天。
蔼蔼王多吉人，维君子命，媚于庶人[28]。
凤皇鸣矣，于彼高冈。梧桐[29]生矣，于彼朝阳[30]。
菶菶萋萋[31]，雝雝喈喈[32]。
君子之车，既庶且多。君子之马，既闲[33]且驰。
矢诗不多[34]，维以遂[35]歌。

注释

①这是一首颂美君王的诗。②有：语气助词。卷：弯曲。阿(ē)：大的丘陵。③飘风：旋风。④岂弟：同“恺悌”，和善平易。⑤矢：陈献。⑥伴(pàn)奂：亦作“畔援”，闲暇自得的样子。⑦优游：义同“伴奂”。休：休息。⑧俾：使。尔：你。弥：终，尽。性：同“生”，生命。⑨似：通“嗣”，继承。遒：终。《笺》：“嗣先君之功而终成之。”⑩土宇：土地房屋。陈奂《传疏》：“土宇，犹言封畿也。”昄(bǎn)：朱熹《诗集传》：“或曰：昄当作版。版章，犹版图也。”一说昄，大。章：显著。⑪孔：很。厚：广大。⑫百神尔主矣：犹尔主百神，你做百神的主祭者。⑬茀：通“福”。康：安康。⑭纯：

大。嘏（gǔ）：福。常：谓常常享受。⑮冯（píng）：凭靠。翼：辅佐。⑯引：引导。翼：在两旁扶持。⑰颙颙（yóng）：庄重的样子。卬卬：同“昂昂”，气宇轩昂的样子。⑱圭、璋：古代两种玉制的精美礼器，朝聘、祭祀时所用。⑲令：美好。⑳纲：纲纪、准则。㉑凤皇：凤凰，古代神话传说中的一种神鸟。㉒翙翙（huì）：鸟飞时翅膀发出的声音。㉓亦、爰：皆语助词。集：栖止。㉔蔼蔼：众多的样子。吉士：善士。㉕君子：指周王。使：役使。㉖媚：爱戴。㉗傅：至。㉘庶人：民众、百姓。㉙梧桐：一种落叶乔木。㉚朝阳：山的东面。㉛菶菶（běng）、萋萋：都指茂盛的样子。㉜雍雍喈喈：凤鸟和谐的鸣声。㉝闲：熟练。㉞不：一说为语气助词。㉟遂：对，答。

赏析

第一章发端总叙，以领起全诗。此诗所记，当即为此次出游。“有卷者阿”言出游之地，“飘风自南”言出游之时，“岂弟君子”言出游之人，“来游来歌，以矢其音”二句则并游、歌而叙之。这段记叙简约而又全面，所以前人称其“是一段卷阿游宴小记”（方玉润《诗经原始》）。

第二、三、四章，称颂周室版图广大、疆域辽阔，周王恩泽遍于海内，周王膺受天命，既长且久，福禄安康，样样齐备，因而能够尽情娱游，闲暇自得。这些称颂归结到一点，便是那重复了三次的“俾尔弥尔性”，即祝周王长命百岁，以便继承祖宗功业，成为百神的祭主，永远享受天赐洪福。

第五、六章，称颂周王有贤才良士尽心辅佐，因而能够威望卓著、声名远扬，成为天下四方的准则与楷模。这两章是承第二、三、四章而来。第二、三、四章主要说的是周王德行的内在作用，第五、六两章主要说的是周王德行的外在影响，二者相辅相成，相得益彰。

第七、八、九章，以凤凰比周王，以百鸟比贤臣。诗人以凤凰展翅高飞，百鸟紧紧相随，比喻贤臣对周王的拥戴，即所谓“媚于天子”。（所谓“媚于庶人”，不过是一种陪衬。）然后又以高冈梧桐郁郁苍苍，朝阳鸣凤婉转悠扬，渲染出一种君臣相得的和谐气氛。

第十章回过头来，描写出游时车马，仍紧扣君臣相得之意。末二句

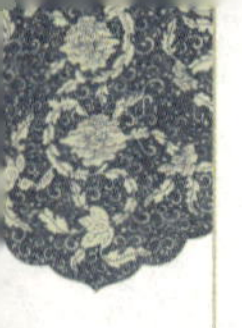

写群臣献诗，盛况空前，与首章之“来游来歌，以矢其音”呼应作结。

此篇是对周王歌功颂德的诗篇，思想上带有局限性。但称颂中带有劝诫之意，所以仍有可取之处。从艺术上来说，全篇规模宏大，结构完整，赋笔之外，兼用比兴，如以“如圭如璋”比贤臣之“颙颙卬卬”，以凤凰百鸟比喻“王多吉士”“王多吉人”，都很贴切自然，给读者留下了鲜明的印象，同时也对后世产生了广泛的影响。

民　劳

民亦劳止[1]，汔可小康[2]。惠此中国[3]，以绥[4]四方。
无纵诡随[5]，以谨[6]无良。式遏寇虐[7]，憯[8]不畏明。
柔远能[9]迩，以定我王。
民亦劳止，汔可小休。惠此中国，以为民逑[10]。
无纵诡随，以谨惛怓[11]。式遏寇虐，无俾民忧。
无弃尔劳[12]，以为王休[13]。
民亦劳止，汔可小息。惠此京师，以绥四国。
无纵诡随，以谨罔极[14]。式遏寇虐，无俾作慝[15]。
敬慎威仪，以近有德。
民亦劳止，汔可小愒[16]。惠此中国，俾民忧泄。
无纵诡随，以谨丑厉[17]。式遏寇虐，无俾正败[18]。
戎虽小子[19]，而式[20]弘大。
民亦劳止，汔可小安。惠此中国，国无有残。
无纵诡随，以谨缱绻[21]。式遏寇虐，无俾正反[22]。
王欲玉女[23]，是用大谏。

注释

①止：语气助词。②汔（qì）：求得。康：安康，安居。③惠：爱。中国：周王朝直接统治的地区。④绥：安抚。⑤纵：放纵。诡随：诡诈欺骗。⑥谨：指谨慎提防。⑦式：发语词。寇虐：残害掠夺。⑧憯（cǎn）：曾，乃。⑨柔：

爱抚。能：亲善。⑩逑：聚合。⑪惛怓（hūn náo）：喧嚷争吵。⑫尔：指在位者。劳：劳绩，功劳。⑬休：美，此指利益。⑭罔极：没有准则，没有法纪。⑮慝（tè）：恶。⑯愒（qì）：休息。⑰丑厉：恶人。⑱无俾正败：其使正道败坏。⑲戎：你，指在位者。小子：年轻人。⑳式：作用。㉑缱绻（qiǎn quǎn）：固结不解，指统治者内部纠纷。㉒正反：政治颠倒。㉓玉女（rǔ）：成就你。

赏析

第一节是在论证天下的形势，“民亦劳止，汔可小康”，这两句在说人民已经很劳苦了，他们想要求短暂的安康都不可能。第二节诗人提出了恤民抚内的主张。他希望人们能在“民亦劳止”的基础上，稍稍休息，希望君王不要过度劳民伤财，那样会使人民铤而走险，进而叛变。他希望周厉王能够用仁德的心爱护百姓，让他们能够安居乐业。第三节诗人强调要保全京师。因为京师是一个国家政治经济的中心，它的安定对于稳定全国的形势十分重要。第四节诗人告诉周厉王国家兴旺时，就一定有忠臣；国家将要灭亡时，就一定会妖孽横生。现在朝政已经被小人摆弄得腐败不堪了，他希望周厉王能够远小人而近贤臣，用仁德的心爱护百姓。只有这样，国家才能再次好起来。最后规劝竟然变成了指责。第五节诗人希望周厉王不要让周氏的王朝就这样丧弃了，而是能够像“莹玉般光耀又纯美”。他希望自己的劝谏能够让君王和同僚觉醒，大家共同为国分忧。

《民劳》一诗表现了召穆公对国家的期望，他与民众同

命，对那些奸邪之臣深恶痛绝。他痛恨周厉王的残暴专制，希望通过自己的劝谏改善当时的现状，可见其是一位忠肝义胆之人。

板①

上帝板板②，下民卒瘅③。出话不然④，为犹⑤不远。
靡圣管管⑥，不实于亶⑦。犹之未远，是用大谏。
天之方难⑧，无然宪宪⑨。天之方蹶⑩，无然泄泄⑪。
辞之辑⑫矣，民之洽⑬矣。辞之怿⑭矣，民之莫⑮矣。
我虽异事⑯，及尔同寮⑰。我即⑱尔谋，听我嚣嚣⑲。
我言维服⑳，勿以为笑。先民有言：询于刍荛㉑。
天之方虐㉒，无然谑谑㉓。老夫灌灌㉔，小子蹻蹻㉕。
匪我言耄㉖，尔用忧谑㉗。多将熇熇㉘，不可救药。
天之方懠㉙，无为夸毗㉚。威仪卒迷㉛，善人载尸㉜。
民之方殿屎㉝，则莫我敢葵㉞。丧乱蔑资㉟，曾莫惠我师㊱。
天之牖民㊲，如埙如篪㊳，如璋如圭㊴，如取㊵如携。
携无曰益㊶，牖民孔易。民之多辟㊷，无自立辟㊸。
价人维藩㊹，大师维垣㊺，大邦维屏㊻，大宗维翰㊼。
怀德维宁㊽，宗子㊾维城。无俾城坏，无独㊿斯畏。
敬[51]天之怒，无敢戏豫[52]。敬天之渝[53]，无敢驰驱[54]。
昊天曰明[55]，及尔出王[56]。昊天曰旦[57]，及尔游衍[58]。

注释

①这是一首规劝同僚并借以讽君的诗。②上帝：暗指厉王。板板：通“反反”，反复无常的样子。③卒：通“瘁”，病。瘅（dān）：病。④话：善言。不然：不对。《笺》：“出其善言而不行之也。”⑤犹：通“猷”，计谋，政策。⑥管管：无所依凭的样子。⑦实：实行。亶（dǎn）：诚信。⑧方：正。难：灾难，此用如动词。⑨无：通“毋”，不要。然：这样。宪宪：犹“欣欣”，喜悦的样子。⑩蹶（guì）：动，变乱。⑪泄泄：通“呭呭”，多言的样子。⑫辞：指政令。辑：和

宜。⑬洽：和谐。⑭怿：通“殬”，败坏。⑮莫：通“瘼”，病，困苦。⑯异事：职位不同。⑰及：和。寮：通“僚”，官职。⑱即：就、往。⑲嚣嚣（áo）：傲慢不听人言的样子。⑳言：话语。服：治，用。㉑询：问。刍荛：割草砍柴的人。㉒虐：暴虐。㉓谑谑：戏笑的样子。㉔老夫：诗人自称。灌灌：犹“款款”，诚恳的样子。㉕小子：年轻人，借指掌权者。蹻蹻：骄傲的样子。㉖匪：通“非”。耄（mào）：年八十为耄，此指昏愦。㉗忧：通“优”。忧谑：戏笑，调笑。㉘将：行。熇熇（hè）：火旺盛的样子。㉙懠（jī）：怒。㉚夸毗（pí）：屈己卑身以谄媚人。㉛威仪：礼节。卒：尽，都。迷：迷乱。㉜载：则。尸：神主，祭祀时装扮成神的人。㉝殿屎（xī）：呻吟。㉞葵：通“揆”，猜度。㉟蔑：无。资：资财。㊱曾：竟。惠：爱，施恩德。师：民众。㊲牖（yǒu）：开启。一说通“诱”，诱导，引导。㊳埙（xūn）：古代一种陶制吹奏乐器。篪（chí）：古代一种竹管乐器。㊴璋、圭：古代两种玉制礼器，璋是圭的一半。㊵取：一说提。㊶曰：语助词。益：通“隘”，阻碍。㊷辟（pì）：邪僻。㊸辟（bì）：法。㊹价：通“介”，善。一说披甲之人。藩：篱笆，屏障。㊺大师：大众。垣：墙。㊻大邦：大国。屏：屏障。㊼大宗：嫡系宗族。翰：又长又硬的羽毛，引申为骨干。㊽怀德：重视德。宁：安宁。㊾宗子：嫡系子孙。㊿独：孤独。○51敬：敬畏。○52戏豫：游乐。○53渝：变化。○54驰驱：放纵自恣。○55昊天：上天。曰：语气助词。○56王：通“往”。○57旦：明。○58衍：散。游衍：游荡。

赏析

《板》这首诗选自《诗经·大雅》，诗人有感于周厉王时的政治腐败、君主昏聩，言路塞听、小人当道，民不聊生，因此作此诗，讽刺小人，劝谏君主，为民发声。所以说，这首诗是典型的政治讽喻诗，如同忠直的谏书一般，将君王之昏聩、百姓之苦难、小人之猖獗一一道来。

全诗共八段，每段八句，大量采用对比手法，一开始便用“上帝板板，下民卒瘅”之语，直指问题核心，可谓开宗明义：若当权者反复无常、违背常道，那么百姓必然无所适从、苦不堪言。然后，围绕这一核心，在全诗各段展开分别论述。诗人用“出话不然，为犹不远。靡圣管管，不实于亶”等句，一一列举“上帝板板”之具体，进而对统治者面对如此混

乱的形势，不仅不力挽狂澜，反而沉迷享乐，表现出“宪宪”“泄泄”“谑谑”“夸毗”的糟糕态度进行了直接的批判。最后直斥其不能虚心纳谏，而是以“跻跻”之态，无情地监视、镇压敢于发声之人，使得百姓敢怒不敢言。君主的昏聩和忠臣的苦口婆心、直言劝谏形成鲜明对比。明知无用，但忠直之臣始终无法三缄其口，而是柔和语调，劝说君王像吹奏埙篪那样引导民众，并不厌其烦地告诫他，执迷不悟必将招致灾祸。忠直之臣始终对无道之君心存幻想，因此才会好言相劝；忠直之臣又始终比任何人都清醒，因此才会直言相斥、怒其不争。诗人的忠直敢言、忧国忧民，由此可见一斑。

荡之什

荡[1]

荡荡上帝[2]，下民之辟[3]。疾威[4]上帝，其命多辟[5]。
天生烝[6]民，其命匪谌[7]，靡[8]不有初，鲜克[9]有终。
文王曰咨[10]，咨女[11]殷商！曾是强御[12]，曾是掊克[13]，
曾是在位[14]，曾是在服[15]。天降滔[16]德，女兴[17]是力。
文王曰咨，咨女殷商！而秉义类[18]，强御多怼[19]。
流言[20]以对，寇攘式[21]内。侯作侯祝[22]，靡届靡究[23]。
文王曰咨，咨女殷商！女炰烋于中国[24]，敛[25]怨以为德。
不明尔德[26]，时无背无侧[27]。尔德不明，以无陪无卿[28]。
文王曰咨，咨女殷商！天不湎[29]尔以酒，不义从式[30]。
既愆尔止[31]，靡明靡晦[32]。式号式[33]呼，俾[34]昼作夜。
文王曰咨，咨女殷商！如蜩如螗[35]，如沸如羹[36]。
大小近丧[37]，人尚乎由行[38]。内奰[39]于中国，覃及鬼方[40]。
文王曰咨，咨女殷商！匪上帝不时[41]，殷不用旧[42]。
虽无老成人[43]，尚有典刑[44]。曾是莫听，大命以倾[45]。
文王曰咨，咨女殷商！人亦有言：颠沛之揭[46]，
枝叶未有害，本实先拨[47]。殷鉴[48]不远，在夏后[49]之世。

注释

①这是一首采用托古讽今的手法规劝讽刺厉王的诗。②荡荡：骄纵的样子。上帝：喻指厉王。③辟（bì）：君主。④疾威：暴虐。⑤命：政令。辟（pì）：邪僻。⑥烝：众。⑦命：本性。匪：通“非”。谌（chén）：诚信。⑧靡：无。⑨鲜：少。克：能。⑩咨：嗟叹声。⑪女：通“汝”。⑫曾：竟。是：这

样。强御：强暴。⑬掊（póu）克：聚敛。⑭位：官位。⑮服：事。马瑞辰《通释》：“在服，犹云在职在位在官。”⑯滔：轻慢。⑰兴：助长。《笺》：“女群臣又相与而力为之，言竞于恶。”⑱而：你。秉：持，用。义：同“俄”，邪。类：通“戾”，恶。⑲怼（duì）：怨恨。⑳流言：谣言。㉑寇攘：盗取。式：以，因此。㉒侯：语气助词。作：通“诅”，诅咒。祝：咒。㉓届：至，尽。究：穷尽。㉔炰烋（páo xiāo）：同“咆哮”，谓放纵骄恣。中国：国中。㉕敛：聚积。《集传》：“多为可怨之事，而反自以为德矣。”㉖不明尔德：犹“而德不明”。㉗时：《韩诗》作“以”。背：背后。侧：旁边。《传》：“背无臣，侧无人也。”㉘陪：辅佐。卿：士大夫。㉙湎：沉溺于酒。㉚从：听从。式：用。㉛愆：过失。止：容止，行为。㉜明：白天。晦：晚上。㉝式：语气助词。㉞俾：使。㉟蜩：蝉。螗：蝉的一种。㊱羹：肉汤。㊲小大：指大小政事。一说指大小诸侯。丧：失。《诗集传》：“如蝉鸣，如汤羹，皆乱意也。小者大者，几于丧亡矣。”㊳人：指纣王。尚：还。由行：按老样子做，谓不悔改。一说尚，上。《传》：“言居人上欲用行是道也。”㊴奰（bì）：怒。㊵覃：延。鬼方：远方。㊶时：善。㊷旧：指旧的典章制度。㊸老成人：德高望重的老臣。㊹典：典章。刑：常，谓法规。㊺大命：国运。倾：倾覆，灭亡。㊻颠沛：仆倒。揭：举，指树根撅起。㊼本：树干。拨：通“败”，坏。㊽鉴：镜。殷鉴：殷人可以为明镜（借鉴）的。㊾夏后：夏朝。后：君。

《荡》这首诗选自《诗经·大雅》，诗人有感于周厉王荒淫无道，以致天下纲纪荡然无存，因此写下了这篇借古讽今的诗作。《大雅·板》和《大雅·荡》都是讽刺周厉王无道，反映政局混乱、天下动荡的诗作，因此后世常常将“板”“荡”二字连用，代指政局混乱、天下动荡，唐太宗李世民就写有“疾风知劲草，板荡识诚臣”的名句。

全诗共八段，每段八句，以“荡荡上帝”的疾呼而始，统领全诗，以下各段都紧紧围绕“荡”及“疾威”这一“荡”的具体表现而展开。余下七段皆以“文王曰……”而始，都是借由文王斥责纣王荒淫无道之语，借古讽今；只有首段不托文王之口，而借“上帝”之名，是诗人不敢直斥当世统治者的变通之法。这就如同白居易在《长恨歌》的开头，不直呼唐明皇，而以“汉皇”代之，是一个道理。七段含沙射影地从统治者重用贪暴、冤屈忠良、刚愎自用、纵酒无德、败坏纲纪等方面，借纣王之恶行，刺厉王之无道。最后更是以树木为比，发出了“枝叶未有害，本实先拨”的慨叹，无情地揭露了造成局面大乱的正是统治者本人这一事实；进而以“殷鉴不远，在夏后之世”直述长此以往，必将重蹈殷商灭国之覆辙，与“后人哀之而不鉴之，亦使后人而复哀后人也”十分接近，将诗人痛心疾首却又无可奈何的急切与无力刻画得细致入微。

抑[1]

抑抑威仪[2]，维德之隅[3]。人亦有言：靡哲[4]不愚。
庶人[5]之愚，亦职维疾[6]。哲人之愚，亦维斯戾[7]。
无竞[8]维人，四方其训[9]之。有觉[10]德行，四国[11]顺之。
讦谟定命[12]，远犹辰告[13]。敬慎威仪，维民之则[14]。
其在于今，兴[15]迷乱于政。颠覆厥德，荒湛[16]于酒。
女虽[17]湛乐从，弗念厥绍[18]，罔敷求先王[19]，克共明刑[20]？
肆皇天弗尚[21]，如彼泉流，无沦胥[22]以亡。
夙兴夜寐，洒扫庭内，维民之章[23]。

修尔车马，弓矢戎兵[24]，用戒戎作[25]，用逷蛮方[26]。
质[27]尔人民，谨尔侯度[28]，用戒不虞[29]。慎尔出话，敬[30]尔威仪，
无不柔嘉[31]。白圭之玷[32]，尚可磨也；斯言之玷，不可为[33]也！
无易由[34]言，无曰苟[35]矣。莫扪朕[36]舌，言不可逝[37]矣。无言不雠[38]，
无德不报。惠于朋友，庶民小子。子孙绳绳[39]，万民靡不承[40]。
视尔友君子，辑柔尔颜[41]，不遐有愆[42]。相[43]在尔室，尚不愧于屋漏[44]。
无曰不显，莫予云觏[45]。神之格思[46]，不可度[47]思，矧可射[48]思。
辟尔为德[49]，俾臧[50]俾嘉。淑慎尔止[51]，不愆于仪。不僭不贼[52]，
鲜[53]不为则。投我以桃，报之以李。彼童而角[54]，实虹[55]小子。
荏染柔木[56]，言缗之丝[57]。温温恭人，维德之基。其维哲人，
告之话言[58]，顺德之[59]行。其维愚人，覆[60]谓我僭，民[61]各有心。
於乎小子[62]，未知臧否[63]！匪[64]手携之，言示[65]之事。匪面命[66]之，
言提其耳。借[67]曰未知，亦既抱子。民之靡盈[68]，谁夙知尔莫成[69]？
昊天孔昭[70]，我生靡乐。视尔梦梦[71]，我心惨惨[72]。诲尔谆谆[73]，
听我藐藐[74]。匪用[75]为教，覆用为虐[76]。借曰未知，亦聿既耄[77]！
於乎小子，告尔旧止[78]，听用我谋，庶无大悔[79]。天方艰难[80]，
曰[81]丧厥国。取譬不远，昊天不忒[82]。回遹[83]其德，俾民大棘[84]！

注释

①这是一首规劝君王的诗。②抑抑：严密的样子。一说通“懿懿”，美好的样子。威仪：礼节。③隅：屋角。引申为棱角，方正义。一说隅乃“偶”之假借，为匹配义。言威仪为德的表达形式。④靡：无。哲：有智慧的人。⑤庶人：凡人，普通人。⑥亦：语气助词。职：只。疾：病。⑦戾：罪。⑧竞：强。《笺》：“人君为政，无强于得贤人。”⑨训：顺从。⑩觉：通“梏”，正直的样子。⑪四国：四方诸侯国。⑫讦（xū）：大。谟：谋。命：号令。⑬犹：同“猷”，谋略。辰：时，按时，及时。告：宣告。⑭则：准则。⑮兴：一说语助词。一说同“举”，皆。⑯荒湛（dān）：沉迷。⑰女：通“汝”，你。虽：只。⑱绍：继承。⑲罔：无。敷：广泛。先王：指先王之道。⑳克：能。共：通“拱”，执行。明刑：明法。㉑肆：语气助词。一说故。皇

天：上天。尚：佑助，保佑。㉒无：语气助词。沦胥：相率。㉓维：为。章：法则。㉔戎兵：武器，二字同义。㉕用：以。戎：兵事，战争。作：起。㉖逷（tì）：《笺》："逷当作剔。剔，治也。"剔：除去。蛮方：异族地区。㉗质：安定。㉘侯：语气助词。一说指君。度：法度。㉙不虞：没有料到的事，指意外的变故。㉚敬：慎重。㉛柔：安。嘉：美。㉜圭：一种玉制礼器。玷：玉上的瑕点。㉝为：治。㉞易：轻易。由：于。㉟苟：随便。《笺》："由，于也……女无轻易于教令，无曰苟且如此。"㊱扪：持，握。朕：我。㊲逝：从，及。㊳雠（chóu）：回答。㊴绳绳：谨慎的样子。㊵承：顺从。㊶辑：和。颜：脸色。㊷遐：通"胡"，何。愆：过失。㊸相：视，看。㊹屋漏：室内西北角，因上有天窗可透日光，故名。古人于西北角供奉神主，故以"屋漏"代指神明。㊺莫予云觏：犹言"莫觏予"。予：我。云：语气助词。觏：见。严粲《诗缉》："无曰此非显明之处，而莫予见也。"㊻格：至。思：语气助词。㊼度：揣测。㊽矧（shěn）：况且。射（yì）：通"斁"，厌。㊾辟尔为德：马瑞辰《通释》："辟，亦明也。为，当为语气助词。辟尔为德，犹云明尔德也。"㊿俾：使。臧：善。51淑：美好。止：举止，行为。52僭（jiàn）：超越本分，差错。贼：残害。53鲜：少。54童：无角的羊。角：长角。55虹：通"讧"，惑乱。56荏染：柔软的样子。一说坚韧。柔木：指椅、桐、梓、漆等做乐器的树木。57言：语气助词。缗（mín）：被。陈奂《传疏》："《方言》云：吴越之间，脱衣相被，谓之缗绵。是缗有被义。丝者，八音之瑟也。被丝，犹言安弦耳。"58话：当作"诂"。诂言：故言，指古人的善言。59之：而。一说"之"为代词，复指顺德。60覆：反，反而。61民：人。62於乎：同"呜呼"，叹息声。63臧否（pǐ）：善恶。64匪：通"非"，不，不但。65示：显示，给……看。66面命：当面教导。67借：假如。68盈：满。69夙：早。尔：通"而"。莫：同"暮"。以上两句谓人的才性有不足，没有谁能够早上知道晚上就学成。70昊天：上天。孔：很。昭：明。71梦梦：昏愦迷乱的样子。72惨惨：忧愁的样子。73谆谆：耐心教导的样子。74藐藐：远离，不理睬的样子。75用：以。76虐：通"谑"，戏笑。77聿：语气助词。既：已经。耄（mào）：年老。78止：语气词。79庶：庶几。悔：过失。80艰难：灾难，此用为动词。81曰：语气助词。82忒（tè）：差错。83回遹（yù）：邪僻。84棘：通"急"，危急，危难。

赏析

《诗经》的艺术手法，通常说起来主要有赋、比、兴三种，此处用的是赋法，也就是直陈，但这种直陈却非较常见的叙事而是说理。“靡哲不愚”看来是古人的格言，说千虑一失，聪明人也会有失误，因此聪明人也要谨慎小心。

第二章卫武公很有针对性地指出求贤与立德的重要性。第三章转入痛切的批评。第四章正面告诫，要求执政者（从自警角度说是卫武公，从刺王角度说是周平王）早起晚睡勤于政事，整顿国防随时准备抵御外寇。

第五章至第八章，是诗的第二部分，进一步说明什么是应当做的，什么是不应当做的，作者特别在对待臣民的礼节态度、出言的谨慎不苟这两点上不惜翻来覆去诉说，这实际上也是第二章求贤、立德两大要务的进一步体现。

第九章至末章是诗的第三部分。在反复陈述哪些该做哪些不该做之后，卫武公便恳切地告诫平王应该认真听取自己的箴规，否则就将有亡国之祸。下面第十章“匪手携之，言示之事；匪面命之，言提其耳”，用

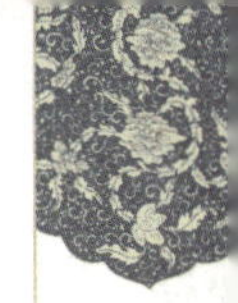

两个递进式复句叙述，已是后世面对的雏形，极其鲜明地表现出一个功勋卓著的老臣恨铁不成钢的忧愤。而第十一章连用四组叠字词，更增强了这种忧愤的程度。于是末章作者再一次用“於乎小子”的呼告语气做最后的警告，将全诗的箴刺推向高潮。“取譬不远，昊天不忒”，就如《大雅·荡》的结尾“殷鉴不远，在夏后之世”一样，是痛心疾首的悲叹。

云　汉[①]

倬彼云汉[②]，昭回[③]于天。王曰於乎[④]：何辜[⑤]今之人！
天降丧乱，饥馑荐臻[⑥]。靡神不举[⑦]，靡爱斯牲[⑧]。
圭璧既卒[⑨]，宁[⑩]莫我听！
旱既大甚，蕴隆虫虫[⑪]。不殄禋祀[⑫]，自郊徂宫[⑬]。上下奠瘗[⑭]，
靡神不宗[⑮]。后稷不克[⑯]，上帝不临。耗斁下土[⑰]，宁丁我躬[⑱]！
旱既大甚，则不可推[⑲]。兢兢业业[⑳]，如霆[㉑]如雷。周余黎民[㉒]，
靡有孑[㉓]遗。昊天[㉔]上帝，则不我遗[㉕]。胡不相畏，先祖于摧[㉖]。
旱既大甚，则不可沮[㉗]。赫赫炎炎[㉘]，云我无所[㉙]。大命近止[㉚]，
靡瞻靡顾。群公先正[㉛]，则不我助。父母先祖，胡宁忍予[㉜]！
旱既大甚，涤涤[㉝]山川。旱魃[㉞]为虐，如惔[㉟]如焚。我心惮[㊱]暑，
忧心如熏。群公先正，则不我闻[㊲]？昊天上帝，宁俾我遯[㊳]！
旱既大甚，黾勉畏去[㊴]。胡宁瘨[㊵]我以旱？憯不知其故[㊶]。
祈年孔夙[㊷]，方社不莫[㊸]。昊天上帝，则不我虞[㊹]？
敬恭明神[㊺]，宜无悔[㊻]怒。
旱既大甚，散无友纪[㊼]。鞫哉庶正[㊽]，疚哉冢宰[㊾]。趣马师氏[㊿]，
膳夫左右[51]。靡人不周[52]，无不能止[53]。瞻卬[54]昊天，云如何里[55]！
瞻卬昊天，有嘒[56]其星。大夫君子，昭假[57]无赢。大命近止，
无弃尔成[58]！何求为我[59]，以戾[60]庶正。瞻卬昊天，曷惠[61]其宁！

①这是一首描写大旱及祈雨的诗。②倬（zhuō）：大。云汉：银河。

③昭：光明。回：转。④於乎：犹“呜呼”，叹息声。⑤辜：罪。⑥饥馑：谷不熟为饥，蔬不熟为馑。此泛指灾荒。荐：重复，一再。臻（zhēn）：至。⑦靡：无。不举：不举祭。⑧爱：吝惜。斯：这些。牲：祭祀用的牛、羊、猪等。⑨圭璧：玉器，古人用之祭祀。既：已。卒：尽。⑩宁：竟。⑪蕴：郁积。隆：盛。虫虫：“爞爞”的省借，热气腾腾的样子。⑫殄：绝。禋（yīn）：古代祭祀的一种，积薪加牲于上，燃烧使烟上升以祭天。禋祀：泛指祭祀。⑬郊：郊外。徂：往。宫：宗庙。⑭奠：陈列祭品于地。瘗（yì）：埋祭品于地下祭地神。⑮宗：尊敬。⑯后稷：周人的始祖。克：胜。⑰耗：损伤。斁（dù）：败坏。下土：人间。⑱丁：当。躬：身。⑲推：除去。⑳兢兢：恐惧的样子。业业：危险的样子。㉑霆：劈雷。㉒黎民：众民。㉓孑（jié）：遗，剩余。㉔昊天：上天。㉕遗：马瑞辰《通释》：“按遗当读如问遗之遗。……与人相恤问亦谓之遗。”一说赠送。㉖于：语气助词。摧：至。胡承珙《毛诗后笺》：“言先祖见此旱灾，何不相与畏惧而来至乎？”一说摧，灭绝。㉗沮（jǔ）：止。㉘赫赫炎炎：热气熏蒸的样子。㉙云：荫，遮蔽。一说语气助词。所：处。㉚大命：生命。止：停止。㉛群公：先公。先正：孔颖达：“正者，长也。先世为官之长，又与群公相配，故知是百辟卿士也。”㉜忍予：对我忍心。㉝涤涤：涤荡无余的样子。㉞旱魃（bá）：旱神。㉟惔：火烧。㊱惮（dàn）：畏惧。㊲闻：通“问”，安慰。㊳俾：使。遯（dùn）：逃。㊴黾勉：努力。畏：指所畏之事，即旱神。去：离开。一说畏，恶也。马瑞辰《通释》：“畏去，谓苦此旱而恶去之也。”㊵瘨（diān）：病。㊶憯（cǎn）：曾。故：原因。㊷祈年：祈求丰收。孔：很。夙：早。㊸方：祭四方之神。社：祭土神。莫：同“暮”，晚。㊹虞：帮助。㊺敬恭：犹恭敬。明神：神明。谓恭敬地对待神明。㊻宜：应该。悔：恨。㊼友：通“有”。纪：法纪。㊽鞫（jū）：穷困。庶正：众官长。㊾疚：病。冢宰：太宰，周朝最高的行政长官。㊿趣马：掌管天子马匹的官。趣：通“趋”。师氏：主管教育的官。(51)膳夫：主管天子饮食的官。左右：周王左右的大臣。(52)周：通“赒”，救济。(53)无不能止：无人因不能而止，谓皆出力。一说无通“亡”，谓贫也。止：救。(54)卬：通“仰”，仰望。(55)云：语气助词。里：通“悝”，忧伤。(56)嘒（huì）：明亮的样子。一说微小的样子。一说众多的样子。(57)昭：通“招”。一说明。假：至，来。

昭假：祈祷神灵降临。无赢：马瑞辰《通释》："无赢犹言无爽，无爽犹言无差忒耳。"㊳无弃尔成：严粲《诗缉》："然未得雨，则死亡将近，不可遂已，而弃其前劳。"㊴何求为我：为我何求。㊵戾：安定。㊶曷：何，什么时候。惠：爱，惠赐。

赏析

《云汉》一诗选自《诗经·大雅》，是一首记叙天下大旱、久无甘霖，宣王心忧而祭祀求雨的诗作。诗中通过人的渺小和无力，刻画了大旱的景象、灾情；通过宣王的祭祀之诚心、殷勤，刻画了先民对上天神灵的敬畏，也从侧面反映了统治者对百姓的关心。从此诗中也可看出，千百年前靠天吃饭、生产力低下的时代，人在大自然面前是多么的不堪一击。

全诗共八段，每段十句。首段以"倬彼云汉，昭回于天"而起，天子仰望浩渺银河，只见白光在天际回旋，毫无降雨之兆。他心系百姓，焦急万分，于是发出了"何辜今之人"的慨叹，点明了祭祀祈雨的起因。第二段重点叙述了祭祀祈雨之虔诚，已经到了"上下奠瘗，靡神不宗"的地步。第三段写自己对上天的敬畏，第四段写灾情之严重，第五段以非常生动的笔触描写了天下大旱之景，"旱魃为虐，如惔如焚"，既是对大地似火烧的大旱景象的描述，也是对天子心急如焚的急切心情的衬托。第六段写躬身反省，分析上天降此大旱的原因。第七段写文武百官为应对旱情以尽人事，结果却只能听天由命的无奈。最后一段写继续诚心祷告，祈求上天，与首段相呼应。

诗人写作时，以叙事为主，但是在用词上却独具匠心，常用景语写情事，融情于景，神貌兼备。

桑柔

菀彼桑柔①，其下侯旬②。捋采其刘③，瘼此下民④。
不殄⑤心忧，仓兄填⑥兮！倬⑦彼昊天，宁不我矜⑧。
四牡骙骙⑨，旟旐有翩⑩，乱生不夷，靡国不泯⑪。

民靡有黎[12]，具祸以烬[13]。於乎[14]有哀，国步斯频[15]！
国步蔑资[16]，天不我将[17]。靡所止疑[18]，云徂何往？
君子实维[19]，秉心无竞[20]。谁生厉阶[21]？至今为梗[22]！
忧心慇慇[23]，念我土宇[24]。我生不辰[25]，逢天僤怒[26]。
自西徂东，靡所定处[27]。多我觏痻[28]，孔棘我圉[29]！
为谋为毖[30]，乱况斯削[31]。告尔忧恤[32]，诲尔序爵[33]。
谁能执热，逝不以濯[34]？其何能淑？载胥及溺[35]。
如彼溯风[36]，亦孔之僾[37]。民有肃心[38]，荓云不逮[39]。
好是稼穑[40]，力民代食[41]。稼穑维宝，代食维好。
天降丧乱，灭我立王[42]。降此蟊贼[43]，稼穑卒痒。
哀恫中国，具赘卒荒[44]。靡有旅力[45]，以念穹苍[46]。
维此惠君[47]，民人所瞻。秉心宣犹[48]，考慎其相[49]。
维彼不顺[50]，自独俾臧[51]，自有肺肠[52]，俾民卒狂[53]。
瞻彼中林，甡甡其鹿[54]。朋友已谮[55]，不胥以穀[56]。
人亦有言：进退维谷[57]。
维此圣人，瞻言百里；维彼愚人，覆狂以喜。
匪言不能，胡斯畏忌？
维此良人，弗求弗迪[58]；维彼忍心[59]，是顾是复[60]。
民之贪乱[61]，宁为荼毒[62]。
大风有隧[63]，有空大谷。维此良人，作为式穀[64]；
维彼不顺，征以中垢。
大风有隧，贪人败类[65]。听言则对[66]，诵言[67]如醉。
匪用其良[68]，覆俾我悖[69]。
嗟尔[70]朋友，予岂不知而作？如彼飞虫[71]，时亦弋获[72]。
既之阴女[73]，反予来赫[74]。
民之罔极[75]，职凉[76]善背。为民不利，如云不克。
民之回遹[77]，职竞用力[78]。
民之未戾[79]，职盗为寇[80]。凉曰不可[81]，覆背善詈[82]。
虽曰匪予[83]，既作尔歌[84]。

注释

①菀（wǎn）：茂盛貌。桑柔：即“柔桑”，指柔嫩的桑枝。②其下侯旬：此句是说因桑叶浓密，桑下光线幽暗。旬，借为“玄”，黑也。③刘：“条”之借字，指树之枝条。④瘼（mò）：病，疾苦。下民：下层百姓。⑤不殄：不绝。⑥仓兄：通“怆怳”，悲伤失意貌。填：通“陈”，长久。⑦倬（zhuō）：光明而广大貌。⑧宁：何。矜：怜悯。⑨骙骙（kuí）：马奔驰不停息貌。一说强壮貌。⑩旟旐：画旗。有翩：即“翩翩”，旌旗翻飞貌。⑪泯：灭。一说训“乱”。⑫黎：旧有齐、众、黑等训。疑当借为“犁”，此句与下文“稼穑卒痒，具赘卒荒”相呼应，是说因战乱，田地荒芜，无人耕种。⑬具：同“俱”。烬：本指火烧剩的余木，这里是指人们俱遭战祸，剩余无几。⑭於乎：呜呼，哀痛之声。⑮国步：国家命运。频：急。⑯蔑资：无止，或读为“无次”，以为此句是说国家秩序大乱。⑰将：扶助。⑱疑：通“凝”，定，定息。⑲维：为。一说通“惟”，训“思”。⑳秉心：存心。无竞：旧说“无争”。言不同人争权夺利。一说字通“竟”，言无穷竟。㉑厉阶：祸端。㉒梗：病，灾害。㉓慇慇（yīn）：心痛貌。㉔土宇：土地房屋。㉕不辰：不时，指出生不是时候。㉖俾（dàn）怒：疾怒。㉗定处：安身之处。㉘觏痻（mín）：遇到灾难。于鬯以为当读作“媾婚”，幽王之难，正出于婚媾之国。㉙孔棘：甚急。圉：边疆。㉚谋：计划。毖：谨慎。㉛乱况：祸乱状况。斯：则，乃。削：减少。㉜忧恤：忧虑，指忧虑国事。㉝序爵：予爵，即给予爵位。㉞逝不：何不。濯：当指沐浴冲澡。一说此连句指手抓滚烫的东西，要用水冲以降温。㉟载：则。胥：相，相率。溺：淹死。㊱溯风：迎着风，指逆风而行。㊲僾（ài）：呼吸困难貌。㊳肃心：进取心。一说肃慎之心。㊴荓（pīng）：使。不逮：不及。指不能实现。㊵好：喜爱。稼穑：指农业劳动。一说当读作“家啬”，指居家吝啬之人。㊶力民：指尽人之力耕作。代食：代替做官食禄。㊷立：同“位”。立王，即在位之王。此句指厉王被推翻之事。㊸蟊贼：吃苗根的害虫。这里当泛指天灾人祸。㊹具：俱，都。赘：通“缀”，接连。荒：灾荒。㊺旅力：体力。㊻念：当读为“谂”，告也，告得失。穹苍：苍天。㊼惠君：通情达理的君主，即有道之君。㊽秉心：持心，存心。宣犹：光明之道。㊾慎：读为“审”，审定也。相：相

辅。㊿不顺：悖理，指无道之君。51臧：善。一说自以为是。52自有肺肠：指想法与众不同，别具一副心肝。53卒狂：全都狂乱。54甡甡（shēn）：众多貌。55谮：不信任。一说：谮，谗也。56胥：相。以：与。穀：善。57谷：通“欲”，谓朋友之间进退维其所欲，不以礼法自持，恣意所为。旧说谷训“穷”，以为此句言进退两难。58弗求弗迪：一说此句言对善人不寻求不进用。迪，进用。59忍心：即有残忍之心的人。60顾：顾念（总回头看着，生怕丢掉）。是：这个，指利禄官爵。复：与“顾”当为同义，关心。一说此句指瞻顾反复无常德。61贪乱：欲乱。62宁：宁愿。荼毒：苦。63隧：道。一说此连下句是说大风则必有道，大谷则必空旷。64式穀：用善。言良人之作为，皆用以善道也。65贪人：贪赃枉法之人。败类：残害同类。一说：类，指善人。66听言：听，当读为“圣”，“圣”“听”古音近相通。“圣言”即明哲之言。对：“怼”之借字，恨。67诵言，即颂赞之言。言颂赞之言如美酒，使他陶醉。诵，通“颂”。68良：指善人。一说“良言”。69覆：反。俾：使。悖：旧训“悖逆”，林义光《诗经通解》读为“颠沛”之“沛”，谓：“不用善言，反使我颠沛也。”70嗟尔：犹“嗟乎”，叹呼声。71飞虫：指飞鸟。古鸟兽皆可称虫。72弋获：射中捕获。马瑞辰云：“诗以飞鸟之难射，时亦以弋射获之；喻贪人之难知，时亦以窥测得之耳。”73既：已经。之：语助。旧训“往”。阴，通“谙”，知悉，了解。女：汝。74赫：字亦作“吓”，吓。“反予来赫”即“反来赫予”的倒文。是说：我知道了你的底细，你反来威吓我。75罔极：无准则。此句称百姓不守正道，犯上作乱。76职：常，只。凉：刻薄。或以为“职凉”同“职谅”“职竞”，有“简直是”“仅只是”之意。可能是当时的熟语。77回遹（yù）：邪僻。78竞：强，争。用力：任用暴力。79未戾：没有安定。戾，定。一说：戾，善也。80职盗为寇：指百姓在动乱中逃亡而相结为寇。或以为此句指贪官像盗贼般对百姓抢掠。81凉：郑玄读“谅”，确实。言这样下去，确实感到不行。82覆：反而。背：背后。詈（lì）：骂。83匪予：非予，即不以我为然。林义光以为“匪”通“诽”，指诽谤。84既作尔歌：终为你们而歌。既，终。

赏析

这首诗是西周卿士芮良夫（芮伯）所作，旨在指出王朝必然倾覆的弊端和黑暗。写作时间大约在周厉王被流放到彘以后，时当大乱未已，百姓流窜，而朝臣仍然为非作歹。作者沉痛而剀切地陈辞，忠愤之情溢于言表。

《毛序》说："《桑柔》，芮良伯刺厉王也。"这个记载是比较可信的。《左传》文公十三年，即称此为"芮良夫之诗"。王符《潜夫论·遏利篇》也有类似的记载。据郑玄说："芮伯，畿内诸侯，王卿士也，字良夫。"此诗当作于周厉王被国人逐出周京、流亡于彘之后。据史载，周厉王在位时，暴虐侈傲，国人怨声载道。厉王不但不收敛，反而还派"特务"（巫），使监谤者，造成"国人莫敢言，道路以目"的恐怖局势，最终导致了国人造反。此诗重在忧乱，同时也揭露了厉王朝政昏民怨的现状。

一章叹民之困，二章伤国之乱，三章质祸之根，四章忧生不逢时，五章言救乱之道，六章言贤者归耕，七章自伤救世无力，八章斥君之昏，九章伤朋友之道倾，十章斥群僚不敢进言，十一章言失民心，十二章斥小人之行，十三章斥王之不能用贤，十四、十五章斥同僚之行，十六章言作诗之由。沈守正云："芮伯世臣，忠愤郁积，又值监谤之世，欲抑则不欲，欲直则不能，故情旨沉绵，不自知其凄婉；文词详娓，不自厌其重复。读者当得其言外之感，不可分章摘句以求之。"这种情形在《离骚》中，也能看到。盖忧愤郁结于心，沉重的心理负担不能得到排解，亦犹农村老妪整日喋喋于琐细中，盖人情相去不远。

烝　民[1]

天生烝[2]民，有物有则[3]。民之秉彝[4]，好是懿[5]德。
天监[6]有周，昭假[7]于下。保兹天子，生仲山甫[8]。
仲山甫之德，柔嘉维则。令仪[9]令色，小心翼翼[10]。
古训是式[11]，威仪是力[12]。天子是若[13]，明命使赋[14]。
王命仲山甫：式是百辟[15]，缵戎祖考[16]，王躬[17]是保。
出纳王命，王之喉舌[18]。赋政于外，四方爰发[19]。

肃肃[20]王命，仲山甫将[21]之。邦国若否[22]，仲山甫明之。
既明且哲[23]，以保其身。夙夜匪解[24]，以事一人[25]。
人亦有言：柔则茹[26]之，刚则吐之。维仲山甫，柔亦不茹，
刚亦不吐。不侮矜寡[27]，不畏强御[28]。
人亦有言："德輶[29]如毛，民鲜克[30]举之。"我仪图[31]之，
维仲山甫举之，爱[32]莫助之。衮职有阙[33]，维仲山甫补之。
仲山甫出祖[34]，四牡业业[35]，征夫捷捷[36]，每怀靡及[37]。
四牡彭彭[38]，八鸾锵锵[39]。王命仲山甫，城彼东方[40]。
四牡骙骙[41]，八鸾喈喈[42]。仲山甫徂[43]齐，式遄[44]其归。
吉甫作诵[45]，穆[46]如清风。仲山甫永怀[47]，以慰其心。

注释

①这是一首尹吉甫送别仲山甫的诗。诗中赞颂了仲山甫的美德。②烝：众。③物：事。则：准则。④彝（yí）：常理，常道。⑤好（hào）：喜欢。懿（yì）：美德。⑥监：视，观察。⑦昭：明。假：至。谓神明光照下土。一说精诚上达于天。⑧仲山甫：周宣王臣，封于樊。⑨令：美好。仪：举止。⑩翼翼：恭敬的样子。⑪古训：先王的遗训。式：效

法。⑫威仪：礼节。力：勤，用力。⑬若：马瑞辰《通释》："至若之本字，则《说文》云：'若，择菜也。'引申通训若为择。"一说若，顺。⑭明命：政令。赋：布，宣告。⑮式：使……效法。百辟（bì）：百君，谓众诸侯。⑯缵（zuǎn）：继承。戎：你。祖考：祖先。古人称已去世的父亲为考。⑰躬：身。⑱喉舌：代言人。⑲爰：乃，于是。发：行，施行。⑳肃肃：庄严，严肃。㉑将：行。㉒若否：《笺》："若，顺也。顺否，犹臧否。谓善恶也。"㉓哲：智。㉔匪：通"非"。解：通"懈"，懈怠。㉕事：侍奉。一人：指天子。㉖茹：吃。㉗侮：欺凌。矜（guān）：老而无妻的人。寡：老而无夫的人。此泛指年老无助之人。㉘强御：凶暴之人。㉙輶：轻。㉚鲜：少。克：能够。《诗集传》："言人皆言德甚轻而易举，然人莫能举也。"㉛仪图：考虑。二字同义。㉜爱：可惜。㉝衮（gǔn）：古代王侯所穿的绣有龙纹的衣服。《诗集传》："衮职，王职也。天子龙衮，不敢斥言王阙，故曰衮职有阙也。"阙：通"缺"，过失。㉞祖：祭祀路神。㉟业业：高大的样子。㊱征夫：指仲山甫的随行人员。捷捷：敏捷的样子。㊲每：时常。怀：想，担心。靡及：不能完成任务。㊳彭彭：行进的样子。一说强壮的样子。㊴鸾：通"銮"，车铃。锵锵（qiāng）：铃声。㊵城：筑城。东方：指齐。㊶骙骙（kuí）：行进不息的样子。一说强壮的样子。㊷喈喈：和谐的铃声。㊸徂：往。㊹式：语气助词。遄：迅速。㊺吉甫：尹吉甫，周宣王臣。诵：歌。㊻穆：和美。㊼永怀：长思。

赏析

《烝民》一诗选自《诗经·大雅》，是一首送别诗，主要叙述了仲山甫身负王命，将要远去齐地修筑城池；临行之际，尹吉甫前来相送，作诗相赠，对仲山甫的君子德行和辅佐之功大加称赞。

全诗共八段，每段八句，以赋体叙事为主。首段以"天生烝民"引入，赞扬仲山甫非同凡响、应运而生，是总体概括，也是下文的引子。第二段到第六段，诗人不惜笔墨，塑造仲山甫德才兼备、功勋卓著、身担重任的人物形象。第二段从仪表礼节方面，夸赞仲山甫品行出众；第三段从政治功绩方面，夸赞仲山甫堪为诸侯榜样；第四段从处事方式方面，夸

赞仲山甫忠诚勤谨、洁身自好；第五段从个性特点方面，夸赞仲山甫刚直不阿、不畏强权、敢于碰硬；第六段再次总结仲山甫之所以受到重用，成为股肱，德高望重，完全是出于自己的不断修炼、不懈追求。通过五个段落的描摹，使得仲山甫的形象立体丰满。第七、八段，转而交代写作背景：原来是仲山甫身负王命，要远赴东方修筑城池，尹吉甫特意作诗相赠，希望他能不负众望，早日功成而归。

此诗虽以叙事说理为主，但并非一味平铺直叙，而是通过引用“柔则茹之，刚则吐之”等民间俗语，来帮助刻画人物形象，使整首诗的语言变得形象生动有趣，可谓独树一帜。

常　武

赫赫明明①，王命卿士②。南仲大祖③，大师皇父④：
整⑤我六师，以脩我戎⑥。既敬⑦既戒，惠⑧此南国。
王谓尹氏⑨，命程伯休父⑩：左右陈行⑪，
戒我师旅：率⑫彼淮浦，省此徐土⑬。不留不处⑭，三事就绪⑮。
赫赫业业⑯，有严⑰天子。王舒保作⑱，匪绍匪游⑲。
徐方绎骚⑳，震惊徐方。如雷如霆㉑，徐方震惊。
王奋厥武㉒，如震如怒。进厥虎臣㉓，阚如虓㉔虎。
铺敦淮溃㉕，仍执丑虏㉖。截㉗彼淮浦，王师之所㉘。
王旅啴啴㉙，如飞如翰㉚，如江如汉，如山之苞㉛，如水之流。
绵绵翼翼㉜，不测不克，濯㉝征徐国。
王犹允塞㉞，徐方既来。徐方既同，天子之功。
四方既平，徐方来庭㉟。徐方不回㊱，王曰还归。

注释

①赫赫：威严的样子。明明：明智的样子。②卿士：周朝廷执政大臣。③南仲：人名，宣王主事大臣。大祖：太祖庙。④大师：职掌军政的大臣。皇父：人名，周宣王太师。⑤整：治。六师：六军。周制，王建六军。

一军一万二千五百人。⑥脩我戎：整顿我的军备。⑦敬：警惕。⑧惠：施恩。⑨尹氏：此指尹吉甫。⑩程伯休父：人名，宣王时大司马。⑪陈行：列队。⑫率：率领。⑬省：察视。徐土：指徐国。⑭不：二“不”字皆语气助词，无义。留：同“刘”，杀。处：安。⑮三事：三卿。绪：业。⑯业业：举止有威严的样子。⑰有严：严严，威严的样子。⑱舒：舒徐。保：安。作：起。⑲绍：舒缓。游：优游。⑳绎骚：骚动。㉑霆：打雷。㉒奋厥武：奋发用武。㉓虎臣：猛如虎的武士。㉔阚（hǎn）如：虎怒的样子。虓（xiāo）：虎啸。㉕铺：布阵。敦：屯聚。濆（fén）：大堤。㉖仍：就。丑虏：对敌军的蔑称。㉗截：断绝。㉘所：处。㉙啴啴（tān）：人多势众的样子。㉚翰：指高飞。㉛苞：指根基。㉜翼翼：壮盛的样子。㉝濯：大。㉞犹：谋略。允：诚。塞：实，指谋略不落空。㉟来庭：来王庭，指朝觐。㊱回：违抗。

赏析

诗的首章以生动传神的字句传达了宣王任命将领率部出征的非凡场面。“赫赫明明”，形象地突出了宣王的威仪。宣王任命了南仲，让其整顿六军士气，发布安民指令。这一系列的活动充分显示了宣王出征之前所进行的精心准备。第二章接着又叙述宣王任命司马、细察敌情、速战回朝的战前训示。第三章诗人又用“赫赫业业”表现了宣王非凡的举止气度，连用叠字，使诗歌在节奏上有了一种独特的音乐美。

这首诗最能体现王师势如破竹的王者风范的描写在第五章。诗人以充沛的感情，铺陈扬厉，一气呵成，连用数个排比，如同浩荡之水，倾泻而出，令人目不暇接，震撼不已，将王师的勇猛无敌、迅疾敏捷描述得十分形象生动。

周颂

颂，现多认为是宗庙祭祀之乐，内容上宣扬天命、颂扬祖先。《周颂》产生较早，语言典雅庄重，内容上是周王室的宗庙祭祀诗。

清庙之什

清　庙

於穆[1]清庙[2]，肃雍显相[3]。济济多士，秉文之德。
对越在天[4]，骏[5]奔走在庙。
不显不承[6]，无射[7]于人斯。

注释

①穆：美。②清庙：清静的庙，此处指文王的庙。③肃雍显相：肃，敬重。相，相助。④对越在天：顺承而发扬文王在天的旨意。⑤骏：急速。⑥不显不承：两“不”字都作“丕”字解，大的意思。⑦射（yì）：同“斁”厌弃。

赏析

这是一首乐章。

《清庙》是《周颂》的首篇。“四始”是《国风》的《关雎》、《小雅》的《鹿鸣》、《大雅》的《文王》、《周颂》的《清庙》四篇，其中《清庙》算是“四始”的最后一篇，《周颂》的代表。《清庙》的内容很简单，只是要文王的子孙和诸侯继承文王的美德而已。

“哦，在这个深远而肃静的宗庙里，恭祭文王，助祭的公卿诸侯，都很肃静而雍和；而与祭的人又都济济一堂。大家都能秉承着文王的美德，发扬文王在天之灵的旨意；而又能迅速地奔走在庙中的祭祀中，这样大大地显现了文王的德行，大大地顺承了文王的意旨，文王的神灵自然很喜欢，不会厌弃我们了。”

历代研究《诗经》的学者，都说《清庙》是周公营建东都洛邑，率诸

侯来祭祀文王的乐歌。而以宗庙祭祀的庞大盛况，歌颂文王的美德，所以为《周颂》的首篇。

维天之命

维[1]天之命，於穆不已[2]。
於乎不显[3]，文王之德之纯[4]！
假以溢我[5]，我其收[6]之。
骏惠[7]我文王，曾孙笃[8]之。

注释

①维：语气助词。一说“思念”。②於（wū）穆：呜呼美哉。不已：不止。指天道运行

无止。③不显：不，同“丕”，发语词。显，光明。④德之纯：言德之美。纯，大，美。或以为“德”当读为“得”，“纯”读“屯”，言文王得天命甚艰难。⑤假以溢我：《左传》引作“何以恤人”，当从。恤，安也。⑥收：受，接受。⑦骏惠：顺从的意思。⑧曾孙：后代子孙，指后王。笃：通“敦”，勉也。

赏析

作为祭祀礼敬文王的颂词，首二句之所以先言天命之不已，正是因为文王承受天命创立了周族大业；而文王之所以独受上天关怀，在于文王之德——天命总是倾向于有德之人。而所谓“德”“文德”，中心或关键在于对人民的关怀和爱护。这和《尚书》反复言及的“敬天保民”思想是完全一致的。于是，三、四句转向对文王美德的赞颂；五、六句言后世子孙承受文王之德泽。最后两句言当遵行文王之德行。起、承、转、合，结构甚严谨。陆化熙《诗通》说：“通诗只重在赞文王之德上，以‘纯’字作骨，‘骏惠’字，‘笃’字，俱根‘纯’字来。”这个评论，看到了本诗的关键。

维清[1]

维清缉熙[2]，文王之典[3]。
肇禋[4]，迄[5]用有成，维周之祯[6]。

注释

①这也是一首祭祀文王的乐歌。②清：清明。缉熙：光明。③典：法则。④肇（zhào）：始。禋（yīn）：祭祀的一种，升烟以祭。⑤迄：至。⑥祯：吉祥。

赏析

这是《诗经》中最简短的篇章之一。作为一首与《国风》一类抒情诗意境迥然不同的颂诗，光看原诗十八字的文本，对诗意的理解肯定不会太深，这就有必要通过阅读一些距原诗创作时代比我们近得多的汉代学者的阐说，以及朴学鼎盛时期的清代学者的考证来了解诗歌的创作背景和主题思想。

诗首句感叹当时天下清平光明，无败乱秽浊之政；次句道出这一局面的形成，正是因为文王有征伐的良法。据《尚书大传》等记载，文王七年五伐，击破或消灭了邘、密须、畎夷、耆、崇，翦除了商纣的枝党，为武王克纣打下了坚实的基础。武王沿用文王之法而得天下，追本溯源，自然对“文王之典”无限尊崇。下面第三句“肇禋”，《郑笺》解为：“文王受命，始祭天而枝伐也。”“枝伐”，即讨伐纣的枝党（如崇国）以削弱其势力。郑说有《尚书中候》《春秋繁露》等书证，“肇禋”，即始创出师祭天之典，自确凿无疑。最后两句，“迄用有成”直承“肇禋”，表明“文王造此征伐之法，至今用之而有成功”（《郑笺》）；又以“用”字带出用文王之法，暗应“文王之典”。“维周之祯”则与第一句“维清缉熙”首尾呼应，用虚字“维”引出赞叹感慨之词，再次强调“征伐之法，乃周家得天下之吉祥”（同上）。作者这样的文字处理，未必是刻意为之，而在结构上自有回环吞吐的天然妙趣。戴震在《诗经补注》中谓其“辞弥少而意旨极深远”，显然对此诗小而巧的结构却有着较大的语义容量深有体会。

烈　文

烈文辟公①，锡兹祉②福，惠我无疆③，子孙保之。
无封靡④于尔邦，维王其崇⑤之。
念兹戎功⑥，继序其皇⑦之。
无竞⑧维人，四方其训⑨之。
不⑩显维德，百辟其刑⑪之。於乎前王不忘！

注释

①烈文：《待轩诗记》：“烈言其功，文言其德。”辟公：指助祭诸侯。与下文“百辟”同。②锡（cì）：赐予。兹：此。祉：福。③惠：爱。一说

"顺"。无疆:无穷。④封:大。靡:累。大累,即大罪。一说"封"指专利敛财,"靡"指奢侈。⑤崇:立。一说"崇",尊尚也。⑥戎功:大功。⑦继序:指继承祖业。皇:光大。⑧竞:强。⑨训:服从。一说训"效"。⑩不:同"丕",发语词。显,光明。⑪刑:通"型",模范。

赏析

成王即位之初,举行祭祀祖先的大典,诗中叮嘱与祭者,不要忘记前辈君王的功绩德行。

从诗中"念兹戎功"一句看,应该是成王初年祭祀先祖的诗。参加祭祀者都是前王定天下的诸侯,所以说"戎功"。陆化熙说:"只是念助祭之功,而前述其在国,后勉以不忘。语气蔼然。""无封靡于尔邦"以下八句,类似后世散文中的骈文句法,蔼然的口气尤其明显,故邓翔《诗经绎参》说:"此篇如《书》之诰谕体。"

天　作[1]

天作高山[2],大王荒[3]之。彼作[4]矣,文王康[5]之。
彼徂[6]矣岐,有夷之行[7]。子孙保之。

注释

①这是一首祭祀先公、颂其功绩的乐歌。②作:生。孔颖达《正义》:"作者,造立之言,故为生也。"高山:指岐山,周族建国发达之地。③大(tài)王:指古公亶父,周文王的祖父,率周族从豳地迁至岐山之下,定国号为周。荒:开垦,治理。④彼:指周人。作:兴建。《笺》:"彼,彼万民也。……彼万民居岐邦者,皆筑作宫室以为常居,文王则能安之。"一说彼指上天,陈奂《传疏》:"言天所生之万物,而文王又能以安之也。"⑤康:安康。⑥徂:往,归附。⑦夷:平。行(háng):道路。

赏析

对周人来说，岐山是圣地。周人一系传至古公亶父，居于豳地。古公之前，后稷、公刘二位也是功勋卓著，《国语》之所以取岐山为周人兴起的圣地，似是极度推崇古公之仁。

此诗是《周颂》中少有的提及具体地点的作品（另一篇是《潜》）。此诗的祭祀对象是岐山。岐山是古公至文王，历代周主开创经营的根据地。著名的伐商灭纣，便是在此积蓄的力量。此诗既是祭圣地，又是祭开创经营圣地的贤明君主。

诗中主要描写天赐岐山之后，周人在岐山根据地上积蓄力量的过程。仅取大王、文王二人，主要是因为，他们确实是岐山九世周主最杰出的代表。岐山圣地经营到文王之世，已为武王积蓄了足以灭商的雄厚实力，包括姜尚这样足以辅成伟业的贤臣。“岐有夷之行”，分明是先王开创的一条通向胜利之路。

诗将对圣地、圣人的歌颂融为一体，着力描写积蓄力量的进程，揭示历史发展的必然趋势。此诗如大河滔滔，飞流直泻，既显庄严，又富气势。短短七句，有如此艺术效果，可见该诗作者的非凡手笔。

昊天有成命

昊天有成命①，二后②受之。
成王不敢康③，夙夜基命宥密④。
於缉熙⑤！单厥⑥心，肆其靖⑦之。

注释

①昊天：苍天。成命：既定的天命。②二后：二王，指周文王与周武王。③康：安乐，安宁。④夙夜：日夜，朝夕。基命：王者始承的天命。宥（yòu）密：宽仁宁静。⑤於（wū）：叹词，有赞美之意。缉熙：光明。⑥单：忠厚。厥：其，指成王。⑦靖：安定。

赏析

《毛诗序》认为本诗的目的是祭祀天地，但多数人不同意《毛诗序》的说法，认为此乃祭祀成王的诗。从诗的内容来看，除了一、二两句，余下五句都是直接叙述成王之德的，说成祭天地确实不妥。

首二句是全诗的引子，先从高高在上的“昊天”起笔，指出上天有成命，文王和武王受命于天，灭殷商，建西周。祭祀成王却不从成王下笔，先言上天，次言文、武二王。这是因为，成王受文王和武王之命，而文、武二王又受天之命，开篇如此写法正可表示成王与文、武二王一脉相承，顺承天意。

之后五句是诗的主体，赞颂成王之德。“成王不敢康，夙夜基命宥密”是说成王即位后，不敢贪图安逸，日夜为保国安民而深谋远虑。

在两句平实的叙述后，诗人突然发出一声“於缉熙”的赞叹，情感顿时扬起。“缉

熙”为联绵词，做光明解。成王在位期间励精图治，使得国家安定富强，成功继承了文、武二王的光明功绩，因此后人发出“於缉熙”的赞叹，肯定了成王的光明之道。

《史记·周本纪》记载：“成、康之际，天下安宁，刑措四十余年不用。”成王之所以谥号为“成”，也正是因为他是西周的守成之君。

诗以简洁的语言概括了成王巩固江山、安定天下的功绩，朴素而不失庄重。短短七句颂词充分表达了对成王的赞美之意。

我　将[①]

我将我享[②]，维羊维牛，维天其右[③]之。
仪式刑文王之典[④]，日靖[⑤]四方。
伊嘏[⑥]文王，既右飨[⑦]之。
我其夙夜，畏天之威，于时[⑧]保之。

注释

①这是一首祭祀上天和文王的诗。②将、享：奉献祭品，二字同义。③右：保佑。④仪式刑：效法，三字同义。典：法则。⑤靖：安定。⑥伊：语助词。嘏（jiǎ）：通“假”，伟大。⑦飨（xiǎng）：享用。⑧时：通“是”。

赏析

有学者认为《我将》是《大武》舞曲的第　章。《大武》的乐曲早已失传，虽有零星的资料，但终难具体描述。然其舞蹈形式则留下了一些粗略的记录，可以做大概的描绘。第一场，在经过一番擂鼓之后，为首的舞者扮演武王，头戴冕冠出场，手持干戚，山立不动。其余六十多位舞者扮演武士陆续上场，长时间咏叹后退场。这一场舞蹈动作是表示武王率兵北渡盟津，等待诸侯会师，八百诸侯会合之后，急于作战，而周武王以为伐纣的时机尚不成熟，经过商讨终于罢兵的故事。第二场，主演者扮姜

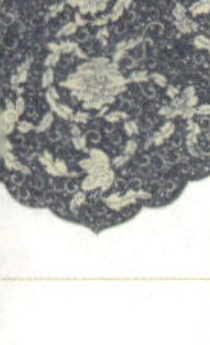

太公，率众舞者手持干戈，奋臂击刺，猛烈顿足。他们一击一刺，做四次重复，表示武王命太公率敢死队闯犯敌阵进行挑战，武王率大军进攻，迅速获胜，威震中原。第三场，众舞者由面向北转而向南，表示周师凯旋。第四场开始时，众舞者混乱争斗，扮周、召二公的舞者出而制止，于是众舞者皆左膝跪地，表示成王即位之后，东方和南方发生叛乱，周、召二公率兵平乱的故事。第五场，众舞者分成左右两大部分，周公在左，召公在右，振动铃铎，鼓励众舞者前进，表示成王命周公镇守东南，命召公镇守西北。第六场，众舞者恢复第一场的位置，做阅兵庆典和尊崇天子成王的动作，表示周公平乱以后，庆祝天下太平，各地诸侯尊崇周天子。

时　迈[①]

时迈其邦[②]，昊天其子之[③]。
实右序[④]有周，薄言震[⑤]之，莫不震叠[⑥]。
怀柔[⑦]百神，及河乔岳[⑧]。允王维后[⑨]！
明昭有周，式序在位[⑩]。
载戢干戈[⑪]，载櫜[⑫]弓矢。
我求懿德[⑬]，肆于时夏[⑭]，允王保之！

注释

①这是武王巡视各地，祭祀山川的乐歌。②时：语气助词。一说按时。迈：行，巡视。邦：指诸侯的封国。③昊天：上天。子之：以之为子，谓使之为王也。④实：语气助词。右序：助。二字同义。⑤薄、言：皆语气助词。震：谓以威力震慑。⑥叠：通“慑”，恐惧。⑦怀：来。柔：安。此句谓祭祀百神。⑧乔岳：高山。⑨允：的确。后：君。⑩式：语气助词。序在位：谓合理安排在位的诸侯。⑪载：则，乃。戢（jí）：收藏。干：盾。干戈：泛指兵器。⑫櫜（gāo）：弓袋，此用为动词。⑬懿德：美德。⑭肆：陈列，谓施行。时：通“是”，这。夏：指中国。

赏析

此诗歌颂武王克商后，封建诸侯，威震四方，安抚百神，偃武修文，发扬光大大周先祖功业的诸事。应为宗庙祭祀先祖时，歌颂周武王的乐歌。

全诗十五句。根据毛诗、朱熹的《诗集传》，此诗是无须分章的。且细审诗意，如若分章，“不惟章法长短不齐，文气亦觉紧缓不顺”（方玉润《诗经原始》）。所以还是从旧说，以不分为好。

此诗采用“赋”的手法进行铺叙。开篇，周武王封建的诸侯各国，不仅得到了皇天的承认，皇天甚至把他们当作自己的儿子一样看待。又说，武王不仅能威慑四方，且能安抚百神，所以他的继立，是能发扬光大大周先祖的光辉功业的。其后，武王平定殷纣、兴立大周、封建诸侯，戢干戈、橐弓矢，偃武修文。

此诗从头到尾，语意参差、语气连贯，起伏错落有致，字里行间充溢着作者深挚而敬慕的感情。

此诗以天命和周武王的联系，作为全诗的主线，重点歌颂了周武王的武功和文德。层次清晰，结构紧密，在大多臃肿板滞的雅颂诗篇中，不失为一篇较为优秀的作品。

执竞[1]

执竞武王[2]，无竞[3]维烈。不显成康[4]，上帝是皇[5]。
自彼成康，奄[6]有四方，斤斤[7]其明。
钟鼓喤喤[8]，磬筦将将[9]，降福穰穰[10]。
降福简简[11]，威仪反反[12]。既醉既饱，福禄来反[13]！

注释

①这是一首祭祀武王、成王、康王的乐歌。②执：持。竞：强。严粲《诗缉》：“李氏曰：自强之心，执而勿失。”一说执，服。竞，强御。③无竞：无争，无比。烈：功业。④不：通“丕”，大。成康：成王、康王。

⑤皇：赞美。⑥奄：覆盖。⑦斤斤：明察的样子。⑧喤喤（huáng）：钟鼓声。⑨磬：古代一种石制的打击乐器。筦：同“管”，一种竹制吹奏乐器。将将（qiāng）：同“锵锵”，乐声。⑩穰穰（ráng）：众多的样子。⑪简简：大的样子。⑫威仪：仪式，礼节。反反：慎重的样子。⑬反：复，报答。

赏析

此为《周颂·清庙之什》第九篇。关于诗的旨意，前人有两种解释，《毛诗序》和三家诗都以为是祭祀武王的诗。

此诗前七句叙说了武王、成王、康王的功业，赞颂了他们开国拓疆的丰功伟绩，祈求他们保佑后代子孙福寿安康，永远昌盛。在祖先的神主面前，祭者不由追忆起武王创业开国的艰难，眼前浮现出几代祖先英武睿智的形象：击灭商纣、开邦立国的武王，东征西讨、开拓疆土的成王、康王。既有对祖先的缅怀、崇敬、赞美，也是吹捧祖先、炫耀门庭、沾沾自喜的一种心理反应。

此诗是昭王时代的祭歌，比起早一些的《颂》诗，在用韵方面，有了明显的进步，音调抑扬铿锵，尤其是“喤喤”“将将”“穰穰”“简简”“反反”等叠字词的连续使用，使语气舒缓深长、庄严肃穆，给人一种身临其境的感觉，体现出庙堂文化深厚的底蕴。

思　文

思文后稷①，克配②彼天。
立我烝民③，莫匪尔极④。
贻我来牟⑤，帝命率育⑥。
无此疆尔界，陈常于时夏⑦。

注释

①文：文德，即治理国家、发展经济的功德。后稷：周人始祖，姓

姬氏，名弃，号后稷。②克：能够。配：配享，即一同受祭祀。③立：通“粒”，米食。此处用如动词，养育。烝民：众民。④极：无量功德。⑤贻：赐予。来：小麦。牟：大麦。⑥帝命率育：上天命令与民种育相连。⑦陈：遍布。常：此指农政。时：此。夏：中国。

赏析

《思文》所属的《周颂》是产生于西周早期的作品，这个时期周朝刚刚建国，在这样特定的历史时期中，人们最愿意称颂的就是周代的先王们。《思文》篇幅简短，正是当时政治清明的一种表现。大多数学者认为本文的作者是周公。对于人们来说，歌颂盛朝的颂歌，其作者是盛朝的大圣人，这是无可争议的事情，所以在《诗经》中，有很多诗篇的作者都被认为是周公。周公作为一个辅佐了文王、武王、成王三代君王的大臣，他见证了国家的兴盛和繁荣，可以说周公是一个功勋卓著的人。

在古时候，祭祀上天的活动都是在南郊举行的，所以“思文后稷，克配彼天”的祭祀也在郊外。古代的祭祀首先是先王配享，因为被视为天子的君王有着至高无上的权力，他们身份高贵可以实现和上天之间的沟通，这是在进一步表明王权天授的观点。所以在那个时期祭祀活动都是为了巩固政权的，也就是说原本空泛的祭天活动变成了具有重大意义的政治活动。这种祭祀活动对于稳定人心、统一思想、凝聚力量有着十分重要的作用。在祭祀的现场，通过反复地吟唱这首诗歌会使祭祀的会场变得十分庄严，让人们仿佛沐浴在一种庄严肃穆的氛围之中。他们将参与盛典的自豪感和肩负上天使命的责任感完美地融合在了一起。

文中“天”“帝”两字形成了一种紧扣和呼应的感觉。通过对天人沟通的描写，彰显了君王的威信。

作为一个已经君临天下的王朝，西周的“无此疆尔界，陈常于时夏”是在向天下喻示自己的权威，但同时又有一种秉承天命、子育万民的怀柔之感，具有很强的感染力。

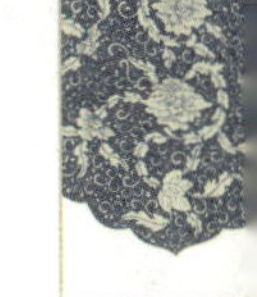

臣工之什

臣工

嗟嗟臣工①，敬尔在公②。王厘尔成③，来咨来茹④。
嗟嗟保介⑤，维莫⑥之春，亦何求⑦？如何新畬⑧？
於皇来牟⑨，将受厥明⑩。明昭⑪上帝，迄用康年⑫。
命我众人⑬：庤乃钱镈⑭，奄观铚艾⑮。

注释

①嗟嗟：重言以加重语气。臣工：群臣百官。②敬尔：尔敬。在公：为公家工作。③厘：通“赉（lài）”，赐。成：指收成。④咨：询问、商量。茹：度。⑤保介：田官。⑥莫（mù）：古“暮”字，莫之春即暮春，是麦将成熟之时。⑦又：有。求：需求。⑧新畬（yú）：新田，熟田。⑨皇：美盛。来牟：麦子。⑩厥：其，指代将熟之麦。明：收成。⑪明昭：明明，明智而洞察。⑫迄用：至今。康年：丰年。⑬众人：庶民们，指农人。⑭庤（zhì）：储备。钱（jiǎn）：农具名，掘土用。镈（bó）：农具名，除草用。⑮奄观：尽观，即视察之意。铚（zhì）：农具名，一种短小的镰刀。艾：割。

赏析

这是一首跟农业有关的乐歌，也是《周颂》里首篇写农事的乐歌。周部族是古老的农耕民族，历代重视农业生产。西周建立后，更是将农业视为立国之本。

一般认为此诗产生于周成王时期，因此诗中的“王”应为周成王。诗共十五句，皆为成王对群臣及农官重视农业的告诫。前四句是周王对群臣说的话：“嗟嗟臣工，敬尔在公。王厘尔成，来咨来茹。”“嗟嗟臣工，敬

尔在公。”周王首先肯定了群臣在各自职位上的表现，对他们的恪尽职守予以赞许。做好本职工作当然很好，但是周王还希望众臣能够多多关心农业。农业生产是全国上下的大事，“臣工”（公卿大夫和诸侯）虽然不亲自耕地，但作为国家的统治阶层，应当时常关心农事，以身作则，这样才能有利于农业的发展。

“於皇来牟，将受厥明。”周王看到麦田里长势喜人的麦子，不禁发出“於皇来牟”的赞叹，并由此得出将大获丰收（将受厥明）的结论。农业能够获得丰收，除了得益于人们的辛勤耕耘，也要有风调雨顺的气候保障。周人敬天，看到庄稼如此茁壮，当然不免感激一番降施雨露的上天，所谓“明昭上帝，迄用康年”是也。说得再多，最重要的还是农夫的实际耕作，于是最后周王对农官说：“命我众人，庤乃钱镈，奄观铚艾。”如今才到暮春，麦子成熟在夏秋之际，虽然还有几个月才到收获季节，但周王似乎生怕误了农时，便早早催促农官，叫农夫赶紧准备收割的农具，以待麦熟时及时收获。

全诗篇幅不长，却对群臣、农官、农夫都一一做了嘱咐，涉及方面虽广，却不显杂乱，由上至下，层次分明，井然有序。诗的内容详略有当，虽告诫之人甚多，却将重点放在对农官的嘱咐上；而在告诫农官时，又只是提出“亦又何求？如何新畲？”两个极为简单却十分值得注意的问题，逻辑严密而简洁精练的语言中足见周王对农业的重视之深。

噫　嘻①

噫嘻②成王，既昭假尔③。率时④农夫，播厥⑤百谷。骏发尔私⑥，终三十里⑦，亦服⑧尔耕，十千维耦⑨。

注释

①这是一首周成王劝诫农官的诗。②噫嘻：叹词。③昭：明。假：至，来。尔：农官。④时：通“是”，这些。⑤播：种。厥：其。⑥骏：迅速。发：开发。私：私田。⑦终：尽。三十里：方三十里。⑧亦：语气助

词。服：事。⑨十千：一万。耦（ǒu）：两人并肩拉犁耕地。

此诗叙述了周成王祭毕上帝及先公先王后，亲率官、农播种百谷，并通过训示农官来勉励农夫努力耕田，共同劳作的情景。

全诗共八句，分为四四两层。前四句是周王向臣民庄严宣告自己已招请祈告了上帝先公先王，得到了他们的准许，以举行此藉田亲耕之礼；后四句则直接训示农官勉励农夫全面耕作。诗虽短而气魄宏大。从第三句起全用对偶，后四句句法尤奇，似乎不对而实为“错综扇面对”，若将其加以调整，便能分明看出：

骏发尔私，亦服尔耕；

终三十里，维十千耦。

则骏和终、亦和维字隔句成对；其他各字，相邻成对。此种对偶法，即使在后世诗歌最发达的唐宋时代，也是颇少见。

总之，《周颂·噫嘻》一诗，既由其具体地反映周初的农业生产和典礼实况，从而具有较高的史料价值；又以其突出的“错综扇面对”的修辞结构技巧，而具有较重要的文学价值。

振　鹭

振鹭①于飞，于彼西雍②。我客戾止③，亦有斯容④。在彼无恶，在此无斁⑤。庶几夙夜⑥，以永终誉⑦。

注释

①振：振振，群飞貌。鹭：白鹭，水鸟，白色，故又谓之白鸟。好群飞鸣。②西雍（yōng）：辟雍，因在西边，故得名“西雍”。③客：指来朝的诸侯。旧说指夏商二王之后，周王以客待之，而不敢以为臣，故称“客”。戾：至。止：语气词。④斯容：此容，指白鹭高洁的仪容。这是说来客像

白鸟一样的高洁。⑤无斁（yì）：无厌。⑥庶几：差不多，表示希望之意。夙夜：指早起晚睡，勤于政事。⑦永：长。终誉：即“盛誉”。终，与“众”古通，盛也。

赏析

宋、杞是殷人的后代，这是一篇专门招待宋、杞两国国君来京城助祭的歌，周王以客礼相待，希望他们能够永远臣服周廷。

古代学者皆以为“客”指“二王之后”，即所谓夏、商国君的后代，在周为杞和宋两家诸侯。但诗中没有直说，盖由“客”字推测而来（把前代胜国君主的后代封于某地，他们朝见时王，时王以客礼相待），且诗中言“在彼无恶”，隐指他们对周王朝的臣服。高侪鹤云：“尊之曰‘客’，亲之曰‘我客’，爱敬兼至也。‘斯’指鹭之洁白，言在彼在此，无恶无斁，总为先代之后申其爱敬之说。‘庶几’二字有欣、勉二意，深见立言之妙。”“庶几”一词表现了周王十分微妙的心理，不只是欣慰和勉励，还有希望和责任，但不容置疑的态度已在其中，而口吻宽缓，对方也易于接受。所谓“一字见精神”。

丰　年

丰年多黍多稌[1]，亦有高廪[2]，万亿及秭[3]。
为酒为醴[4]，烝畀祖妣[5]，以洽百礼[6]，降福孔皆[7]。

注释

①丰年：丰收之年。黍、稌（tú）：黍子与稻子。②高廪：高大的米仓。③万亿及秭（zǐ）：周代十千为万，十万为亿，十亿为秭。此极言收获之多。④醴（lǐ）：甜酒。此是指用收获的稻黍酿造成清酒与甜酒。⑤烝：献。畀：给予。祖妣：指男女祖先。⑥洽：配合。百礼：指名目繁多的祭礼。一说指各种规定。⑦孔皆：很普遍。皆，普遍。一说“皆”通“嘉”，训“美”。

赏析

每一年的秋冬，周王朝要举行对天地群神大规模的“报祭”，既报答群神的保佑之恩，也祈求来年的好收成，丰收年更是如此。这首诗就是“报祭”的颂词。

既是丰收年秋冬“报祭”的颂词，自然首先向神灵报告丰收的情形，所以首先说丰年的景象，并表明献给神灵的美酒就是用这粮食酿造的，以表示对先祖群神的报答。诗中说到“百礼”，所以学者们认为此是祭“祖妣”兼祭上帝群神的乐歌。诗虽简短，而丰收喜庆之气象则宛然可见。邓翔《诗经绎参》曰：“此篇文体之最平者，祝颂之恒词也。”

有瞽[①]

有瞽有瞽[②]，在周之庭[③]。设业设虡[④]，崇牙树羽[⑤]。
应田县鼓[⑥]，鞉磬柷圉[⑦]。既备乃奏，箫管备举。
喤喤[⑧]厥声，肃雍[⑨]和鸣，先祖是听。
我客戾止[⑩]，永观厥成[⑪]。

注释

①这是一首合奏众乐以祭祖的乐歌。②瞽（gǔ）：盲人。古代多以盲人为乐师，故瞽又成为乐师的代称。③庭：指宗庙之庭。④业、虡（jù）：悬挂钟磬的木架，其竖立两旁的立柱称虡，横梁上面刻有锯齿状边缘的木板为业。⑤崇牙：业上的锯齿，用以悬挂钟磬。树：植立。羽：五彩羽毛，以为装饰。⑥应：小鼓。田：大鼓。县鼓：悬挂着的鼓。⑦鞉（táo）：摇鼓。磬：古代一种石制打击乐器。柷（zhù）：古代一种方形的木制乐器。圉（yú）：通“敔”，古代一种状如伏虎的木制乐器，敲击以止乐。⑧喤喤（huáng）：声音和谐而洪亮。⑨肃雍：乐声舒缓而肃穆。⑩戾：至。止：语气助词。⑪永：长。成：乐曲终了。

赏析

《有瞽》一诗选自《诗经·周颂》，是一首描写将各种乐器、乐曲合在一起进行演奏，以祭祀祖先神灵的乐歌。对作乐的过程进行了全面叙述，对祭祀时的奏乐场景进行了直接描述，对乐器陈列及演奏效果进行了细节刻画。通过此诗，可以一窥君王祭祀规模之宏大、祭祀典礼之庄重。

全诗以“有瞽有瞽，在周之庭”而始，一上来就为我们介绍了本次乐歌的演奏者——盲人乐师，以及此次祭祀的地点——周庭。进而开始将视角由演奏之人转向演奏之器，“设业设虡，崇牙树羽”，摆好悬挂钟磬的木架，拿出五彩的羽毛来装饰它。就连悬挂钟磬的木架都要特意用五彩羽毛进行装饰，此次祭祀又该是多么的重大、肃穆呢？接下来，乐器一一登场：“应田县鼓，鞉磬柷圉。既备乃奏，箫管备举”，大鼓小鼓悬鼓，箫管鞉磬柷圉，应有尽有，如此之多的乐器合奏，乐声怎会不悠远洪亮、和谐悠扬？于是，便水到渠成地引出了“喤喤厥声，肃雍和鸣，先祖是听”之句，这么美妙的音乐，是为了祭祀先祖神灵，也是为了让宾客共同欣赏，以乐为媒，沟通天人。这首诗让我们身临其境地感受到了周乐的魅力与辉煌，也让我们得以想象礼乐文化的生命力量。

潜

猗与漆沮[①]，潜[②]有多鱼。
有鳣有鲔[③]，鲦鲿鰋[④]鲤。
以享[⑤]以祀，以介景福[⑥]。

注释

①猗与：赞叹词，相当于“啊哟”。漆沮：水名。②潜：当从《韩诗》和《鲁诗》作涔（cén），把木柴堆在水中供鱼栖息叫涔。辽东人在五十多年前的冬春二

季节还用此法捕鱼，俗称鱼寓。一般是把不太大的树连枝带叶地投入河水较深、水流也较稳定的水湾内，鱼类、虾类（小龙虾，东北人俗称之为“蝲蛄”或“蝲蛄”，盖满语也）自然会大群、分层地聚集其中，冬渔甚便。③鳣（zhàn）：又叫蝗鱼、蜡鱼。似鳟而短鼻，口在颔下，无鳞。据《本草纲目》说，这种鱼大者可达一二千斤重。鲔（wěi）：鲟鱼，长一二丈。④鲦（tiáo）：鱼名，又叫白鲦。长仅数寸，状如柳叶，鳞细而整，洁白可爱。鲿：又名黄鲿鱼、黄颊鱼。尾微黄，大者长尺七八寸许。鰋，又名鲇鱼。大首偃额，大口大腹，大者可达三四十斤。⑤享：祭献。⑥以介景福：以求大福。介，祈求。景，大也。

赏析

这首诗是向宗庙献鱼祭祀的歌。

鱼是宗教崇拜的对象，用以祭祀宗庙，原本的意义在于祈求多子多孙。在古代，“人类本身的再生产”是个至关重要的问题。一个部族、一个国家，其繁盛与衰败，首先就看人口的多少，所以，多子多孙就是吉祥。“多”的意义再行泛化，则财富、土地无所不包，“鱼”这一意象也就渐渐成为广泛意义上的幸福和吉祥的象征物。则年画、剪纸民间艺术之多鱼，随处可见。现今在产鱼甚少，甚至根本不产鱼的西北地区，逢年过节，往往以木鱼摆在筵席上，更是最有说服力的证明，此乃远古习俗之遗留。

雍①

有来雍雍②，至止肃肃③。相维辟公④，天子穆穆⑤。
於荐广牡⑥，相予肆祀⑦。假哉皇考⑧，绥予孝子⑨。
宣哲维人⑩，文武维后⑪。燕及皇天⑫，克昌厥后⑬。
绥我眉寿⑭，介以繁祉⑮。既右烈考⑯，亦右文母⑰。

注释

①这是一首武王祭祀文王的乐歌。②有：语气助词。雍雍：和睦的样子。③至止：到达。肃肃：严肃的样子。④相：助，指助祭的人。辟（bì）公：诸侯。⑤穆穆：端庄肃穆的样子。⑥於（wū）：叹词。荐：献。广牡：大牲。⑦予：我，天子自称。肆：陈列。一说肆祀，祭名。⑧假：通“嘉”，美。一说大。皇考：对已故父亲的美称，此指文王。⑨绥：安抚。孝子：武王自称。⑩宣哲：犹明哲，有才智。人：指臣。⑪文武：有文德和武功。后：君。⑫燕：安。皇天：上天。⑬克：能。昌：兴盛。后：后代。⑭绥：赐。眉寿：长寿。⑮介：助。祉：福。⑯右：通“侑”，劝酒食。烈考：犹皇考。皇、烈，均为光明义，是赞美之词。⑰文母：有文德的母亲。

赏析

《雍》这首诗选自《诗经·周颂》，是一首周天子祭祀仪式完毕后，撤下祭品时唱诵的乐歌。朱熹则认为此歌有特定的对象，是周武王祭祀周文王的仪式后，撤下祭品时唱诵的乐歌。这首乐歌向我们传达了三层含义：第一，撤祭之时有专门的乐歌；第二，周朝有诸侯助祭的习惯；第三，周朝有父母同祭的先例。

全诗共四段，每段四句。首句以“有来雍雍”而起，借由所来诸侯的熙攘和谐，烘托祭祀规模之宏大；通过“至止肃肃”对诸侯态度进行细节刻画，所来之人无不态度恭谨、仪表整肃，以此烘托仪式之肃穆；然后又以“穆穆”来描摹天子的威仪，通过三个叠词，非常传神地刻画了诸侯及天子的容止。第二段叙述了祭祀典礼开始后，诸侯进献祭品，助天子祭祀的场景。周朝实行分封制，虽然周天子并不严格控制诸侯，但是诸侯仍是天子之臣，仍需履行进贡、勤王等实质性义务，也需要履行助祭之类的礼仪性义务，第二段就是诸侯履行助祭义务的体现。第三段歌颂周文王的功德，颂其光明伟大、文治武功。第四段是祈求先王降下福祉、护佑子孙福寿绵长、国祚永驻，最后以“既右烈考，亦右文母”之语，恭请先王、母后共享祭品，表明了父母同祭之意。根据全诗可知，虽为同祭，亦有偏重，“文母”显然只是陪衬，“烈考”才是主要祭祀对象。

载 见

载见辟王[①]，曰求厥章[②]。龙旂阳阳[③]，和铃央央[④]。
鞗革有鸧[⑤]，休有烈光[⑥]。
率见昭考[⑦]，以孝以享[⑧]，以介[⑨]眉寿，永言[⑩]保之。
思皇多祜[⑪]，烈文辟公，绥[⑫]以多福，俾缉熙于纯嘏[⑬]。

①载：始。一说：则，乃。辟王：君王。②曰：同“聿”，发语词。厥章：其章。章，典章制度。③龙旂：有蛟龙图案的旗帜。阳阳：当读为“扬扬”，旗飘动飞扬之貌。④和：挂在车轼上的铃称“和”。铃：挂在车衡上的铃称“铃”。一说铃指旂上的铃。央央：和声之盛貌。⑤鞗（tiáo）革：马缰头的铜饰。有鸧（qiāng）：即“鸧鸧”，铜饰貌。一说铜饰相击之声。⑥休：美。有：又。烈光：光亮。⑦率：带领。昭考：皇考。⑧孝：与“享”同，都是献祭的意思。⑨介：通“匄”，求。⑩永言：永焉，长久貌。⑪思：发语词。皇：大。一说“皇”读“况”，训“赐”。祜：福。⑫绥：安抚。一说赐也。⑬俾：使。缉熙：光明，显耀。纯嘏：大福，美福。

赏 析

本诗写的是成王新即位，诸侯前来朝见新王，并参加助祭活动。

古代学者或以为这首诗写的是诸侯第一次朝拜武王庙，或以为是诸侯到武王庙来助祭的诗，或以为是诸侯本为来朝拜周天子，但朝见时正赶上祭祀，于是执行助祭工作，这诗则主要写的是助祭。从诗的内容看，开始即言来京“载见”（始见）周王，并说到“曰求厥章”，大概是探求新王即位，看一下中央政府有什么新的政策，所以今世学者或以为写的是成王刚刚即位的事。《诗义会通》引旧评云：“起层不急于入助祭，舒徐有度。末以长句作收。”长句节奏长，大节奏上就显示出那愿望的久长。

有　客

有客有客[1]，亦白其马[2]。有萋有且[3]，敦琢其旅[4]。
有客宿宿[5]，有客信信[6]。言授之絷[7]，以絷其马。
薄言追[8]之，左右绥之[9]。既有淫威[10]，降福孔夷[11]。

注释

①客：指宋微子。②亦白其马：他用白马驾车乘。③有萋有且（jū）：即“萋萋且且”，此指随从众多。④敦琢：意为雕琢，引申为选择。旅：通“侣”，指伴随微子的宋大夫。⑤宿：一宿曰宿。⑥信：再宿曰信。或谓宿宿为再宿，信信为再信，亦可通。⑦絷（zhí）：拴马索。⑧薄言：语助词。追：饯行送别。⑨绥：安抚。⑩淫：盛，大。威：德。⑪孔：很。夷：大。

赏析

近人说诗，多认为《有客》一诗是“微子来见祖庙”之歌，但也有人认为“此篇乃周天子饯诸侯所奏之乐歌”。归结一点，此诗是古代王公贵族接待宾客之诗。全诗是一个前后呼应、始末完整的主体，从客之至的喜悦，到客之留的殷切，再到最后客之去的祝福和深深情意，语言活泼、节奏轻快跳跃，表现出了主人对客人的真诚情谊和美好祝愿，让人感到亲切动人。

开篇叠词，“有客有客”表现出了对贵客驾临的喜悦呼告。车声辚辚，从远处传来，客人虽然因为距离较远还无法辨别是谁，那驾车的白马却早已让人看得分明，想必一定是贵客临门。主人精神为之一振，奴仆们也随着主人喜色浮动。欢快跳跃的语言，传神地表现出主仆遥见贵客到来时相互传告的欣喜；纯白的马，潇洒大方地展示出车骑雍容的气派与华贵不俗的风度。先闻声，后见人，颇有“粉面含春威不露，丹唇未启笑先闻”的妙处。

全诗并未就此而止，但也未对贵客有更深更近更细的描写，而是宕开一笔，转到贵客的随从身上，以求达到烘云托月、绿叶衬花的效果。但

见随从衣着花团锦簇，气宇轩昂，全都是百里挑一的人才。“有萋有且，敦琢其旅”两句并未直接描写贵客的高贵，而是在随从的不凡中以烘云托月的方式写出了贵客的气宇和风采。恰如“处处景语皆情语”的妙处，诗面写客，但是字里行间跳动着的却是迎客主人的欣喜、赞叹和自豪之情。

诗歌并未顺接写出相见时寒暄热闹的场景，而是宕开，冷却迎客主人那份喜悦之情，表现出主人对客人很快离开的担心和忧虑。“有客宿宿，有客信信”，相逢的其乐无穷加上主人的盛情款待，使得客人有着宾至如归的感受。由此住了一天又一天，时光流逝，已经住了好几天了，但是主人依依不舍，不愿客人离开，但客人却执意要走，无可奈何之中主人只能“言授之絷，以絷其马”，即只能通过绊住客人的马来挽留贵客，表现出了一种古朴纯真的待客深情。

去意已决，无论主人有多么的热情，客人终究不能久留，揖别之际，主人只能“薄言追之”，表现主人送之远、别之难，显示出“送”中之“情”。主人自己虽在为别离伤感，但作为送行者，却又在贵客去意已决时，不停地抚慰客人，让其安心登程。此情此景，让人觉得真切，越加委婉动人，感人至深。

“既有淫威，降福孔夷”，末尾二句常被古人用为作别套语，但在主人的诚挚与深情中，却表达出了对远去客人的真诚而美好的祝愿。这祝愿犹如一缕温馨的春风，拂动着贵客的心；亦如一声悠长的钟鸣，留给全诗丝丝余韵。

武[1]

於皇[2]武王，无竞维烈[3]。
允文[4]文王，克开厥后[5]。
嗣[6]武受之，胜殷遏刘[7]，耆[8]定尔功。

注释

①这是一首歌颂武王功业的乐歌。②於（wū）：表赞美的叹词。皇：

大。③竞：强。烈：功业。《笺》：“无强乎其克商之功业。”④允：的确。文：文德。⑤克：能。此句谓能为后代开创基业。⑥嗣：继承。《笺》：“嗣子武王受文王之业。”⑦殷：殷商。遏、刘：马瑞辰《通释》：“是遏、灭二字同义。胜殷遏刘，谓胜殷而灭杀之。”刘：杀。一说遏，阻止。遏刘：阻止杀戮无辜。⑧耆：致使。

赏析

《武》这首诗选自《诗经·周颂》，是一首记叙武王继承文王遗志，开拓进图，讨伐商纣，灭殷建周，建立下空前绝后的赫赫功绩的颂歌。

整首诗只有一段，仅有七句，却言简意赅，气势磅礴。以“於皇武王，无竞维烈”这样雄浑高亢的语句，对武王的不世之功发出由衷的称颂和赞叹。在情绪上，奠定了整首乐歌雄浑壮阔、奇伟磅礴的总基调；在内容上，引人思考，到底是何种功业，可以配得上“无竞维烈”的赞叹呢？诗人并未直接解答读者心中的疑惑，而是笔锋一

转，追本溯源，以“允文文王，克开厥后”之语说明：武王建立的不世之功，其实并非凭空而来，而是因为“站在了巨人的肩膀上”，继承了文王的遗志和功业，是文王修德行善，礼贤下士，才使得民心归顺，诸侯归附，才为武王荡平了伐纣之路。这既是对文王之功绩的直接赞美，也使得武王之功业显得真实可信。最后，诗人揭开谜底，武王“胜殷遏刘，耆定尔功”，最大的功业就是伐纣除暴，赢得了天下太平，免除了无端杀戮。

此诗前后呼应，有因有果，不像一般的颂词尽是些歌功颂德的空洞之词，而是以事实为依据，歌颂武王的丰功伟业，让人信服。

闵予小子之什

闵予小子[①]

闵予小子[②]，遭家不造[③]。嬛嬛在疚[④]。
於乎皇考[⑤]！永世克[⑥]孝。念兹皇祖[⑦]，陟降庭止[⑧]。
维予小子，夙夜敬[⑨]止。於乎皇王[⑩]，继序思[⑪]不忘。

注释

①这是成王遭武王之丧朝于祖庙而作的诗。②闵：通“悯”，可怜。予：我，成王自称。小子：年轻人。③不造：不善，不幸。④嬛嬛(qióng)：通“茕茕”，孤独无依的样子。疚：病，忧伤。⑤於乎：同“呜呼”。皇考：对已去世父亲的尊称。⑥永世：终身。克：能。⑦皇祖：指文王。⑧陟(zhì)降：上下。庭：《传》：“直也。”《笺》：“上以直道事天，下以直道治民。”止：语气助词。⑨敬：戒慎。⑩皇王：君王，指文王、武王。⑪序：通“绪”，事业。思：语气助词。

赏析

《闵予小子》一诗选自《诗经·周颂》，是周成王服丧期满，执政之前祭祀宗庙先祖，对着祖宗先人表白心迹，并立下的铮铮誓言。在诗中，周成王首先诉说了自己遭逢大难、孤立无援的凄惨处境，然后追慕赞颂文王武王之丰功伟业，最后对着先祖灵位起誓，表达了自己将勤谨政事、继往开来的决心。其目的有二：一是告慰先祖，二是希望可以得到贤臣能将的忠心辅政，共创辉煌。

全诗共有十一句，成王以“闵予小子”自称，表明了成王谦虚谨慎的性格特点，也体现了成王恓惶艰难的处境。紧接着就以“遭家不造，嬛嬛

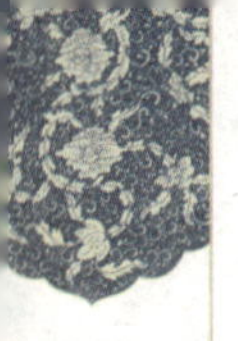

在疚”之语，直接将自己骤逢大难后孤立无援的状况和盘托出，这也是在暗示年幼的成王十分渴望忠臣能将的尽心辅佐。接着，成王以“於乎皇考！永世克孝”之语，弱化武王的文治武功，强化武王“克孝”的形象，是希望能够借此感化老臣之心，得到他们的支持与辅佐。有时候，无声的感化浸润，比有声的呼喊命令，更能深入人心，起到奇效。接着，成王又以“念兹皇祖，陟降庭止”之语，借由文王旧臣辅佐武王伐纣灭商的旧事，来表达自己对忠臣的渴望、对建功立业的希冀。最后，成王对着祖宗灵位庄重起誓，定会“夙夜敬止。於乎皇王，继序思不忘”，这既是对先祖的剖白，更是在给群臣传递信息、树立信心。

访　落

访予落止①，率时昭考②。
於乎悠③哉，朕未有艾④，将予就⑤之，继犹判涣⑥。
维予小子，未堪家多难。绍⑦庭上下，陟降厥⑧家。
休矣皇考⑨，以保明⑩其身。

注释

①访：谋，商讨。落：始。止：语气词。②率：遵循。时：是，这。昭考：指武王。③悠：远。④艾：阅历，此处指成王年幼无知。⑤就：接近，趋向。⑥判涣：分散。⑦绍：继承。⑧陟降：提升和贬谪。厥：其。⑨休：美。皇考：指先祖。⑩保明：保佑勉励。

赏析

西周在文王和武王的苦心经营下，取代殷商，逐渐成为强大的王朝。然而西周兴国不久，武王就驾崩了，即位的是年幼的成王。《访落》便是成王登位伊始谨慎惶恐心境的反映。

开篇“访予落止，率时昭考”，成王宣布谋政正式开始，并表明自己

要遵循武王的治国之道。成王在议政一开始就提出“率时昭考”，既是确定施政纲领，又是利用先王之名威慑参与朝庙的群臣诸侯。

“於乎悠哉，朕未有艾。”武王之道如此光明远大，而自己年纪尚幼，缺少治国经验，实在是任重道远。“於乎悠哉”，一语四字却有三个叹词，恰切地传达出新登位的成王面对重任的渺茫心境。

天子需要大臣的辅弼，年少的成王立志继承武王之道，更需要群臣的帮助，于是成王向群臣道“将予就之，继犹判涣”，希望众大臣帮助自己向武王之道靠拢。这是一种主动亲近臣下的举动，对于初即位的新君来说，这种谦恭的态度可以帮助他获得大臣们的拥护。

接下来两句“维予小子，未堪家多难”上承三、四句，均言自己能力不足。成王身为天子，却称自己为“小子”，一则是因为他确实年少不经事；二则前有丰功伟业的武王，现又面对在朝多年的老臣，就更显稚嫩了。“家多难”是国家当前面临的现实情势，成王将国情如实相告，并明确表示这种局面是自己这个“小子”难堪重负的。这两句言辞谦卑而恳切，群臣听闻，自然又对成王多一分怜悯，怜悯之余就会生出辅佐之心。

新王即位，谦卑的态度当然很重要，但一味谦卑却不利于树立威信。因此，成王收起对臣下的谦卑，将话题转移到具体治国政策上，提出“绍庭上下，陟降厥家”的主张。“绍庭上下”依然是继承先王之正道的意思，属于泛泛而谈。此句的重心在后一句“陟降厥家”，这是成王的一项具体措施。国家的治与乱很大程度上取决于用人的得当与否，成王决定“陟降厥家”，起用贤能之人，罢免无能之辈，如此则朝纲可振，国家有望。成王初即位便做出这等果断、正确的决策，可见绝非懦弱昏庸之辈，这等决断之语对诸侯的震慑比严厉的威吓更有力。

尾句“休矣皇考，以保明其身”呼应首二句，再次点明告庙之意。此时成王与群臣已经议政完毕，便向武王祷告，希望武王在天之灵保佑自己将国家治理好。这种祷告也许透露出成王对自己治国能力的担忧，但同时，在告庙结束之际再度提出“皇考”也能提醒众人：你们的爵位都是武王所封，武王虽逝，他建立的基业还在，你们若铭记武王恩惠，就要忠心于新王。

敬之[1]

敬[2]之敬之，天维显思[3]，命不易哉[4]。
无曰高高在上，陟降厥士[5]，日监在兹[6]。
维予小子[7]，不聪敬止[8]。
日就月将[9]，学有缉熙[10]于光明。
佛时仔肩[11]，示我显德行。

注释

①这是一首成王自我诫勉的诗。②敬：通“警”，警戒。③显：明。思：语气助词。④命：天命。此句谓天命不是一成不变的。⑤陟降：升降。士：庶士，指群臣。一说士，通“事”。⑥监：监视。兹：此，下土。⑦小子：年轻人。此处为成王自称。⑧不、止：皆为语词。聪：听。马瑞辰《通释》：“谓听而警戒也。承上敬之敬之而言。”⑨就：久。将：长。⑩缉熙：马瑞辰《通释》：“《说文》：缉，绩也。绩之言积，当为积渐广大，以至于光明。”⑪佛：通“弼”，辅助。时：通“是”，这。仔肩：责任。马瑞辰《通释》：“《尔雅》：‘肩，克也。’《说文》：‘仔，克也。’二字同义，克，胜也，胜亦任也。”

赏析

《敬之》一诗选自《诗经·周颂》，是周成王由青涩而成熟的过程中，表达自戒、自勉、自律之意的一首乐歌。成王此诗目的有二：一是表达自己自戒自勉、开拓进取的决心；二是借以警戒群臣，时刻谨记臣子本分，为国尽忠。

本诗一共十二句，前六句是一层意思，后六句是一层意思。首句，成王便以“敬之敬之，天维显思，命不易哉”之语，借由天命警戒臣下，说明周朝王室执掌政权，乃是天命所归，群臣必须时刻谨记上下尊卑，顺应天命，侍君以忠。然后，又以“无曰高高在上，陟降厥士，日监在兹”之语，假借自谦之名，说自己一定会谨言慎行，不违天命；行警戒群臣之实：你们的一举一动、一言一行都在我的监视之下，其震慑警戒之意已不言自明。然后，全诗进入第二层，成王以“维予小子”自称，表明了自己谦虚谨慎、恭谨好学、以群臣为师的态度，又以“日就月将，学有缉熙于光明”表明心迹，说自己是一定会日积月累，心向光明，努力前行。最后，以“佛时仔肩，示我显德行”向群臣发出号召，希望群臣忠心辅佐，君臣共同建功立业。其实，自戒和戒人并非截然分开，而是紧密相连的，因为上行下效，君明臣贤，一个勤谨自律的领导，本身就是一面镜子，在他治下，岂有人敢掉以轻心、心生二志？

小毖[①]

予其惩而毖[②]后患，莫予荓蜂[③]，自求辛螫[④]。
肇允彼桃虫[⑤]，拚[⑥]飞维鸟。
未堪家多难，予又集于蓼[⑦]。

注释

①这是成王在诛灭管、蔡之乱后自我惩戒的诗。②惩：警戒。毖（bì）：谨慎。③荓（píng）蜂：又作屏蓬、并封、平逢，联绵词。牵引扶助

义。一说荓，使。蜂，昆虫。④辛螫（shì）：陈奂《传疏》："辛螫，《释文》引《韩诗》作辛赦。云：'赦，事也。'辛事，谓辛苦之事也。"一说辛，苦痛。螫，蜂刺人。⑤肇：始。允：信，确实。桃虫：鸟名，又名鹪鹩，一种小鸟。⑥拚：通"翻"，飞翔的样子。古代有"鹪鹩生鹏"的说法，认为鹪鹩长大后成为大雕。林柏桐《毛诗识小》："盖谓恶之始萌甚小，似桃虫耳。不能慎之于小，则积恶至大，如桃虫之终为大鸟耳。"⑦蓼（liǎo）：一种味苦的水草。此处比喻自己陷入困境。

赏析

《诗经》的篇名，大多取于篇内的成句、成词。《小毖》却特别，"毖"取于篇内，"小"则取自篇外。《小毖》的题意，应是小心谨慎之意。但是，诗中除却前两句"惩""毖"并叙外，其余六句则纯然强调"惩"。

"莫予荓蜂"句中"荓蜂"的训释，对于诗意及结构的认识颇为重要。"荓蜂"是指微小的草和蜂，易于忽视，却能对人施于"辛螫"之害，与五、六两句"桃虫"化为大鸟，形成并列的生动比喻。文辞既畅，比喻之义亦显。

此诗主旨，在于惩前毖后。其时，周王年齿已长，政治上渐趋成熟，亲自执政的愿望也日益强烈。惩前的大力度，正说明反省之深刻，记取教训之牢固。以见毖后决心之大。惩前是条件，毖后是目的。诗中毖后的目的，虽然没有丝毫的展示，却已隐含在惩前条件的充分描述之中。周王并未施以豪言壮语，却令读者体会到了周王的深刻反省。顺利渡过危机的周王，已经解除了威胁。更重要的是，他已成熟，并将保持政治上的清醒，决心为巩固政权而行天子之威令。

载芟

载芟载柞①，其耕泽泽②。千耦其耘③，徂隰徂畛④。
侯主侯伯⑤，侯亚侯旅⑥，侯彊侯以⑦。
有嗿其馌⑧，思媚其妇⑨，有依其士⑩。

有略其耜[11]，俶载南亩[12]。播厥百谷，实函斯活[13]。

驿驿其达[14]，有厌有杰[15]。厌厌[16]其苗，绵绵其麃[17]。

载获济济[18]，有实其积[19]，万亿及秭[20]。

为酒为醴，烝畀祖妣[21]，以洽百礼。

有飶[22]其香，邦家之光[23]。有椒其馨[24]，胡考[25]之宁。

匪且有且，匪今斯今[26]，振古[27]如兹。

注释

①载：则，乃。或训"始"。芟（shān）：除草。柞（zé）：通"槎"，砍伐树木。②泽泽（shì）：通"释释"，土开解松散貌。一说指耕地犁土之声。③千耦其耘：两人并耕叫耦，千耦言其多。耘，除草。④隰（xí）：低湿地。畛（zhěn）：地垄，田界。一说指田间小路。⑤侯：发语词，犹"维"。主：君主。伯：长子。⑥亚、旅：于省吾以为亚、旅皆大夫。或以为旅为士人。⑦侯彊侯以：旧以为"彊"指身体强壮有余力的人，"以"指雇佣。或以为"以"为弱者。于省吾读此句为"侯疆侯纪"训为"维疆维理"，即治理土地之意。⑧有嗿（tǎn）：犹"嗿嗿"，众人吃食的声音。馌（yè）：送到地头的饭菜。⑨思媚其妇：言那可爱的是妇人。思，发语词。媚，美。一说媚指讨

好、调情。⑩依：通“殷”，壮盛貌。指小伙子强壮。⑪略：形容犁头锋利貌。耜，犁头。⑫俶：始。载：事，指耕作。一说：“俶”指起土，“载”指翻草。南亩：向阳地。⑬实：种子。函：含，被泥土覆盖。斯：语气助词。活：生气貌。⑭驿驿：接连不断之貌。达：指禾苗破土而出。⑮厌：此处当是形容苗之茁壮。杰：特出，指最先长出的苗。⑯厌厌：禾苗整齐茂盛貌。⑰绵绵：茂密貌。麃（biāo）：指庄稼抽穗扬花（张次仲）。⑱载获：开始收获。济济：人众多貌。⑲有实：犹“实实”，广大貌。此指庄稼收获在场的情景，言场上到处堆积满了禾物。一说充实貌。积：堆积。⑳万亿及秭：周代十万为秭，一秭为十亿。㉑烝畀（bì）：烝，献上。畀，给。㉒飶（bì）：食之香也。此处当指祭品之芳香。㉓光：荣光。㉔椒：当从三家作“馥”。馨：香气传得远。《说文解字》：“馨，香之远闻也。”这里指酒味醇香。㉕胡考：高寿，这里指老人。㉖匪今斯今：言非今年才这般。㉗振古：自古。

赏析

这首诗写春耕季节天子藉田和祭祀社稷时情景，景象描写如画。

农耕是周部族兴旺的基础，此后，中国一直以农业生产为立国根本，这是中国古代礼乐文明的根基。这首诗写春耕季节天子“藉田”并祭祀社稷神，祈求一年的丰收。因此诗中虽然主要描写春耕的情景，但必然写到所盼望的秋后丰收。全诗描写真切，留下古代宝贵的农业生产的记录。这是《周颂》中较长的一篇，虽是祭词，却描写细腻逼真，也充满了生活情趣。比如诗中写到午休时吃饭的声音，漂亮农妇对她丈夫的亲昵慰问，禾苗生长的情形，秋收的场面，酿酒祭祀……这真是紧张中的闲笔，“好整以暇”，表现了诗人对生活是何等热情。而开头两句尤其清新：仿佛听到割草砍树的人声、感受到脚下松软的土地以及春日田野散发的草木和泥土的清香。诗人制造气氛的手段实在高明。但这实在是农业民族长久生活直观的经验，诗人不必思考什么技巧，直观感觉让他直扑最使他动心的那些景物。

无论从内容上看，还是从形式上看，这首颂词估计不会很早。

良　耜[1]

畟畟良耜[2]，俶载南亩[3]。播厥百谷，实函斯活[4]。
或来瞻女[5]，载筐及筥[6]，其饟伊黍[7]。
其笠伊纠[8]，其镈斯赵[9]，以薅荼蓼[10]。
荼蓼朽止[11]，黍稷茂止。获之挃挃[12]，积之栗栗[13]。
其崇如墉[14]，其比如栉[15]，以开百室[16]。
百室盈止，妇子宁止。杀时犉牡[17]，有捄[18]其角。
以似[19]以续，续古之人。

注释

①这是一首描写一年农事经过及丰收后祭祀社稷之神的乐歌。②畟畟（cè）：锋利的样子。耜（sì）：犁铧。③俶（chù）：开始。载：从事。南亩：田野。④实：种子。函：含，指入土。活：生。⑤或：又。女：通"汝"，你。⑥载：装。筐、筥（jǔ）：方形为筐，圆形为筥。⑦饟：送来的饭。伊：语助词。黍：黄米饭。⑧笠：斗笠。纠：编织。⑨镈（bó）：锄头。赵：通"掤"。《传》："刺也。"谓锄地。一说锋利。⑩薅（hāo）：除草。荼蓼：两种杂草名。⑪止：语气助词。⑫挃挃（zhì）：收割庄稼的声音。⑬栗栗：众多的样子。⑭崇：高。墉：城墙。⑮比：密集。栉（zhì）：梳篦。⑯室：指粮仓。⑰时：通"是"，这。犉（chún）：高七尺的大牛。牡：公牛。⑱捄：通"觩"，角弯曲的样子。⑲似：通"嗣"，继续。

赏析

从《周颂·良耜》诗中，已经可以看到当时的农奴所使用的耒耜的犁头及"镈（锄草农具）"是用金属制作的，这是了不起的进步。在艺术表现上，这首诗的最大特色是"诗中有画"。

诗一开头展示在读者面前的是一幅春耕夏耘的画面：当春日到来的时候，男农奴手扶耒耜在南亩深翻土地，尖利的犁头发出了快速前进的嚓嚓声。接着又把各种农作物的种子撒入土中，让它们孕育、发芽、生

长。在他们劳动到饥饿之时，家中的妇女、孩子挑着方筐圆筐，给他们送来了香气腾腾的黄米饭。炎夏耘苗之时，烈日当空，农奴们头戴用草绳编织的斗笠，除草的锄头刺入土中，把荼、蓼等杂草统统锄掉。荼、蓼腐烂变成了肥料，大片大片绿油油的黍、稷长势喜人。这里写了劳动场面，写了劳动与送饭的人们，还刻画了头戴斗笠的人物形象，真是人在画图中。

在秋天大丰收的时候，展示的是另一幅欢快的画面：收割庄稼的镰刀声此起彼伏，如同音乐的节奏一般；各种谷物很快就堆积成山，从高处看像高高的城墙，从两边看像密密的梳齿，于是上百个粮仓一字排开收粮入库。个个粮仓都装满了粮食，妇人孩子喜气洋洋。“民以食为天”，有了粮食心不慌，才能过上安稳的日子。这可说是“田家乐图”吧！

丝　衣

丝衣其紑①，载弁俅俅②。
自堂徂基③，自羊徂牛，鼐鼎及鼒④。
兕觥其觩⑤，旨酒思柔⑥。
不吴不敖⑦，胡考之休⑧。

注释

①丝衣：祭服名，神尸所穿的白色绸衣。紑（fóu）：洁白鲜明貌。②载：通“戴”。弁：皮帽子，以鹿皮为之。俅俅：恭顺貌。一说冠饰貌。③堂：庙堂，或以为即明堂。徂：往。基：通“畿”，指门槛。一说基指“门塾之基”。④鼐（nài）：大鼎。鼒（zī）：小鼎。言用大鼎小鼎盛的祭品。⑤兕觥（sì gōng）：酒器。觩（qiú）：兽角弯曲貌。⑥思柔：斯柔，犹“柔柔”，指酒口感柔绵貌。⑦吴：大声说话。一说：吴通“娱”，娱乐必喧哗。敖：傲。⑧胡考之休：犹“胡考之宁”，息止，有安宁之意。一说“休”指福禄。

赏析

这首诗写的是在祭祀祖先的第二天，酬谢装扮祖先神灵的“尸”的宴会活动。

古代学者以为这是一首“绎宾尸”的乐歌。所谓“绎宾尸”，就是在宗庙祭祀活动的第二天，再举行一次酬谢装扮祖先神灵的“尸”的活动（所谓“宾事所祭之尸”）。据孔颖达的疏解，大约是只举行前一日祭祀活动的尾声，把神尸从神位上请下来，再举行专门答谢他的招待宴会。这首诗所祭祀的神，据《毛序》引高子的说法，是灵星之神（又名天田星，主庄稼，古人祭祀灵星以祈求丰年）。

酌[1]

於铄[2]王师，遵养时晦[3]。
时纯熙[4]矣，是用大介[5]。
我龙受之[6]，跻跻王之造[7]。
载用有嗣[8]，实维尔公允师[9]。

注释

①这是一首颂美武王的诗。孔颖达《正义》："言武王能酌取先王之道以养天下之民，故名篇为酌。"一说酌，即勺。勺，籥。为乐舞名。②於（wū）：表赞美的叹词。铄：通"烁"，辉煌。③遵：率，率兵。养：取。时：通"是"，这。晦：幽昧，指昏昧的纣王。④纯：大。熙：光明。⑤是用：是以。大介：大善。⑥龙：通"宠"，光荣。之：指王业。⑦蹻蹻（jiǎo）：勇武的样子。造：功业。⑧载：乃。嗣：继承。⑨公：通"功"，功业。允：的确。师：效法。

赏析

学者认为，《酌》是《大武》舞第五场所唱，即《大武》诗第五章。这首诗颂美周武王兴师伐纣，澄清天下，建立了千秋功业。

桓

绥[①]万邦，娄[②]丰年，天命匪解[③]。
桓桓[④]武王，保有厥士[⑤]，于以[⑥]四方，克[⑦]定厥家。
於昭[⑧]于天，皇以间[⑨]之？

注释

①绥：安定，平定。②娄：通"屡"。③匪解：不懈怠。解，同"懈"。④桓桓：威武貌。⑤士：训"事"。惠栋《九经古义》以为当作"土"。言保有国土。⑥于以：乃有。⑦克：能。⑧昭：明，显耀。⑨皇：何。间：代。

赏析

据《左传·宣公十二年》，此是《大武》乐的第六章，诸家说稍一致。诗主在歌颂武王灭商、安定万邦之功。诗一开始便说天下一派太平

盛世的景象，然后才讲武王克商，安定天下，王朝稳固。所以孙月峰说："陡起甚奇。天命以下，似是说'绥''丰'所由，此盖类所谓倒插者然。"

赉

文王既勤止①，我应②受之，敷时绎思③，我徂④维求定。时⑤周之命，於，绎思！

注释

①勤：勤苦。止：语气词。②应：通"膺"，犹今之言"当"。③敷：布（扩展、铺展）。时：是。绎：续。一说"绎思"指寻绎而思索之，犹今言"寻思"。④徂：往，指经营南国。一说往征商。⑤时：是。马瑞辰以为通"承"。

赏析

据《左传》所载，这是《大武》乐的第三章，内容是讲武王继承文王之命而经营南国的事。文辞简古，句式也不甚整齐，典型的周初风格。孙月峰说："古淡无比，以'於，绎思'三字以叹勉，含味最长。"

般

於皇时[①]周，陟[②]其高山，嶞山乔岳[③]，允犹翕[④]河。敷[⑤]天之下，裒时之对[⑥]，时周之命。

注释

①於：赞美词。皇，美。时：是。②陟：登。③嶞（duò）山：小山。嶞，山之小者。或以为连绵逶迤貌。乔岳：高大的山。乔，高。④允：信，实。犹：又。或以为顺着。翕（xī）：合，紧挨着。⑤敷：同“普”。⑥裒（póu）时：聚集此地。对：配。或以为“对”字与“封”字同源，“之对”即受封。

赏析

这首诗是写武王克商之后，在回师京城的路上，为答谢山川神灵之助而祭祀山川。

据学者们考证，这也是《大武》乐中的一章。从诗的内容看，主要是写武王伐商功成而祭祀山川。孙作云以“般”取“还”的意思，指还归镐京。应当是出师成功还师京城时，祭山川之神，以表示对神灵的答谢。诗中简练地描述了所见山河景象，气象宏阔。

鲁颂
《鲁颂》产生稍晚，创作上受到《风》诗和《雅》诗的影响，内容上主要是对鲁公的歌颂。鲁是周公长子伯禽的封地，因周公有大功德于王室，所以鲁虽然是诸侯国但也有《颂》诗。

駉

駉駉牡[①]马，在坰[②]之野。
薄言[③]駉者：有驈有皇[④]，有骊有黄[⑤]，以车彭彭[⑥]。
思无疆[⑦]，思马斯臧[⑧]。
駉駉牡马，在坰之野。
薄言駉者：有骓有駓[⑨]，有骍有骐[⑩]，以车伾伾[⑪]，
思无期[⑫]，思马斯才[⑬]。
駉駉牡马，在坰之野。
薄言駉者：有驒有骆[⑭]，有骝有雒[⑮]，以车绎绎[⑯]。
思无斁[⑰]，思马斯作[⑱]。
駉駉牡马，在坰之野。
薄言駉者：有骃有騢[⑲]，有驔有鱼[⑳]，以车祛祛[㉑]。
思无邪[㉒]，思马斯徂[㉓]。

注释

①駉駉（jiōng）：马肥大貌。牡：当从《释文》另本作“牧”。旧以为雄马。②坰（jiōng）：野外放马之地。③薄言：犹“乃言”。或以为即“迫焉”，指走近马群。④驈（yù）：身为黑色，股间为白色的马。皇：黄白色的马。一说纯黄。⑤骊：纯黑色的马。黄：黄赤色的马。⑥以车：以之驾车。彭彭：马强壮有力貌。⑦思无疆：指思虑深微没有止境。无疆，没有止境。一说“思”为语词。一说指繁殖下去会无边无际。⑧臧：善。⑨骓（zhuī）：苍白杂毛的马。駓（pī）：黄白杂毛的马，又叫桃花马。⑩骍（xīng）：赤黄色的马。一说纯赤。骐：青黑相间。⑪伾伾（pī）：有力貌。⑫思无期：指考虑长远，没有期限。一说“期”为记、计。与无疆意近。⑬才：通“材”。一说“才”，有能力。⑭驒（tuó）：青黑色而有白鳞纹的马，又叫连钱骢。因纹像鼍鱼，故名驒。骆：白马黑鬣。⑮骝（liú）：赤身黑鬣的马。雒（luò）：黑身白鬣的马。⑯绎绎：行走相连不绝貌。一说善走貌。⑰思无

斁：思无厌倦之时。⑱作：奋起，腾跃。⑲骃（yīn）：浅黑和白杂毛的马，又叫泥骢。一说眼睛下有白毛。騢（xiá）：赤白杂毛的马。⑳驔（diàn）：小腿上有长白毛的马。鱼：两眼眶有白圈的马。㉑祛祛（qū）：强健貌。一说疾驱之貌。㉒思无邪：即"无杂思"，思虑正直，没有邪曲。孔子有"《诗》三百，一言以蔽之，曰思无邪"。故学者们对此句多有异说。或以为"邪"读"圄"，"圄"通"圉"，圉一训"陲"，边际。与疆、期、斁义相近。㉓徂：往，行。

赏析

这是一首最早的咏马诗。歌颂鲁侯养马，描写了各种马的形态、色彩。至于从养马而联想到对人才的养育和重视，读诗者各有体会，也正是文学的本质特征所在。

全诗四章的结构全同，略无变化，唯文字略有不同，是民歌反复咏唱的形式。这也正是《风》诗的一大特点。

孔颖达将各章内容概括为：一章言良马，朝祀所乘，故云彭彭，见其有力有容也。二章言戎马，有力尚强，故云伾伾，见其有力也。三章言田马，田猎齐足尚疾，故云绎绎，见其善走也。四章言驽马，主给杂使，贵其肥壮，故云祛祛，见其强健也。

这个概括足资参考。其中写到十六种色彩或形态的马，放眼望去，

令人眼花缭乱，应接不暇，一派繁荣兴旺的景象。张以诚引而申之，以为是一篇贤才颂。他说："'彭彭'言盛，总见马皆调良；'伾伾'言多力，见其才非驽下；'绎绎'者长驱不息，乃其气壮盛奋起处；'祛祛'者强行善走，便见行地无疆处。都要与末句相关。"(《毛诗微言》)方玉润则以为此篇是以马喻人才的。他说："其为颂鲁何公不可知，但观每章'思无疆''思无期''思无斁''思无邪'句，必非呆咏马者。上四'思'字当属马言，下四'思'字乃属牧人言。意谓德之良者，其智虑必深广而无穷也；才之长者，其干济必因应而无方也；神之王者，其举动必振兴而无厌也；心之正者，其品行必端向而无曲也。此虽驹马歌，实一篇贤才颂耳。"亦可供参考。孙月峰评云："姿态乃全在历数诸马上。"所言甚妙。

有　駜

有駜有駜①，駜彼乘黄②。夙夜在公③，在公明明④。
振振⑤鹭，鹭于下⑥。鼓咽咽⑦，醉言舞⑧。于胥乐兮⑨！
有駜有駜，駜彼乘牡⑩。夙夜在公，在公饮酒。
振振鹭，鹭于飞⑪。鼓咽咽，醉言归。于胥乐兮！
有駜有駜，駜彼乘骃⑫。夙夜在公，在公载燕⑬。
自今以始，岁其有⑭。君子有穀⑮，诒孙子⑯。于胥乐兮！

注释

①駜(bì)：马肥壮有力貌。②乘(shèng)黄：古代一车四马，这里指驾车的四匹黄马。③夙夜在公：指早晚为公家之事奔忙。④明明：即"勉勉"。勤勉之貌。明，与"勉"一声之转。见《经义述闻》。⑤振振：鸟群飞貌。⑥鹭于下：鹭飞而下。一说描写舞者表演鹭飞翔而下的舞姿。⑦咽咽：鼓声。⑧醉言舞：犹醉而舞。言，犹"而"。⑨于胥乐兮：言一起欢乐。于，吁。胥，皆，相。牟庭读"于胥"为"于须"，"鲁公美须髯，诗人以胡须目之，言鲁公乐也。"于鬯以为："'于胥'二字叠韵，盖即形容乐意。⑩乘牡：驾在车中的四匹雄马。⑪鹭于飞：郑玄："飞喻群臣醉欲

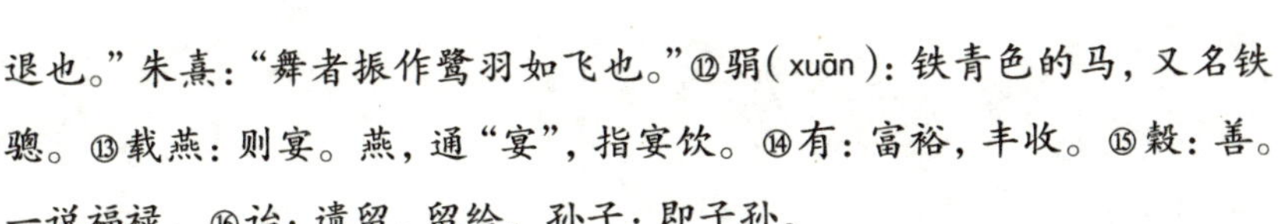

退也。”朱熹：“舞者振作鹭羽如飞也。”⑫駽（xuān）：铁青色的马，又名铁骢。⑬载燕：则宴。燕，通“宴”，指宴饮。⑭有：富裕，丰收。⑮穀：善。一说福禄。⑯诒：遗留，留给。孙子：即子孙。

赏析

本诗写鲁国君臣宴饮，词旨粉饰夸张。

为了给宴饮享乐寻求正当的借口，臣子们不但说到日常为公事奔忙，还说到这种活动是国家兴旺发达的表现，模仿《周颂》口吻作的这首诗，并不能掩饰其内在的空虚。所以，沈守正说：“首二章燕饮，三章颂祷。曰‘岁’，非一岁也；‘有谷’，亦本礼教信义而推广之。《鲁颂》夸大，非止颂其所有已也，君臣忘形以相娱，侈词以致祷，自谓千载之一时矣。”沈氏此说，确实击中了千古媚臣谀辞要害。陈仅说：“《有駜》诗音节清峭，与《颂》体异，并与《风》《雅》体异，已开后人乐府体一派。”所谓“清峭”，是与古朴自然的温厚相对应的。虽是四言，但语言修饰的光滑，是显然的；中间又杂以三言，使节奏变快，固然写出群臣的心境，但也正好打破了四言的规整，又没有《周颂》杂言的自然浑厚，所以说“开后人乐府体一派”。

泮 水

思乐泮水[1]，薄采其芹[2]。鲁侯戾止[3]，言观其旂[4]。
其旂茷茷[5]，鸾声哕哕[6]。无小无大[7]，从公于迈[8]。
思乐泮水，薄采其藻[9]。鲁侯戾止，其马蹻蹻[10]。
其马蹻蹻，其音昭昭[11]。载色载笑[12]，匪怒伊教[13]。
思乐泮水，薄采其茆[14]。鲁侯戾止，在泮饮酒。
既饮旨酒，永锡难老[15]。顺彼长道[16]，屈此群丑[17]。
穆穆[18]鲁侯，敬明其德[19]。敬慎威仪[20]，维民之则[21]。
允[22]文允武，昭假[23]烈祖。靡有不孝[24]，自求伊祜[25]。
明明[26]鲁侯，克明其德。既作[27]泮宫，淮夷攸服[28]。
矫矫虎臣[29]，在泮献馘[30]。淑问如皋陶[31]，在泮献囚[32]。

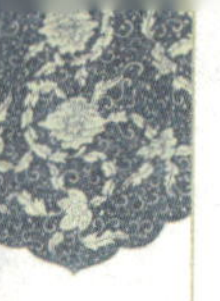

济济多士[33]，克广德心[34]。桓桓[35]于征，狄彼东南[36]。
烝烝皇皇[37]，不吴不扬[38]。不告于讻[39]，在泮献功。
角弓其觩[40]，束矢其搜[41]。戎车孔博[42]，徒御无斁[43]。
既克淮夷，孔淑不逆[44]。式固尔犹[45]，淮夷卒获[46]。
翩彼飞鸮[47]，集于泮林[48]。食我桑黮[49]，怀我好音[50]。
憬[51]彼淮夷，来献其琛[52]。元龟象齿[53]，大赂南金[54]。

注释

①思：发语词。泮（pàn）水：旧以为周代诸侯的学宫叫泮宫，泮宫外围的水叫泮水。宋戴侗以为“泮”是鲁国水名，因作宫其上，所以叫泮宫。戴埴、杨慎、戴震皆有同说。②薄：语气助词，乃，而。芹：水芹菜，又名水英。③鲁侯：鲁国诸侯。有周公子伯禽与僖公二说。当以僖公为是。戾止：到来。止，语气词。④言：语气助词。旂：有铃与龙纹的旗帜。旗有标志，人看到旗帜就知道是鲁侯来游了。⑤茷茷（pèi）：同“旆旆”，旗帜飞扬貌。⑥鸾：系在马口衔两边的小铃。哕哕（huì）：鸾铃声，同“嘒嘒”。⑦无小无大：指不分大小尊卑。⑧于迈：以行。言随从鲁侯出行。⑨藻：水草名。⑩蹻蹻（jiǎo）：马强壮貌。⑪其音：指鲁侯的说话声。昭昭：明快响亮貌。⑫载色载笑：又高兴又谈笑。载，乃，又。色，和颜悦色。⑬匪怒伊教：不是怒颜对人，而是温和地教导臣下。伊，是。⑭茆（mǎo）：又叫凫葵。与荇菜相似，叶大如手，赤圆。江南人谓之莼菜。⑮永：长。锡：即“赐”。难老：不易老。⑯长道：远道。一说长道即大道，指泮宫之道。⑰屈：制服。群丑：众丑，指淮夷。⑱穆穆：容止端庄貌。⑲敬明其德：恭敬谨慎以表明其美德。《待轩诗记》则曰：“敬明者，省察之无间。敬慎者，动静之必谨。”一说：明、勉一声之转，言谨慎修勉其德行。⑳敬慎威仪：谨慎仪容礼节。㉑则：法则。㉒允：信，确实。㉓昭假：召请来。这里指召来鲁国先祖的英灵。㉔孝：通“效”，效法。㉕伊祜：是福，此福。祜，福。㉖明明：英明貌。一说通“勉勉”。㉗作：建筑。㉘淮夷：古淮河下游一带地方的夷人。攸服：是服。服，归服。㉙矫矫：勇武貌。虎臣：指猛将，言其如虎之猛。㉚馘（guó）：古战时割下敌

尸的左耳以记功叫“馘”。㉛淑问：善于审问。皋陶：尧舜时掌刑狱的官，据说他特别善于断案。㉜囚：指俘虏。㉝济济：众多貌。一说济之言“齐”也，有齐整如一之意。多士：指众贤士。㉞克广德心：推广其德心。㉟桓桓：威武貌。㊱狄：通“剔”，治，除掉。东南：指在东南的淮夷。㊲烝烝：兴盛貌。皇皇：通“暀暀”，美盛貌。㊳不吴：不大声喧哗。不扬：不大声。㊴不告于讻：郑训“讻”为“讼”，言无以争讼之事告于治讼之官者。朱熹：“师克而和，不争功也。”李樗曾引《左传》穿封戌与王子围争战功之事，以证明争功为战士之常。“侥幸一胜，万死一生之间，唯图厚赏而已。则其争功，无所不至。”㊵角弓：用角装饰两头的弓。觩：弯曲貌。指战争结束弓弛而不用。㊶束矢：捆束成捆的箭，古五十矢为一束。搜：众。指军还而束矢众多，言无亡矢遗镞之费。㊷戎车：兵车。博：众。㊸徒御：指步卒与御车者。无斁：不疲倦。指胜利归来的将士，情绪高昂，无厌倦之意。㊹淑：善。逆：违叛。㊺式：用，因。固：坚固，这里有坚持的意思。犹：通“猷”，计谋，战略。㊻卒获：终于获胜。或以为获通“矱”，规矩、法度，指淮夷服帖、规规矩矩。㊼翩：鸟飞翔貌。鸮（xiāo）：鸟名。㊽泮林：泮水旁的树林。㊾桑黮（shèn）：黮，亦作“葚”，桑树的果实。㊿怀：归，赠送。好音：好听的声音。以上以鸮喻淮夷。51憬：远行貌。一说觉悟貌。52琛：珍宝。53元龟：大龟。象齿：象牙。54大赂：于鬯则以为“赂”字从贝，当指贝。大赂，即大贝。南金：南方出产的金属。

赏析

这首诗歌颂鲁侯的文德武功，但与鲁国的史实不符，所以研究者多以为是鲁国大臣的想象之词，涉嫌阿谀。

过分的歌颂就是逢迎阿谀。首二章但言鲁侯至泮的气势，三章言及宴饮，四章以下皆详致颂祷之词。《毛序》说颂鲁僖公的，但诗盛言平淮夷之事，僖公并无平淮夷之壮举，只是几次曾为淮夷之事会过诸侯。故研究者疑此诗为妄作，或以为纯属阿谀逢迎之作。

就诗本身说，如果把它当作一篇纯粹的希望或理想之词（略近于朱熹之所谓“颂祷之词”，牛运震所谓“诗人特假设而冀望之”），还是颇具

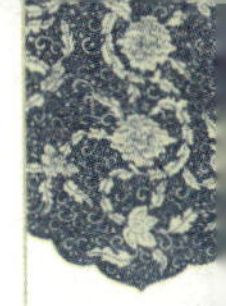

声色的。孙月峰说："大体宏赡，然造语却入细，叙事甚精核有致。前三章近《风》，后五章近《雅》。"（《批评诗经》）牛运震《诗志》说："此鲁侯修泮宫而莅幸燕饮以落之也。色笑伊教、饮酒称寿，是本色点染；克服淮夷、来琛献金，是余情波澜。妙在始终不脱泮宫，是老手得力处。淮夷之为鲁患久矣，僖公未尝有克服淮夷之事，诗人特假设而冀望之尔。朱氏以为颂祷之词，得之。恬重和雅，《鲁颂》四篇推此第一。"陈仅《诗诵》说："《泮水》上四章是文德，下四章是武功。三章以'屈此群丑'作一逗，群丑即指淮夷。四章以'允文允武'锁上起下，关键分明。五章六章两提'德'字，武功必本于文德，与三章德字紧相钩贯。末章'食彼桑黮，二句，是文德武功合效处。处处点泮水，眉目清朗。"

閟宫

閟宫有侐[①]，实实枚枚[②]。赫赫姜嫄[③]，其德不回[④]。
上帝是依[⑤]，无灾无害[⑥]，弥月不迟[⑦]，是生后稷。
降之百福：黍稷重穋[⑧]，稙稚菽麦[⑨]。
奄有下国[⑩]，俾民稼穑[⑪]。有稷有黍，有稻有秬[⑫]。
奄有下土[⑬]，缵禹之绪[⑭]。
后稷之孙，实维大王[⑮]。居岐[⑯]之阳，实始翦[⑰]商。
至于文武，缵大王之绪。致天之届[⑱]，于牧之野[⑲]：
无贰无虞[⑳]，上帝临女[㉑]。敦[㉒]商之旅，克咸[㉓]厥功。
王曰叔父[㉔]，建尔元子[㉕]，俾侯[㉖]于鲁。
大启尔宇[㉗]，为周室辅。
乃命鲁公[㉘]，俾侯于东[㉙]。锡[㉚]之山川，土田附庸[㉛]。
周公之孙，庄公之子[㉜]。龙旂承祀[㉝]，六辔耳耳[㉞]。
春秋匪解[㉟]，享祀不忒[㊱]，皇皇后帝[㊲]，皇祖后稷[㊳]。
享以骍牺[㊴]，是飨是宜[㊵]，降福孔多。
周公皇祖，亦其福女[㊶]。
秋而载尝[㊷]，夏而楅衡[㊸]。白牡骍刚[㊹]，牺尊将将[㊺]。

毛炰胾羹[46]，笾豆大房[47]。万舞洋洋[48]，孝孙[49]有庆。
俾尔炽而昌[50]，俾尔寿而臧[51]。保彼东方，鲁邦是常[52]。
不亏不崩，不震不腾。三寿作朋[53]，如冈如陵。
公车千乘，朱英绿縢[54]，二矛重弓[55]。
公徒三万，贝胄朱綅[56]，烝徒增增[57]。
戎狄是膺[58]，荆舒是惩[59]，则莫我敢承[60]。
俾尔昌而炽，俾尔寿而富。黄发台背[61]，寿胥与试[62]。
俾尔昌而大，俾尔耆而艾[63]。万有千岁，眉寿无有害。
泰山岩岩[64]，鲁邦所詹[65]。奄有龟蒙[66]，遂荒大东[67]。
至于海邦，淮夷来同。莫不率从，鲁侯之功。
保有凫绎[68]，遂荒徐宅[69]。至于海邦，淮夷蛮貊[70]，
及彼南夷，莫不率从。莫敢不诺[71]，鲁侯是若[72]。
天锡公纯嘏[73]，眉寿保鲁。居常与许[74]，复周公之宇[75]。
鲁侯燕喜[76]，令妻寿母[77]。宜大夫庶士[78]，邦国是有[79]。
既多受祉[80]，黄发儿齿[81]。
徂来[82]之松，新甫[83]之柏，是断是度[84]，是寻是尺[85]。
松桷有舄[86]，路寝孔硕[87]，新庙奕奕[88]。
奚斯所作[89]，孔曼且硕[90]，万民是若[91]。

注释

①閟（bì）宫：神宫，这里指周人女始祖姜嫄的庙。或以为即媒宫。閟者闭也，因这里不让人随便进入，所以叫閟宫。有侐（xù）：清净貌。②实实：广大貌。枚枚：毛："枚枚，砻密也。"指建筑琢磨细致。《韩诗》："枚枚，闲暇无人之貌也。"一说"实实"言确有其事，"枚枚"即"微微"，言茫然之甚。指姜嫄之事，是真是幻。③赫赫：显耀貌。姜嫄：周的女始祖，后稷的母亲。④回：违邪，不正，指姜嫄品德端正。⑤依：凭依。指姜嫄履上帝足迹生子之事。⑥无灾无害：没有经历痛苦灾害。⑦弥月：满月。指十月怀胎期满而生子。⑧黍稷重（tóng）穋（lù）：四种谷物名。⑨稙稚（zhí zhì）：《毛传》："先种曰稙，后种曰稚。"《韩诗》："稙，长稼也；

稚，幼稼也。”菽麦，大豆和麦子。⑩奄有下国：遍有天下。奄，尽，遍。此句应指后稷培育庄稼的种植技术遍布天下（他的恩惠也就传遍天下，预示着周部族必然拥有天下）。⑪俾：使。稼穑：稼是种，穑是收。这里指种植庄稼。⑫秬（jù）：黑黍，一壳二粒。⑬下土：与“下国”同义。⑭缵：继承。绪：事业。《田间诗学》：“禹虽平水土，若无稷何以利民？是禹之绪实赖后稷以缵成之。”《论语》载南宫适云：“禹稷躬稼而有天下。”⑮大王：太王，文王的祖父。⑯岐：岐山。太王建周城，在岐山之南，故云“居岐之阳”。⑰翦：断，有铲除意。⑱致：奉行。届：通“殛”，诛罚。⑲牧之野：即牧野。⑳贰：指二心。虞：欺骗。㉑临：照临，保佑。这两句是武王在牧野誓师对将士的训话。意思是：你们不要有二心，也不要担心打不胜，上帝在保佑着你们。㉒敦：治，伐。㉓克：能。咸：成。㉔王：指成王。叔父：指周公。周公是成王的叔父。㉕建：立。元子：长子，指周公长子伯禽。㉖俾：使。侯：为侯。㉗启：开辟。宇：居，这里指疆域、领土。㉘鲁公：鲁国的君王，指伯禽。㉙东：指东方的鲁国。因在周之东，故称“东”。㉚锡：即“赐”。㉛附庸：陈子展说：“附庸有三义：《王制》，附于诸侯曰附庸。一也。仆佣，二也。土田周遭附有之城垣，三也。”㉜庄公之子：指鲁僖公。㉝龙旂：画有蛟龙的旗，古代诸侯之旗。承祀：继承祭礼之礼。㉞辔：马缰绳。耳耳：辔盛貌。㉟匪解：不懈。指春秋大祭不敢松懈。㊱忒（tè）：差错。㊲皇皇：犹“煌煌”，显盛貌。后帝：指上帝。一说指群神。㊳皇祖：犹言伟大的先祖。指后稷。一说群先公。㊴骍牺：赤色的牛为牺牲。骍，牲赤色。㊵飨：用

饮食祭神。宜：旧多训“安”。马瑞辰以为祭祀，“凡神歆祀，通谓之宜。”高亨据《释言》：“宜，肴也。”以为指以肉献神。㊶女：汝，指僖公。㊷尝：秋祭名。秋天收获后，以新谷献祭祖先，让祖先先尝新，故祭称“尝”。㊸楅（fú）衡：缚在牛角上的横木。古代祭祀，选好牲牛后，即在两角上缚一横木，以防牛触物把角损伤，并把它好好养起来，准备后用。一说指牛栏。㊹白牡：白色的公牛。骍刚：赤色的公牛。刚：通“犅”，即公牛。㊺牺尊：牛形尊。将将（qiāng）：即“锵锵”，金属器相碰的声音。㊻毛炰（páo）：去毛烧烤动物，这里指烧熟的小猪。胾（zì）羹：肉片汤。㊼大房：盛大块肉的食器，形似堂屋。㊽万舞：一种舞蹈。洋洋：场面盛大貌。㊾孝孙：指僖公。㊿尔：指僖公。炽：盛。昌：兴旺。51臧：善，安好。52常：恒定不变，即永守之意。一说读为“尚”，即崇尚。53三寿：金铭又作“参寿”，“参”字即参星的本字。“参寿”当即“参星之寿”，“参寿作朋”犹如言“与天地同寿”。54朱英：指矛头上的红缨。绿縢（téng）：指扎在弓套的绿色丝绳。55二矛：指战车所插的双矛。重（chóng）弓：每人带二张弓，其中一张为备用。56贝胄：贝壳装饰的头盔。朱綅（qīn）：红线。指头盔上缀贝壳是红线。57烝徒：众步卒。烝，众。增增：同“层层”，众多貌。58戎狄：西戎和北狄，都是古代北方的少数民族。膺：应击。59荆：楚的别名。舒：国名，楚的属国。惩：惩治。60承：抵挡。日本学者仁井田好古与俞樾皆以为上九句为错简，当在“王曰叔父”之上。61黄发台背：指高寿老人。62胥：相。试：比（马瑞辰说）。一说老了还相与进言用事。63耆：老，七十岁以上的人称耆，这里指长寿。艾：老。64岩岩：高峻貌。65詹：通“瞻”，瞻仰。66奄有：奄，覆盖。龟：龟山，在今山东新泰西南四十里。蒙：蒙山，在今山东蒙阴南。67荒：《毛传》：“荒，有也。”大东：极东。68凫：凫山，在今山东邹城西南。绎：绎山，亦作峄山，在今山东邹城东南。69徐宅：徐人所居，即徐国。70蛮貊（mò）：泛指东部与南部的少数民族。71诺：应声词，这里有听从的意思。72若：顺从。73纯嘏：大福。74常：地名，即今山东薛城南，微山湖北。据《国语·齐语》说：常一度为齐所占，齐桓公时返还于鲁。许：即许田，在今河南许昌东。曾被郑国所侵占，僖公时，归还于鲁。75宇：居，指疆域。76燕喜：宴饮喜乐。77令妻：贤妻。寿母：长寿的母亲。78宜：善，相宜。庶士：诸士。79有：保有。80祉：福。81儿：“齯”之借字。《释文》：

"儿齿，齿落更生细者也。"这是长寿之象。㉜徂来：山名，亦作徂徕，在今山东泰安东南四十里。㉝新甫：山名，又名宫山、小泰山。㉞度：通"剫"，砍。㉟寻：八尺为寻。在这里"寻"与"尺"都做动词。牟庭说："是寻，谓大木度之以寻；是尺，谓小材度之以尺。"㊱桷（jué）：方形椽。有舄（xì）：粗大貌。㊲路寝：正室。硕：大。㊳奕奕：高大貌。一说相连貌。㊴奚斯所作：《毛诗》以为大夫奚斯主持建造新庙。三家诗则以为指奚斯作此诗。㊵曼：长。硕：大，古以大为美，故亦有美意。㊶若：顺。言此顺万民之意。

赏析

这是鲁国公子奚斯（子鱼）为鲁僖公修建祖庙所作的一首长诗。

这是《诗经》中最长的一首诗，朱熹《诗序辨说》云："此诗言'庄公之子'，又言'新庙奕奕'，则为僖公修庙之诗明矣。"但诗不直接写修寝庙，而是从鲁祖也是周祖姜嫄和后稷说起，由鲁国之所以封，推本鲁庙之所由来，以显示鲁君乃宗周王室的亲枝正脉。一章美鲁侯而推本其先世降生之异；二章推本周业之成而及鲁之所由封；三章追述鲁之受封而因颂鲁侯之奉祭获福；四章叙鲁侯备礼乐以奉祭，而愿其享福寿以保国；五章美鲁侯内修外攘之功，而祝其昌大寿考之福；六、七章颂鲁境幅员之广，乃受福之大者；八章愿天赐君以全福；九章颂鲁侯修庙之事，与篇首相呼应。

这首诗可看作是最早的专门咏宫殿建筑的诗。如果把卒章扩展开来，每一句都详加叙述和描写，就是一篇大赋。但前八章却是写人，写鲁之历史，作者关怀的重点还是在人的精神，即鲁君及其先祖之德。所以，这么长的诗真正写宫寝的只有首章开头两句和卒章。这种写法也对我们理解汉代大赋有启发，大赋极铺张写物之能事，乃是极写汉帝王之宏德威力。谭元春云："《泮水》《閟宫》，春容大雅，遂开后人文笔之端，然《閟宫》不及《泮水》远矣。"《鲁颂》是典型的文人作品，学习《国风》和《大雅》的痕迹显然。所谓"文笔"即文饰之笔，语言美化，这本来是一件好事——文学需要艺术的美的语言。当然要言之有物，这就涉及如何对待《诗经》这部书和书中的每一首诗的问题了。无论原诗是怎样的，它毕竟是经典，其影响不在此即在彼。

值得注意的是，诗中"戎狄是膺，荆舒是惩"二句，根据今本《诗经》，

写的是鲁僖公之事。可是在《孟子》中两次引到此二句，都说写的是周公，显然是有问题的。日本江户时代的学者仁井田好古认为此诗有错简。俞樾《茶香室经说》“王曰叔父”条对此有一段分析考证，甚为有理，今录于此，以做参考。俞氏曰：“《閟宫篇》：‘王曰叔父，建尔元子，俾侯于鲁。’愚按：上文从姜嫄生后稷以至大王、文、武，叙次皆有条理，而未及周公一字也。此乃骤接‘王曰叔父’之句，不太鹘突乎？反复读之，此文盖有错简。第四章‘公车千乘，朱英绿縢，二矛重弓。公徒三万，贝胄朱綅，烝徒增增。戎狄是膺，荆舒是惩，则莫我敢承’九句当在此章‘王曰叔父’之上。自‘公车千乘’至‘为周室辅’十四句为第三章。所谓公者，周公也。何以明之？毛公旧读自‘享以骍牺’至‘眉寿无有害’三十八句为一章，殊为太长，全经分章，无有长如此者，惟《载芟》一章三十一句。然《周颂》不分章，一章正是一篇耳。其极长者《载芟》三十一句，其最短者《维清》五句，总谓之一章，不得以此为比也。此有错简之证一也。‘俾尔炽而昌’八句与下文‘俾尔昌而炽’八句相接，‘炽而昌’‘昌而炽’，其承接之迹，显然可见。乃羼入‘公车千乘’九句，使文法之相接者不接。此有错简之证二也。‘公徒三万’句，《郑笺》曰：‘大国三军，合三万千五百人。三万者，举成数也。’《正义》曰：‘如此《笺》以为僖公当时实有三军矣。答临硕谓：此为二军，以其不安，故两解之。’又曰：‘襄十一年经书作三军，明已前无三军也。昭五年又书舍中军，若僖公有三军，则作之当书。自文至襄复减为二，则舍亦当书。僖公之时，无作、舍之文，便知当时无三军也。’愚谓此纷纭之论，皆由误以此章为言僖公耳。若知是‘王曰叔父’以前之错简，则‘公车千乘，公徒三万’皆咏周公之事。周公从上公之制，备三军之数，诗人所咏自非虚词。而鲁国本无三军，至襄十一年始作之，于事亦合。此有错简之证三也。孟子两引‘戎狄是膺，荆舒是惩’三句，一则曰‘周公方且膺之’，一则曰‘是周公所膺也’。孟子长于《诗》，不得误僖公为周公。若谓断章取义，不得两处皆同。此有错简之证四也。有此四证，辄更定《閟宫》章句如左：《閟宫》第一章‘閟宫有侐’至‘缵禹之绪’一十七句，第二章‘后稷之孙’至‘敦商之旅，克咸厥功’一十二句，‘敦商之旅，克咸厥功’二句应乙转作‘克咸厥功，敦商之旅’。”

俞氏此说甚为有理。那么，这首诗的可贵处还在于它保存了一些珍贵的周初历史资料。

商颂

武王伐纣后，封纣王的兄长微子启于商朝的旧都商丘，建立宋国，允许其用天子礼乐奉商朝宗祀，因此《商颂》多认为即『宋颂』。

那

猗与那[1]与，置我鞉鼓[2]。奏鼓简简[3]，衎我烈祖[4]。
汤孙奏假[5]，绥我思成[6]。鞉鼓渊渊[7]，嘒嘒管[8]声。
既和且平，依我磬[9]声。於赫[10]汤孙，穆穆[11]厥声。
庸鼓有斁[12]，万舞有奕[13]。我有嘉客，亦不夷怿[14]。
自古在昔，先民有作[15]。温恭朝夕，执事有恪[16]，
顾予烝尝[17]，汤孙之将[18]。

注释

①猗（é）、那（nuó）：形容乐队美盛的样子。与：同“欤”，叹词。②置：竖立。鞉（táo）鼓：一种立鼓。③简简：象声词，鼓声。④衎（kàn）：欢乐。烈祖：有功业的祖先。⑤汤孙：商汤之孙。奏假：奏报。⑥绥：赠予。思：语气助词。成：平，指汤取得太平。⑦渊渊：象声词，鼓声。⑧嘒（huì）：象声词，吹管的乐声。管：一种竹制吹奏乐器。⑨磬：一种石制或玉制打击乐器。⑩於（wū）：叹词。赫：显赫。⑪穆穆：和美庄肃。⑫庸：同“镛”，大钟。有斁（yì）：乐声盛大貌。⑬万舞：舞名。有奕：

即“奕奕”，舞蹈场面盛大之貌。⑭亦不夷怿（yì）：意为不亦夷怿，即不是很快乐吗？⑮作：指行止。⑯执事：行事。有恪（kè）：即“恪恪”，恭敬诚笃貌。⑰顾：顾念。烝尝：冬祭为烝，秋祭为尝。⑱将：奉献。

赏析

《那》是《商颂》的首篇，为祭祀商王成汤的乐歌。

全诗一章二十二句，首六句写用鼓乐迎先祖之灵，祈求赐福。“猗与那与，置我鞉鼓”描写摆开乐鼓，即将奏乐的阵势，“猗与那与”表现出对这种宏大气势的赞美和惊叹。乐器摆放停妥后，“简简”的鼓声奏响了，先祖之灵被美妙的乐舞所吸引而降临人间。于是作为商汤后人的祭祀者向先祖祷告，祈求赐予福禄，也就是“绥我思成”。

接下来的十句着重表现乐舞的盛美，此段又可分为三层，前六句写乐声的和谐悦耳，鼓声咚咚，管乐悠扬，配合着清越的磬音，构成这场祭祀乐舞震撼人心的宏大声音。下面两句“庸鼓有斁，万舞有奕”为第二层，描写钟鼓齐鸣时，众人起舞的盛况。此处“万舞”为一种舞蹈的名称，舞分“文舞”和“武舞”，“万舞”是指文舞、武舞同时表演。“我有嘉客，亦不夷怿”两句从观者的角度侧面描写了乐舞之盛美，正因为音乐舞蹈宏大壮美，嘉客才会陶醉其中。

在庄严谐和的乐舞中，祭祀者追述起祖先的功德：“自古在昔，先民有作。温恭朝夕，执事有恪。”这诚然是祭祀者对于先民美好德行的赞

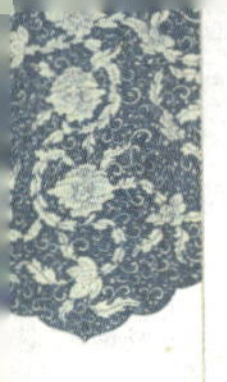

颂，也是以先民之德行自我勉励。最后，祭祀者祈求先祖享受祭品，并特别指出这些祭品是您成汤的子孙献上的。“顾予烝尝，汤孙之将”既是结束语，也进一步加强了祭祀的神秘气氛和宗教意味。读罢此诗，读者的最深印象恐怕是鼓、管、磬、钟等乐器和充盈于耳的乐声了，如此盛大的音乐彰显的是商汤显赫的德行。

由于对祭祀乐舞的详细描写，本诗也成为研究古代音乐舞蹈的重要史料。诗中叙述了先奏鼓乐，再奏管乐，然后击磬，最后钟鼓齐鸣、万舞齐跳的乐舞程序，是对上古祭祀礼仪中乐舞表演的真实记录。

烈　祖

嗟嗟烈祖①，有秩斯祜②。申锡③无疆，及尔斯所④。
既载清酤⑤，赉我思⑥成。亦有和羹，既戒⑦既平。
鬷假⑧无言，时靡有争，绥我眉寿⑨，黄耇⑩无疆。
约軧错衡⑪，八鸾鸧鸧⑫。以假以享⑬，我受命溥将⑭。
自天降康，丰年穰穰。来假来飨，降福无疆。
顾予烝尝⑮，汤孙之将⑯。

注释

①烈祖：功业显赫的祖先，此指商朝开国的君王成汤。②有秩斯祜：形容福之大貌。③申：再三。锡：同“赐”。④及尔斯所：直到你所在处所。⑤清酤：清酒。⑥赉（lài）：赐予。思：语气助词。⑦戒：齐备。⑧鬷（zōng）假：集合大众祈祷。⑨绥：赠予。眉寿：高寿。⑩黄耇（gǒu）：义同“眉寿”。⑪约軧（qí）错衡：用皮革缠绕车毂两端并涂上红色，车辕前端的横木用金涂装饰。⑫鸾：一种饰于马车上的铃。鸧鸧（qiāng）：同“锵锵”，象声词。⑬假（gé）：同“格”。至也。享：享用。⑭溥（pǔ）：大。将：长。⑮烝尝：冬祭叫“烝”，秋祭叫“尝”。⑯汤孙：指商汤王的后代子孙。

全诗二十二句，层次分明，逐渐深入铺写祭祀烈祖盛况。“嗟嗟烈祖”以叠字叹词开篇，一叹再叹，祭祀者对先祖崇拜得五体投地的情形如在眼前，无限的溢美之词中透露出深深的崇敬之情，点明了祭祀的缘由——烈祖洪福齐天，给子孙“申锡无疆”。直呼式的呼告修辞，饱含深情地对先祖进行颂扬，活泼生动的语调减少了几分刻板和呆滞，呈现出了生活的真实情感，抓住读者的猎奇心，增添了艺术效果。成汤带给子孙的大福，次数无比之多，时间无比之长，范围无比之广，后代子孙无限的感激之情表露无遗。

祭祀者并未满足于成汤赏赐给子孙们的福禄，而是继续祈求先祖永远赐予祥瑞大福。接踵而至的便是下面结构并列、内容交错的祭祀乐词。备好了清酒，献上调和均匀的美味羹，心里默默地祷告，请求先祖佑我成功。供品丰盛、讲究，言及酒馔，祈求长寿。再看看那祝祷的景象，众人默然肃穆，没有喧哗，没有纷争，心平气和，可谓百礼具备，渲染出热烈却又严肃的氛围。在如此盛大而庄严肃穆的礼仪之中，祭祀者虔诚，以求精诚所至，神明感动，使得先祖降下福佑，让“汤孙”获得万寿无疆的长眉大寿。

“约軧错衡，八鸾鸧鸧”，红皮的车毂，饰金的车衡，贵宾光临，驷马八铃响声锵锵，多么动听。写车马的整饬在于突出助祭的贵宾，写助祭贵宾的高贵又在于烘托出主人的身份和迎神的场面。贵宾前来助祭场景的描写，表现出了祭祀者的强盛，烘托出了场面的热烈，也因此将全诗祈求获福的祭祀场面再次推向高潮。

于是乎，隆重的祭祀活动开始了，祭祀者献飨啊，祝祷啊，叩拜啊，祈求安康，盼望丰年穰穰，更希望先祖能够降下无疆福泽。结尾两句祝词点明了举行时祭的是“汤孙”，使得首尾呼应，结构完整。

玄鸟

天命玄鸟[①]，降而生商。宅殷土芒芒[②]。

古帝命武汤[3]，正域[4]彼四方。
方命厥后[5]，奄有九有[6]。
商之先后[7]，受命不殆[8]，在武丁[9]孙子。
武丁孙子，武王靡不胜[10]。
龙旂十乘[11]，大糦[12]是承。
邦畿[13]千里，维民所止[14]。
肇域彼四海[15]，四海来假[16]，来假祁祁[17]，景员[18]维河。
殷受命咸宜[19]，百禄是何[20]。

注释

①玄鸟：燕子。②宅：居住。芒芒：同“茫茫”。③古：从前。帝：天帝，上帝。武汤：即成汤，汤号曰武。④正域：征服疆域。⑤方：遍，普。后：此指各部落的酋长首领。⑥奄：全部。九有：九州。⑦先后：先王。⑧命：天命。殆：通“怠”，懈怠。⑨武丁：即殷高宗，汤的后代。⑩武王：即武汤，成汤。胜：胜任。⑪旂（qí）：古时一种旗帜，上画龙形，杆头系铜铃。乘（shèng）：四马一车为乘。⑫大糦（chì）：大祭。⑬邦畿：国都附近。⑭维民所止：人民所居紧相连。⑮肇域彼四海：拥有四海之疆域。⑯假（gé）：通“格”，到。⑰祁祁：纷杂众多之貌。⑱景员：通“广运”，东西曰广，南北曰运。指大的国界。⑲咸宜：人们都认为适宜。⑳何：通“荷”，承担。

赏析

《玄鸟》一诗二十二句，按照时间顺序，如同记载历史一样，大致可以分为四层。

“天命玄鸟，降而生商”，开篇追叙武丁以前殷商的历史，借神话传说从始祖写起，着重于突出商的起源。“芒芒”广大的土地，上帝命令成汤治理四方。第一层借“吞卵而生契”的故事着意写出商朝的统治上承天命，而国泰民安的重任得由汤的后代子孙武丁来承当。以武功立国，征

服四方，广施号令，据九州为王。立国、治国两重意思，蝉联而下，为下文的武丁出场慢慢蓄势。

“商之先后，受命不殆，在武丁孙子”，商朝的再次复兴，武丁功不可没。三句顺承而来，既说明成汤上承天命，使得商朝天下不断延续，同时又在分析“不殆”的原因中自然地点出中兴之主武丁的功劳。武丁外伐鬼方、大彭，内修德政，从而使得成汤事业无往不胜。含蓄中表现出武丁中兴的丰功伟绩，自豪之情油然而生，敬佩之情翩然而至。

颂歌的重点在于歌颂祖德，表现祭祀的场景。紧接而来的是“龙旂十乘，大糦是承”的情形，如果不是武丁中兴，周王朝声威大震，就不会有诸侯十年插龙旗，满载粮食来助祭的热烈场景了。诗歌在对整体的概述描写之后，笔锋一转，回到祭祀的现实中来，着重于助祭的热烈场面，突出武丁的声威。

第四层描写“四海来假，来假祁祁”的场景。四海部族纷纷前来朝拜，旌旗之盛，人数之多，从侧面烘托出商王朝当时的繁荣强大。末尾二句与“天命玄鸟”“古帝命武汤”“受命不殆”相联系，以“天命”贯穿始终来结束全诗，既表现出殷人统治的合理性，也表现出殷人统治的绵延性。不仅如此，它同时也是祭祀者对天神的虔诚，祈盼能继续得到庇佑，使得殷人的统治昌盛、久长。

长　发

濬哲①维商，长发其祥②。洪水芒芒③，禹敷下土方④。
外大国是疆⑤，幅陨既长⑥。有娀⑦方将，帝立子生商⑧。
玄王桓拨⑨，受小国是达⑩，受大国是达。
率履⑪不越，遂视既发⑫。相土烈烈⑬，海外有截⑭。
帝命不违，至于汤齐⑮。汤降不迟，圣敬日跻⑯。
昭假迟迟⑰，上帝是祗⑱，帝命式于九围⑲。
受小球大球⑳，为下国缀旒㉑，何天之休㉒。
不竞不絿㉓，不刚不柔。敷政优优㉔，百禄是遒㉕。

受小共大共[26]，为下国骏庬[27]，何天之龙[28]。
敷奏[29]其勇，不震不动[30]，不戁不竦[31]，百禄是总[32]。
武王载旆[33]，有虔秉钺[34]。如火烈烈，则莫我敢曷[35]。
苞有三蘖[36]，莫遂莫达[37]。
九有[38]有截，韦顾[39]既伐，昆吾[40]夏桀。
昔在中叶[41]，有震且业[42]。允[43]也天子，降[44]予卿士。
实维阿衡[45]，实左右[46]商王。

注释

①濬（ruì）哲：明智。濬，通“睿”。②长：久。祥：吉祥。③芒芒：茫茫，水盛貌。④敷：治。下土方：指天下的土地。⑤外大国：外谓邦畿之外，大国指远方诸侯国。疆：疆土。⑥幅陨：即“幅员”，面积。长：增长。⑦有娀（sōng）：古国名。⑧帝立子生商：上帝立女生殷商。⑨玄王：商契。桓拨：威武刚毅。⑩达：通达。⑪率履：遵循礼法。履，“礼”的假借。⑫视：巡视。发：施行。⑬相土：人名，契的孙子。烈烈：威武貌。⑭海外：四海之外，泛言边远之地。有截：截截，整齐划一。⑮汤：成汤。齐：齐一，一样。⑯跻：升。⑰昭假（gé）：向神祷告，表明诚敬之心。迟迟：久久不息。⑱祇：敬。⑲式于九围：领导九州。⑳球：玉器。㉑下国：下面的诸侯方国。缀旒：旗上的飘带，此指表率。㉒何：同“荷”，承受。休：美。㉓絿（qiú）：急。㉔优优：温和宽厚。㉕遒：聚。㉖共：通“珙”，美玉。㉗骏厖：《鲁诗》作“骏蒙”，庇护。㉘龙：通“宠”，恩宠。㉙敷奏：施展。㉚不震不动：不可惊惮。㉛戁（nǎn）、竦：恐惧。㉜总：聚。㉝武王：指商汤。旆：旌旗，此做动词。㉞有虔：坚强威武貌。秉钺：执持长柄大斧。㉟曷：诵“遏”。阻挡。㊱苞：本，指树桩。蘖：旁生的枝丫。㊲遂：草木生长之称。达：苗生出土之称。㊳九有：九州。㊴韦：国名，在今河南滑县东南。顾：国名，在今山东鄄城东北。㊵昆吾：国名，在今河南省许昌市东。㊶中叶：商朝中世。㊷震：威力。业：功业。㊸允：信然。㊹降：天降。㊺实维：是为。阿衡：即伊尹，辅佐成汤征服天下建立商王朝的大臣。㊻左右：在王左右辅佐。

赏析

《长发》先歌颂了商统治者的祖先契以及契之孙相土，之后才详细叙述主要祭祀对象成汤的事迹。在诗的末尾略提伊尹之事，是以伊尹从祀成汤之意。

诗共七章，一、二两章追述汤之祖先契和相土奠定基业之功。首章开头两句是赞美之词，“濬哲维商，长发其祥”，称赞商朝世代有睿智、圣明的君王，上天因之赐予商吉祥。之后诗歌笔锋转向汤之祖先契，叙述商部落最初的兴起。契因协助夏禹治水有功而被舜任命为司徒，后封于商地，商人由此立国。而且在契的开拓下，商国的疆土渐渐宽广。章末两句写契的诞生，“有娀方将，帝立子生商”，传说契之母有娀吞玄鸟卵而有孕，生下契。以神话传说来解释契的诞生，颇有神秘色彩，意在表明商之建立得到了上天的允许。第二章先写契对商的治理，之后过渡到歌颂相土。玄王即契，他治国有方，无论大国小国皆归附于商。不仅如此，契还能遵循礼法，力求教令尽行。到相土统治时期，商的势力已经扩展到渤海一带，以“烈烈”赞相土，突出的就是他开拓疆土的武功。

在契和相土的治理下，商人蓄积了消灭夏朝、建立商王朝的雄厚实力，成汤是这项事业的实现者，三到六章便是对成汤这一丰功伟绩的赞

扬。商汤拥有天下的原因被认为是“帝命不违”，不违帝命的具体表现有二：其一，成汤礼贤下士，不敢怠慢，合于上天之德；其二，成汤对待上天虔敬恭谨。因此，成汤能够得到上帝的认可，其德行成为九州的典范。由于成汤治国有方，广施德业，商渐渐强大，各方诸侯纷纷归服。而诸侯之所以归服，是因为成汤治国遵循法制，施政宽和，所谓“不竞不絿，不刚不柔”也。另外，强大的商可以荫庇下国诸侯，具有“不震不动，不戁不竦”的强国风范。对一个国家来说，四方来归意味着政通人和，“百禄是遒”“百禄是总”就是理所当然的结果了。

第六章写成汤讨伐夏桀之功。“武王载旆，有虔秉钺。如火烈烈，则莫我敢曷”，寥寥四句塑造出一个勇猛威武的成汤形象。王旗飘飘，兵器在手，一股所向披靡的气势漫溢于其中。“苞有三蘖，莫遂莫达。九有有截，韦顾既伐，昆吾夏桀”，这里用比喻的手法说明了夏必亡、商必胜的道理。韦、顾、昆吾为夏朝的三个从国，诗将夏桀比作树干，将韦、顾、昆吾比作树干上分出的三个枝杈，生动而具体。诗人指出，夏桀已经是一株枯木，已经无法再长枝叶（“莫遂莫达”），而商一定会征服九州，完成统一，韦、顾、昆吾连同夏桀将一起灭亡。

成汤能拥有天下，得益于贤良卿士的辅佐，伊尹是其中最为著名的功臣，因此以他配祭成汤。“昔在中叶，有震且业。允也天子，降予卿士。实维阿衡，实左右商王”，这是诗的第七章，叙述的即是伊尹的辅佐之功。

本诗叙述的事件以殷商的历史事实为基础，又有神话传说的内容，语言虽有古奥生涩之处，但叙事流畅，内容凝练集中，整体表现出平易、充实的风貌。

殷 武

挞彼殷武[①]，奋伐荆楚[②]。罙入其阻[③]，裒荆之旅[④]。
有截其所[⑤]，汤孙之绪[⑥]。
维女[⑦]荆楚，居国南乡[⑧]。昔有成汤，自彼氐羌[⑨]，
莫敢不来享[⑩]，莫敢不来王[⑪]，曰商是常[⑫]。

天命多辟[13]，设都于禹之绩[14]。
岁事来辟[15]，勿予祸适[16]，稼穑匪解[17]。
天命降监[18]，下民有严[19]。不僭不滥[20]，不敢怠遑[21]。
命于下国[22]，封建[23]厥福。
商邑翼翼[24]，四方之极[25]。赫赫厥声[26]，濯濯厥灵[27]。
寿考且宁，以保我后生[28]。
陟彼景山[29]，松柏丸丸[30]。是断是迁[31]，方斲是虔[32]。
松桷有梴[33]，旅楹有闲[34]，寝[35]成孔安。

注释

①挞：勇武貌。一说疾貌。殷武：《毛传》："殷王武丁也。"②荆楚：即楚国。③罙：同"深"。阻：险阻。④裒（póu）：王念孙读为"俘"，即俘虏。旅：师旅。⑤截：割划，治理。其所：其地，指荆楚。⑥之绪：是绪。绪，业。这是说成汤的孙子统治了那里。或以为是说这是成汤的孙子的功业。⑦女：同"汝"，你。⑧南乡：南方。⑨氐羌：古西部的两个游牧部落。⑩享：献，指进贡。⑪王：指朝见。⑫常：通"尚"，尊敬，崇尚。一说纲常之"常"。⑬多辟：指诸侯。辟，君。⑭禹之绩：指经大禹治理过的九州。绩，迹。⑮岁事：每年朝见之事。来辟：来朝。⑯予：施。祸：通"过"。适：通"谪"，训"责"。苏辙："咸以岁事来见王，以祈王之不谴。"⑰稼穑：耕种。解：通"懈"。⑱监：监察。一说天命下察。⑲下民：天下的人民。严：畏也。一说：有严，守法谨严貌。⑳僭：越礼。滥：放纵，恣意妄为。㉑怠遑：懒惰偷闲。㉒下国：下间之国，这里指商国。一说指各诸侯国。㉓封：大。建：立。㉔商邑：商之都城。翼翼：严整繁盛貌。㉕极：中极，准则。㉖赫赫：显盛貌。㉗濯濯：光明貌。灵：威灵。㉘后生：后世子孙。㉙陟：登。景山：大山。一说山名。㉚丸丸：圆而直貌。㉛断：砍断。迁：搬运。㉜方：是，乃。一说正也。斲：砍，用斧来砍。此句指将运回的木料用刀斧按一定要求处理成适用的材料。虔：马瑞辰以为"削"。此指用刀处理木头。㉝桷（jué）：方的椽子。梴（chān）：木长貌。㉞旅楹：排列的楹柱。有闲：即"闲闲"，空旷广大貌。或以为指

屋柱子粗壮。㉟寝：寝庙。

赏析

这首诗是歌颂殷高宗中兴殷道的祭歌。诗中赞美了上天对高宗的恩赐和他的赫赫武功。

《孔疏》说："高宗（殷武丁）前世，殷道中衰，宫室不修，荆楚背叛。高宗有德，中兴殷道，伐荆楚，修宫室，既崩之后，子孙美之，追述其功，而歌此诗也。"

一章述武丁伐楚之功，"罙入其阻"一语，有捣穴夺垒之势，正是对武功的崇尚精神。二章述戒楚之词，借氐羌责荆楚，精神震动，是一篇争胜处。三章言诸侯来服，仍然建立在天命和武功之上。其中言及"稼穑匪解"，说明殷商时期也重视农业生产。四章言中兴之本，"下民有严"一句，更值得思考。李泽厚谓殷商崇尚"狞厉之美"（《美的历程》），正是天命的威严和武力的惩罚相融合所形成的敬畏、恐怖的意味——殷商人心目中的天命与武力杀伐是一致的。五章言中兴之盛。六章言做庙以祭。以征伐起，以做庙结，大有以武定天下之意味在。